蜕变

——农民工的转型之路

作者试图以白描的手法真实地记录守规村外出打工者的生存境况、奋斗历程，以及他们复杂的内心世界。是几个农民奋斗的故事，亦是一个村庄演变的历史，更是乡村文明建设的缩影。

李志 著

敦煌文艺出版社

图书在版编目（CIP）数据

蜕变 ：农民工的转型之路 / 李志著. -- 兰州 ：敦煌文艺出版社，2017.10（2018.8重印）
ISBN 978-7-5468-0945-8

Ⅰ. ①蜕… Ⅱ. ①李… Ⅲ. ①长篇小说－中国－当代 Ⅳ. ①I247.5

中国版本图书馆CIP数据核字(2017)第269905号

蜕变——农民工的转型之路

李 志 著

责任编辑：王 倩

封面设计：蔡志文

敦煌文艺出版社出版、发行

地址：（730030）兰州市城关区读者大道568号

邮箱：dunhuangwenyi1958@163.com

博客（新浪）：http://blog.sina.com.cn/lujiangsenlin

微博（新浪）：http://weibo.com/1614982974

0931-8773258(编辑部) 0931-8773235(发行部)

天水新华印刷厂印刷

开本 710 毫米×1020 毫米 1/16 印张 15.5 插页 2 字数 208 千

2017 年 12 月第 1 版 2018 年 8 月第 2 次印刷

印数：2 501～17 500

ISBN 978-7-5468-0945-8

定价：32.00 元

序

凌晓华

说起中国的改革开放，是一次让世人震惊的发展革命。中国的改革开放，用了不到四十年的时间走完了西方国家用四五百年走过的历程，实现了翻天覆地的变化，取得了世人瞩目的辉煌成就，走出了一条中国式改革开放的现代化成功之路，增强了我们对中国特色的道路自信、理论自信、制度自信、文化自信。

社会要发展，经济要先行，强大的国家需要有雄厚的经济作后盾。人们经常提到社会发展要以“经济建设为中心”，这一口号具有很强的感召力，虽然大家喊口号的动机不尽相同。从宏观方面来说，经济发展了，社会稳定了；从微观方面来说，经济发展了，生活水平提高了，把经济搞上去，这确实代表了大多数人的共识，也是很有道理的见识。问题在于，我们在经济发展的同时，是否还要考虑如何照管好我们的精神，如何解决经济发展中出现的问题，农村与城市的差别问题，社会分配存在的问题，农村留守儿童、空巢老人问题，思想道德建设问题，自然资源过度开发问题等。揭示并关注这些问题，尽而寻找解决问题的思路和方法，避免社会割裂，实现共同富裕，这正是我们当下应该思考的问题。正如人们常说，走得太快，别把灵魂落下了

写到这里，想起前一段时间，李志同志拿来作品《蜕变》，请我作序，我

不敢接受，因为我只是一位教师，写作能力有限，没有文学写作的经验，然而盛情难却，只好答应。《蜕变》是一部以农村为题材的长篇小说，小说通过对一群农民工悲欢经历的描述，展现了一幅在改革大背景下外出打工者的成功与喜悦、失败与痛苦的辛酸经历，以及他们为改变命运、改善生活、实现人生理想而不懈追求的场景。然而，他们也有生活的负面效应，思想道德的滑坡，生活行为的腐化，人情世故的淡薄，传统习俗的冲击等。作者以负责任的笔墨触及到这些社会问题，想以此唤醒人们的社会公德，警醒社会，教育世人。作品生活气息浓厚，人物形象鲜明，故事情节生动，结局令人深思。

《蜕变》所写的内容，是社会经济发展中的正常现象，纵观历史的发展，社会在进步发展的同时，往往伴随着一些现象，这符合社会发展的客观现实。作品读起来让人有一种沉重，但给人们带来反思与警醒。李志同志正是从这方面进行有意的尝试，体现了一种社会责任感，本部小说的价值取向是尊重社会传统伦理道德，弘扬社会主义核心价值观，传播社会正能量。

理解与接受社会转型时期的社会现象也是小说追求的宗旨，书中所记述的一些内容可以作为了解特定社会环境下历史现象的一些资料。

或许，面对一个大时代和文明的变迁，我们既不能如列夫·托尔斯泰那样对《战争与和平》进行宏大叙事，也无法如马尔克斯那样守住一颗《百年孤独》的心，但我们要有态度，对生活的尊重和对社会的关注是进行文学创作的内在动力，对文学的热爱和对精神的诉求是对文学创作的不懈追求。这条道路很漫长，也很艰辛，但要有走下去的勇气和决心。

当然，小说《蜕变》在创作中也存在一些问题，小说结构布局欠系统，语言表达缺乏一定的艺术性，创作手法有待提高，创意方面还有一些问题等。希望李志同志多读书勤写作，多读名人佳作，领悟创作思路，学习创作手法，培养语言艺术，力争创作出更有文学艺术性的文学作品。

不过，李志同志自参加工作以来，一直扎根在基层教育，在教学工作量大，教学任务繁重的情况下，能创作出长篇文学作品，已经是一件很不容易的事情，文学创作需要耐得住寂寞，需要孤独地坚守，需要守住心中的一片宁静，在以后的文学创作中，有李志同志执着的追求、勤奋的精神，一定有属于他的成功驿站。

是为序。

凌晓华　兰州城市学院党委委员、马克思主义学院党委书记

筑牢精神文明建设的长城

王建全

随着社会经济的快速发展，人们的生活水平有了很大的提高，当人们在享受物质文明带来幸福生活的同时，对精神文明的追求也日益提高，营造有利于人民群众的健康生活社会环境，建设良好的社会主义精神文明，对于构建社会主义和谐社会，显得十分重要。

习近平总书记说，人无精神则不立，国无精神则不强。精神是一个民族赖以长久生存的灵魂，唯有精神上达到一定的高度，社会发展才能在历史中屹立不倒，砥砺前行。加大社会主义精神文明建设，提高人们的思想道德水准，是构建社会主义和谐社会的重要条件和有力保障。在社会主义精神文明建设中，应该立足社会实际，针对社会典型问题，采取切实有效的方法措施，坚持创新内容，创新方法，把握形势，抓住机遇，努力实现社会主义精神文明建设的高标准、新常态，努力构建社会主义和谐社会的自觉性和坚定性。

随着经济体制改革的深入，对社会主义精神文明建设又提出了许多新的课题和要求，最近李志同志写了一部长篇小说《蜕变》，里面阐述了一些经济发展中出现的社会问题，由于农村大量人员外出务工，出现“空巢老人”“单身夫妻”“思想道德”“传统习俗”等问题，这些问题是随着社会经济的发展而滋生出的一些现象，这些现象给社会和谐发展、家庭幸福安康带来了一定的影响。

《蜕变》的创作,对上述社会现象作了一定的剖析与反思,作品的价值,不仅仅是对社会发展中的问题进行分析,更多的是对人性中真善美的热切呼唤,这也许是一位有责任感的作家所采取的写作立场,以剖析"问题"引起人们的警醒,为社会主义精神文明建设创造有利的条件。

要想解决社会经济发展中存在的一些问题,需要对人民群众进行思想道德教育,思想道德教育是社会主义精神文明建设的重要内容。思想道德教育一般是靠人们的自觉遵守和社会习俗公德去约束。社会经济的发展,带来了思想观念的新变化,人们的思想道德再靠单纯的社会公德去约束,已经显得力不从心。要想解决社会经济发展中出现的思想道德问题,应该依赖于经济体制改革的深化和思想道德建设的深化,把思想道德教育和社会法制教育结合起来,二者相互促进,相互补充。只有把二者结合起来,才能解决好社会经济发展中存在的问题,才能形成良好的社会风尚,才能促进社会的健康和谐,经济的稳定发展。

人的价值观决定着人的社会行为,培养正确的人生价值观是抓好社会主义精神文明建设的根本措施,只有把社会的主流思想道德变为每一个人的道德自觉,才能建设好社会主义精神文明。

请相信,在社会主义精神文明建设过程中,有了党和政府的正确领导,有了社会各界的关心与支持,有了全体人民群众的共同努力,社会经济发展中出现的一些问题,一定能够得到妥善解决,社会主义精神文明建设一定能够再上新台阶。让经济快速发展,让社会和谐稳定,让人民幸福安康。

王建全　中共靖远县委常委、白银刘川工业集中区党工委书记

目录

第一章 逐 梦

一

沿着崎岖的山路约走半小时的路程，有一个村庄叫守规村，村子不大，居住着几十户人家，错落有致的房屋和不多的树木稀稀拉拉地分散在山腰上，袅袅炊烟随微风缓缓升起，让人感到冷清的村子中有一丝融融的暖意。

交通的不便，让守规村的人与外界很少有联系，但是，因特殊的地质构造，这里的山很奇特，上面是黄土，中间是沙石，下面是灰质石。聪明的守规村人因地制宜，将山上的黄土刨挖，直至中间的沙石裸露出来，经过处理，沙石被分为沙子和石子，作为建筑材料进行出售。

沙石挖掘完之后，下面的石头便开采为炕板石。炕板石是盘炕的重要材料，灰质石看上去是一块整体，实际上层次清晰，开采时只要轻轻一敲，石头就会分层开裂，厚薄均匀，做炕板石刚好适宜。这种石板质地坚硬，不仅耐用而且传热迅速，很受方圆几百里乡民的青睐，大家纷纷来这里采购。这是守规村唯一与外界取得联系的方式。

正如它的名字一样，本分的守规村子民安安静静地过着日子，这种日子虽然偶尔被时代的洪浪所冲击。但是守规村像一个拥有巨腹的怪物，总是将那些浪声或疼痛，统统收入腹中，潜移默化成一种安分守己的隐忍，隐忍里充满死寂。

直到 20 世纪 70 年代末，在中国大地上发生了翻天覆地的变化，传统的经济模式被打破，家庭联产责任制的实施，彻底打破了守规村老茧一般的死寂。积压在人们内心多年的劳动之欲彻底爆发了，村里上至古稀的老人，下至七八岁的孩童，都在自家的责任田里不分昼夜地挥洒汗水，土地让他们找到了存在感，劳动让他们获得了生命的快感。

受大家高涨的劳动热情影响，高考落榜的杜铭，没有回学校复读，而是回家参加了劳动。

在当时高中生回家劳动，十分稀奇。杜铭不负众望，发挥了自己的文化优势，他是村里第一个科学种田、计划种地的人。

在守规村大家种地都是凑堆儿，这家种啥那家也种啥。杜铭却不一样，他认为一块地长时间种植一种农作物，产量绝对会下降，只有进行换茬种植，才能提高产量，增加收入。

杜铭把自己的想法告诉给了父亲，父亲没有吭声。这事儿要搁以前，他爹准会倔着脖子跟他翻脸。

父亲的默认给了杜铭莫大的鼓舞，因为他知道，在守规村，土地就是命根子，耕种的事就是天大的事，只有一家之主才有话语权。他在心里想，该是自己独立操持家务的时候了。

杜铭把父亲以前种洋芋的地种上了葵花，而种葵花的地改种了胡麻，种胡麻的地种上了小麦。随后，他精心侍弄着庄稼，跟父亲学会了务庄稼的好多窍门儿，犁耙锄种样样都是好把式。

种地也要讲究科学，杜铭边劳动边学习，他常想，前辈的种田经验不能忽视，而种田的科学技术也不能掉以轻心。

春天的精耕细作，禾苗茁壮地成长，换来秋天的丰硕收获，金灿灿的庄稼以饱满的热情回报着主人的付出。

杜家的庄稼比别人家的好，这让邻居们羡慕不已。以前，由于杜铭父母身体状况不好，庄稼管理跟不上，地里的庄稼长势一般。今年自从杜铭接手，上苍好像给杜家土地特殊的阳光雨露，庄稼长势格外的旺盛。

乡亲们把赞叹的目光投向杜家的后生杜铭身上，这小子很拼命，不管刮风下雨都在地里泡着，好像扎根土地的禾苗一样。

在秋天收获的季节，乡亲们扎堆议论，谁家的庄稼收成好，谁家又大赚了，当然，议论最多的还是杜铭。

每次听到乡亲们的称赞，杜铭只是抿嘴一笑，然后谦虚地说："那是地肥庄稼争气。"他越是谦虚，乡亲们越是觉得他有本事。

杜老汉听到这些朴实的赞语，心中倍感欣慰，娃娃给家门添了光，给他这个做老子的长了脸。

二

家庭联产责任制实行以来，调动了农民致富的积极性，农民们生活逐渐宽裕了，腰包鼓起来的农民开始筹划盖新房。

杜铭的父亲是村里有名的砖瓦匠，村里人有盖房的人家一般都请他帮忙。包工盖房，杜铭的父亲要求很高，盖房的过程中不能出现一点质量问题，用他的话说，农民们盖一院房子不容易，接活就要保证质量，否则对不住盖房的东家。

农闲的时候，杜铭跟着父亲学砖瓦活，他聪明又悟性好，建筑方面的技能一学就通，很快成为盖房的能手了。在盖房过程中，有些连父亲也感到棘手的技术问题，杜铭总能想出好法子。

随着盖房人家的增多，乡邻相互帮忙有了一定的困难，尤其在农忙的春天，帮工势必会影响自家的农活。此外，伴随着外出打工的热潮，留在村里务农的年轻人越来越少，妇孺帮难以承担盖房"大业"，出钱雇人盖房成为必然了。

鉴于以上情况，东家盖房要想赶时间，早点盖好完工，就要出钱雇人，这样既可以节省时间，又不再欠别人的人情，一举两得。

自从雇人盖房盛行开来，邻里盖房就方便多了，只要东家有足够的经济力量，不要说封闭式四合院，就是小洋楼，盖房老把式们也能盖个二三层高的。杜铭发现乡亲们乐于接受这种方式，他迅速地挖到了商机——在短短半年内，利用父亲的关系，快速组建了自己的建筑队，再以建筑队的名义将乡亲们建房的事以工程的方式承包下来，这样既保证盖房的质量，又保证了乡亲们的利益。

由于杜铭种庄稼有门道儿，乡亲们觉得他的建筑队盖房子也差不到哪里去，都愿意承包给他。不是乡亲们抬爱，这几年杜铭在父亲的手把手地教传下，对木工活儿和砖工活儿已是得心应手，完全青出于蓝而胜于蓝。

杜铭包工接活的时候，对自己要求很高，房子的质量要把握好，盖房的工钱要比较低，他知道农民盖房的钱都是省吃俭用一分一分抠出来的，有的农民兄弟为了盖房几年舍不得添置一件新衣服。

房子完工后，杜铭在结算盖房款时，他会尽量少算些劳务费用，有时结算民工的工钱时，自己还得垫一点，对此他坦然接受，从不抱怨。知道杜铭为人厚道、好说话，完工之后有些乡亲还会找他砌点院墙或者盖个羊圈、猪舍之类的，杜铭也不推辞，免费给乡亲们帮个忙。用他的话来说，大伙儿求人张嘴不容易，只要有人开口，他绝不会坐视不管，邻里之间讲的就是人情。

自从有了建筑队，为了学习各种建筑知识，杜铭买了好多建筑方面的书籍，一有时间就学习，一有机会就创新实践。

守规村以前盖的房子都是“二鬼抬轿”样式，杜铭认为这样的房子有点浪费材料，不划算。他把传统的房屋结构改造成一檐齐，既省材省料又美观大方，经济条件好的人家，还可以把房檐加深加宽，在前面修一条走廊，走廊顶部继续保留飞檐琉瓦，既不失传统风格，又蕴含了很多的现代气息，更显得豪华气派。

杜铭盖的这种新式房子，在守规村形成了一道风景，也成了杜铭式的建筑风格。刚开始时，对他的建筑样式，村中的老人看不上，先辈们留下的建筑风格让一个小伙改变了。传统的“二鬼抬轿”能够显示出老幼尊贵，彰显传统习俗，老人住上房，心安理得，年轻人住耳房(厢房)，心中踏实。

随着时间的推移，村中盖一檐齐的人家多了，大家对新式房屋也就认可了，对杜铭的看法也改变了。

过硬的盖房技术与谦和的态度，使杜铭的名声很好。方圆几十里的乡民都来找他。

随着父亲年龄的增长，爬上爬下的建筑活干不动了，包工的重担由杜铭来接管。杜铭为了扩大规模，他把挣来的钱买了搅拌机、钢管支架、脚手架等建筑设备，开始招揽比较大的工程项目。

杜铭接的第一个项目是给守规村小学建一栋三千多平方米的教学楼。

随着义务教育的普及，上级主管部门对学校的硬件设施进行改造，在村办小学教学楼工程招标中，杜铭的建筑队比较大，建筑设备比较齐全，他轻松中标。

杜铭领着几十名民工干了一年多，教学楼如期完工。工程竣工结算时，除了民工工资之外，他净赚了十多万元，这激发了他创业的热情。

杜铭挣了第一桶金后有了更大的想法，寻思着建筑队的发展，他要把自己的建筑事业发展壮大。

杜铭经过几年的拼打，摸索出了一些经验，他从民工中选出一位能干的，让他负责包工干活，自己专门从事招揽工程项目。他的建筑队由原来的揽些小活到了承包大的工程，建筑队的规模越来越大。

杜铭发家致富后，没有忘记守规村里的父老乡亲，村里只要有人求他办事，他会满口答应，不但要跑腿办事，有时还花钱补贴，这些他都不在意。村里的贫困户张任新因病向他求助，他一次就给了老人一千元的现金，这让老人很感动。

在村里，杜铭关心孤寡老人，逢年过节，他都会提些礼品，一一去拜见，村里的老人都夸他为富愈仁、心正、热肠子。后来，杜铭挣的钱多了，过年给老人们送的年货也丰厚了，炭、米、面、红包，样样不少，村里男女老少愈来愈尊敬他了。

杜铭成了守规村里的能人。

三

杜铭的建筑事业干得很好，工程干得越来越大，经济收入也越来越多。但他的婚姻一直没有着落，二十五六岁了，还是单身一个。这不是说他找不到对象，守规村附近几十里想与杜家结亲的人比比皆是，上门说媒的把杜家的门槛都踩断了，杜家老爷子高兴得合不拢嘴，但小主子杜铭一直表现极为冷淡，常常以“还没有想好”回绝媒人。

幸亏媒人大都知道杜铭的为人，不认为他是嫌贫爱富，看不上乡邻的姑娘。其实，对于婚姻，杜铭一直有一个心结，因为他放不下青梅竹马王淑婷。虽然王淑婷早已嫁为人妇，但爱情这玩意儿没有理由，它由不得人自己随便做主。

杜铭对王淑婷的暗恋还得从高中说起。

杜铭与王淑婷是邻居，俩人从小一块长大，经常在一起玩耍。小学毕业后，要到离家十几里之外的乡办初中读书，那时经济条件差，学生不能住校，要走读，这样俩人常常结伴而行，互相照顾，让双方父母省了很多心事。

三年后，俩人又考上了县高中。

随着年龄的增长，两个孩子长大了，在相互关心和照顾中渐渐产生了感情，童年的追逐打闹少了，彼此之间多了一份甜蜜的羞涩。

由于当时条件不太好，俩人没有考上大学，当时学生补习观念淡薄，一般的高中生考不上大学就回家务农劳动。

到了谈婚论嫁的年龄，杜铭与王淑婷的感情急遽上升，彼此的爱慕，让俩人都寝食难安，一日不见，有了三秋的思念。这种感觉在王淑婷身上尤为明显。每次若杜铭不来找她，她就自己去他家，杜铭若不在家，她就去地里，地里找不到，她常常怅然若失，心情低落地回了家。

看着女儿常常失魂落魄的样子，王淑婷母亲觉察到女儿陷入情网无法自拔，做母亲的哪有不心疼的。可是，女儿偏偏喜欢的是邻居家的儿子，邻里结亲多少有点尴尬,况且两家以前又有过节,这几年关系还是冷淡。

其实,王母不同意女儿与杜铭的婚事,主要原因还是杜铭家条件不好,日子过得很不景气。

姑娘大了,不能久留,王母害怕女儿与杜铭的来往有不好的影响,她四处托亲朋邻里给女儿介绍对象。

一天,王淑婷的二姑回娘家,她在与嫂子闲谈时提到了王淑婷的婚事,王母说了自己的担忧之后,二姑满口答应王母帮助侄女找对象。

说到王淑婷的婚事问题,二姑的心中当时还真有了想法,她想到了婆家邻居的儿子胥晨,他是一名小学教师,但腿有残疾。

胥晨是一个苦命的孩子,在他一岁时,父亲因病去世,母子俩相依为命,过着艰难的生活。在他五岁时候,一天他喊腿疼,胥母忙带他去诊所查看,当时医生建议胥母去县城医院进行检查。

在邻里们的帮助下,胥晨被送到了县医院,检查结果让胥母大吃一惊,胥晨患的是骨髓灰质炎,终生残疾的可能性非常大。

听到这个噩耗,胥母如五雷轰顶,眼前一黑,差点昏倒,本来就家徒四壁的母子俩,哪有钱来治病?但是醒过神的胥母理了理自己纷乱的思绪,她已经失去了丈夫,若再失去儿子,她活着无望了。只有一条路,那就是咬着牙硬着头皮,向亲朋好友能借钱的一一求助,然后抱着幼小的胥晨四处求医,结果还是没有治愈胥晨的病,他的腿部肌肉出现萎缩,神经功能不能恢复,以至于右腿畸形。

本来抱着一丝希望的胥母彻底被击垮了,看着儿子一瘸一拐地走路,她心如刀绞。

现实将人逼到绝境,除了面对,别无选择。

自从胥晨生病之后,胥母对他无微不至,对于一个失去丈夫的女人来说,儿子就是她生命的全部。胥晨到了上学的年龄,胥母东拼西凑了学费,把儿子送到学校读书。

胥晨知道自己的缺陷,他学习特别用心,在上小学的时候,他总以优秀的成绩,回报善良和辛苦的母亲。胥母也很宽慰,儿子身残志不残,孝顺,懂事,而且学习好。

胥晨的脑子很聪明,对于老师讲的知识一听就懂,他学习成绩很好。初中毕业时,他以全县第二名的成绩考入县师范学校,成为村里第一位跳出农门的中专生。

师范毕业后,胥晨被分配到村小学教书,他虽然身体残疾,但他有“铁饭碗”,半个城里人,所以给他提亲的人很多。胥母凭着儿子的工作条件,对相亲的姑娘很挑剔。

王淑婷的二姑正在琢磨着这件事情:胥晨有工作但身体残疾,自己的侄女虽然没有工作,人却长得俊俏,很招人喜欢,这门婚事成不成就看二人的缘分了。

王淑婷聪明伶俐,操持家务很麻利,屋里屋外的活儿,她干得有条不紊,亲邻都夸她是百里挑一的好姑娘。

二姑回家之后,抱着试一试的心态向胥家提亲,没想到胥家竟满口答应了。二姑一高兴,立即赶快回娘家报信。这让王家举家欢庆。

“胥家的儿子吃商品粮,是我们村小学的教师。”二姑满脸羡慕地对嫂子说。

“那恐怕胥家不同意,咱的娃没工作。”王母略带遗憾地说。

“不过,他们娃有点毛病。”

“啥毛病?”王母问。

“腿有点残疾。”

听到这句话王淑婷的母亲先是一怔,脸色阴沉。

“我们村向胥家求亲的可多了,他的母亲没有看上一个……”二姑慌忙解释说。

王母有点失落地说:“要不明天让两个孩子见个面?”

“行,能成就成,不成拉倒,这也没啥。”心直口快的二姑安慰嫂子说。

第二天一早,二姑带着王淑婷去了胥家。

一路上，二姑眉飞色舞地说胥晨是如何优秀，不料王淑婷却心不在焉地支应着。看着王淑婷一副心事重重的样子，二姑忍不住问道：

“胥家的情况，你妈都给你说了？”

“嗯。”王淑婷头也不抬，只顾走路，嘴里丢了一个“嗯”字。

“胥晨虽然有点残疾，但他有固定的工作。”

王淑婷又面无表情地“嗯”了一声。二姑不再说什么，她早都听嫂子说了，王淑婷的心在杜铭那小子身上了。可是杜家那光阴有啥过头，一个老农民嫁给另一个老农民，子子孙孙的背都得让太阳晒，何时是个尽头！

到了二姑家，二姑先让王淑婷在家里梳洗一番，她去找胥晨的母亲了。不一会儿胥晨的母亲来了，看着落落大方的王淑婷，胥母心中大喜，当即答应了二姑的请求。

胥晨是后面才来二姑家的，当看到一瘸一拐的胥晨艰难进门时，王淑婷的心凉了半截，见过很多残疾人，却从未见过如此瘦弱的，这不是她想象中厮守一生的人。“杜铭，杜铭，”她在心里呼叫着他的名字，“为什么不是你？”看到胥晨的那一刻，王淑婷甚至有点恨杜铭了，如果他足够勇敢，足够有气魄，她，今天不会面对这份屈辱了。

王淑婷没有说一句话，她满腹委屈地坐下了，眼泪在她的眼眶里打转。她强忍着命运推来的这股热浪。

这场相亲在欢声笑语中结束了，尽管女主人公心在滴血。

回家之后，王淑婷把胥家的情况向父母说了一遍，还来不及表态，她的母亲却先发话了：

“人虽然有点缺陷，但他有稳定的工作，婚姻是居家过日子，生活要实在，不能光想着眼前。”

“姑娘家嫁个好主儿，才能过上好日子。胥晨身体有缺陷，但人家吃皇粮，你跟着过去了，也不缺吃穿。这事儿就这么定了。”王淑婷的父亲也表态了。

父母之命，媒妁之言，不从也得从。王淑婷是一个性格乖巧的农家姑娘，尽管她心中对杜铭的爱澎湃如潮，但面对父母的决定，她却安静地接受了。对于爱，她有感觉；对于婚姻，她的确没有规划。

这就是女人的命，王淑婷在心中哀叹。女人的命是什么？女人过的，就是自己的命。王淑婷是一个传统的人，她没有勇气与父母的决定抗衡，更没有勇气与世俗观念抗衡，只因为在被迫接受婚姻这条路上有太多的同行者，她不孤独，也最终失去了自己想要的幸福。

王淑婷与胥晨的婚事，就在二姑等人的撮合下定了下来。

听说王淑婷与一位教师即将订婚了，全村人惊呆了。毕竟，能与端铁饭碗的人扯上关系，对于一个人的命运、一个家庭的命运，是一次颠覆性的改变。村里人都说王淑婷的命好，找了一个好人家，尽管男方腿脚不灵便。人们纷纷祝贺，连王淑婷也被这种真诚的祝福打动了，她在大家羡慕的目光中，忘了失恋的痛苦。

四

痛苦的不止王淑婷一个人，还有杜铭。

当他听说王淑婷要嫁给一位有残疾的教师时整个人一下子蒙了，这么漂亮能干的姑娘，怎能嫁给一个残疾人呢？

杜铭私下劝说王淑婷，让她拒绝这门婚事，“怎么能与一位不相爱的人结婚呢？那也许会后悔一生的！”

王淑婷被说动了，当她鼓起勇气向父母表达自己的想法时，又被父母说得没有了主见。

爱，在物质面前有时是低廉的，尤其是穷人，对于好的物质生活的渴望，有时会扼杀心中之爱。人先是物质的，下来才是精神的。

王淑婷最终没有逃脱世俗婚姻的枷锁，杜王两家选好良辰吉日，决定给二人订婚。

在王淑婷订婚的那一天，杜铭心中非常苦闷，不怪王家势利，不怪王淑婷无主见，只怪自己太穷，穷到连表白的勇气都没有。

这对相爱的年轻人，他们的爱，被世俗的洪水淹没了。

“王淑婷已经订婚，不应该再牵念。”杜铭时时在心里提醒自己，可是失恋简直像踏进了沼泽地，你越想挣扎，陷得越深。杜铭是一个年轻小伙子，爱的甜蜜，爱的苦涩，爱的艰辛，爱的卑微，他都尝了。尝完以后，他的心也老了。

王淑婷与胥晨订婚后，俩人很快结婚了。

王淑婷结婚的那天，杜铭选择了逃避。一大早，他独自去了离家不远的山上。

心爱的姑娘被别人娶走了，而自己却无能为力，连目送的勇气都没有。“怂包！”杜铭狠狠地骂了一句自己，然后爬在山顶哭了起来。“胥晨，胥晨，你不就是个教师吗？有什么了不起的，还是个三等废人，凭什么要娶王淑婷？你不就是一个月领公家的几个臭钱吗？”

杜铭边哭边骂，骂完了心中又怨恨自己的父母，“为什么要和王家结怨？为什么没有创造好的条件。如果你们不是一对靠天吃饭的农民，如果你们不是昏天黑地劳动的人，王淑婷的父母也不会这么绝情的。”

责怪完自己的父母，他又痛骂王淑婷和她的父母，骂王淑婷鼠目寸光，贪图富贵，是看钱的主子；骂王淑婷的父母家长制作风，唯利是图，把自己如花似玉的女儿嫁给一个瘸子，简直是丧尽天良。

一遍一遍地骂所有人，一遍一遍地恨自己，杜铭在失去理智和争取理智的情感中不能原谅这个无情的世界。天色渐渐暗了，他的情绪也慢慢冷静了下来。冷静以后，他忽然觉得自己太过卑微，卑微如这头顶的月色。

如果自己有钱。

如果自己有工作。

如果自己有实力。

如果自己有出息。

……

假设像圈套一样，将他牢牢地锁住。

杜铭越想越痛苦，这世界上没有比憎恨自己更难受的事情了。

然而，世间的假设都被现实粗暴地抛弃。

爱，恨，钱，权，这些都是什么？它们能赠予人们什么？

杜铭痛苦地扯了一把自己的头发，一绺头发也被扯下来了，风一吹，散了。但他感觉不到疼。

早上出来的时候，杜铭没有带吃的，而现在已是晚上，他没有一点饿意，一想到王淑婷和胥晨的洞房花烛，他心如刀割。痛苦的他，整个脸也扭曲了。

是的，这个夜也被黑扭曲了。

心爱的姑娘啊，你是否愿意接受胥晨的爱抚，如果你不愿意，你就借机逃出来吧；如果你逃不出来，请你祈祷老天吧，让我头晕眼花，让我心潮澎湃，我会不顾一切去营救你，然后带你远走高飞，去寻找属于我们俩人的快乐世界。

这些带着血的话，一句一句从杜铭内心蹦出，他不知道此刻的王淑婷有没有这炼狱一般的感受，如果有，那她在魔窟一般的洞房是否也是生不如死？如果没有，那她一定在欢愉的巅峰享受肉体带来的快感……不管王淑婷有哪种感受，杜铭都很心痛，都是他无法面对的结果。

晚上十点多钟，杜铭从山顶下来了，一个人在空旷的田野游荡。此时的他彻底失望了，想想那贴着大红喜字的小屋内，喜气洋洋，温暖而静谧，胥晨踮跛着脚，走到王淑婷面前，俩人坐在那铺着新被子的炕上，胥晨拉住她的双手，王淑婷用眼睛盯着面前的胥晨，脸上流露出了新婚的羞涩和欢喜，享受着新婚带来的甜蜜和快乐……

过了今夜，王淑婷已经不是他心中那个洁净如玉的姑娘了，她成了胥晨的女人，她将陪着瘦弱的胥晨开始新的人生。

怨恨，愤怒，都是改变不了现实的粗粝，改变不了失去的痛苦。唯有祝福，怀有真诚的祝福，才是宽恕抛弃者的良药。

深夜十一点，杜铭沿着高低起伏的蜿蜒小路，踉踉跄跄地回到家中，一进屋，他倒头就睡下了。

对于失恋的人，瞌睡是一件好事。

第二天早上，杜铭发现自己的手指有深深的牙印，自己什么时候咬的，他不知道。他蓬头垢面地从房子里出来。母亲看着儿子一脸憔悴，手指血迹淋淋，心疼地问他怎么回事，杜铭苦笑一下，说是不小心划破的。

自从王淑婷结婚以后，一向开朗活泼的杜铭突然变得沉默寡言了，在家里要么发呆，要么蒙头大睡。他的母亲有一天实在忍不住了，问："铭铭，最近是不是身体不舒服？"

"嗯，有点头疼，可能感冒了。"杜铭掩饰自己的痛苦。

"下午就不要再劳动了，去村医务室看看。"

"不要紧，过两天就好了。"

其实，母亲知道儿子的事情。对于杜铭与王淑婷，母亲知道俩人从小玩得好，长大了感情也很好，但是杜家的日子一直过得紧巴巴，王家虽不是大户人家，日子过得却宽裕。想要结亲，首先得冰释前嫌。说起王杜两家的恩怨，其实没有多大的仇恨，都是近邻之间的那点鸡毛蒜皮的小矛盾。究其根本原因，还在这王家人看不起杜家的穷。穷，是万恶之源啊！

杜铭最近茶饭不思，精神颓废，人也消瘦了许多。

一天早上，杜铭给饲养的牛羊去喂草，刚走出家门，远远看见一对年轻人正朝着村子方向走来，看那男人走路蹒跚的姿势，第一感觉告诉杜铭，他们是胥晨和王淑婷。

杜铭慌忙倒完饲料，扭头出了羊圈，贼一样飞奔到自己的屋子。

这几天，他度日如年。他的爱，更多的已经变成了嫉妒和怨恨。他嫉妒胥晨虽然身体有缺陷却有完美无瑕的王淑婷终日相伴，他恨胥晨横刀夺爱；他嫉妒王淑婷能潇洒地和胥晨一起生活、终老，他恨王淑婷无情无义，瞬间将十几年的感情弃之不顾。

人在爱的时候会义无反顾，在恨的时候也会"愤"不顾身。爱一旦到极端的一刻,都以伤身结束。

“什么梁山伯祝英台一对化蝶,什么罗密欧朱丽叶双双殉情,都是假的!”杜铭在心里苦苦为自己的恨争辩。

既然爱情已经让他伤痕累累,而且与他擦肩而过,那么,做一个善良的人吧,至少这样活着还有希望。

杜铭把失恋的伤痛交给了土地去化解,也把所有的热忱献给了土地,他默默地种庄稼,主动向父亲学砖瓦活儿。土地是公平的、慷慨的,用丰硕的成果馈赠他。砖瓦匠的活儿不但没有辜负他,而且为他打开了一条自救之路、创业之路、致富之路、自尊之路。这是谁也不曾料到的。

五

转眼之间,六七年过去了。

杜铭忙于揽工程、跑项目,经常在外,婚姻的事情一拖再拖。

今年冬天,天气寒冷,杜铭承包的工程停工较早,他便回家休息。

最近一段时间,给杜铭介绍对象的人络绎不绝,老杜家的气氛像过年一样热闹,杜家老两口喜笑颜开。

对于提亲,杜铭没有以前反感了,劳动、创业将他整豁达了。

村里的赵大爷上门提亲,介绍的是邻村的阮家姑娘,杜家老两口非常高兴。

赵大爷预约好时间,杜铭去阮家相亲。

阮家姑娘叫阮碧霞,第一次见她,杜铭大吃一惊,她太像王淑婷了,像到杜铭难以置信,他以为自己被曾经的创伤击溃产生了幻觉,可是揉了揉眼睛后,他发现眼前的这位姑娘是真实的。

一种惊喜和一种难以言说的悲凉同时袭上他的心头,让他苦笑。人生啊,兜兜转转,现实夺走了他的王淑婷,却又给了他一个长相相似的阮碧霞,这是厚赠,还是嘲笑?

简单的寒暄之后, 杜铭像一个落荒而逃的败兵一样匆匆地离开了阮家。那些情感带来的伤痛，被他深埋了六年，如今掘墓一般被挖出来，多少让他受不了。对于阮碧霞，他怀着一种复杂的感情接受了。

相亲回来之后，母亲见儿子脸色有点不好，着急地问他："你看阮家姑娘怎么样？"

杜铭没有直接回答母亲，只是默默地点头。

几天以后，阮家捎话说对女儿的婚事没意见，杜家老两口听后喜上眉梢。按照当地的婚事风俗，从问亲、订婚到纳彩，一样一样地备了礼物，该走的程序都客客气气地走了一遍。

根据双方父母的商定，结婚选在了腊月十六日。

随着杜铭结婚日子的临近，杜家也逐渐热闹起来，杜老汉先是请了村里最好的婚事主持(农村叫总理)，在家中提前简单宴请一番，然后再商定婚事操办的具体细节，决定请西村的胡尕山做厨师。胡尕山是十里八村有名的厨师，不但菜做得好，而且人也很好打交道，大户人家婚丧嫁娶都请他做菜。

按照农村的传统习俗，儿子娶媳妇是最大的喜事，在操办过程中有前三后四的说法，就是说提前三天开始操办，错后四天才能结束，前三天多是邻里朋友，后四天主要是东家亲戚。

前三后四的传统习俗在杜铭的婚事上表现得淋漓尽致，杜家着实热闹了一阵子。

杜家娶了一个贤惠漂亮的媳妇，媳妇的进门给这个家庭带来了欢乐，特别是杜铭的母亲，笑在脸上，喜在心中，干家务有了帮手，多年的媳妇总算熬成了婆婆。

新婚之夜，满屋子的喜气，让杜铭与阮碧霞沉浸在幸福之中。

阮碧霞与杜铭并排而坐，她轻轻地靠在男人的肩膀上，双颊绯红，羞怯地说："嫁给你，我觉得很幸福。"

杜铭听到此话，激动得心提到嗓门上，他伸出手将阮碧霞紧紧地拥进怀里，一股热流传遍了他的全身，让他微微有些热，细细的汗水湿透了他的后背。

“只要有我吃的，就有你吃的，以后就是讨饭吃，我也能供养你和娃娃。”杜铭用笨拙的口气说。

阮碧霞听到“娃娃”的字，耳朵灼热，脸更红了。为了掩饰自己的羞涩，她把头埋进了他的怀中。

“新婚之夜都没过呢，哪来的娃娃？”阮碧霞在杜铭的怀中羞怯地说。

杜铭不由分说用双手托起阮碧霞的脸，给她一个深深的长吻。

……

新房中的说话声没了，灯也关了，只有幸福和甜蜜充溢着小屋，山野、小村在幸福的滋润下，也格外的妩媚。

上天配的一对新人儿在这浩瀚的世间完美地结合了，生命的新芽也在勃勃生机的大地上脱颖而出。

结婚后，杜老太太看着聪明伶俐的阮碧霞有条不紊地干着家务活，心里乐开了花。但她又怕阮碧霞累着身体，耽误了抱孙子的日程，一个劲儿劝她歇一会儿。阮碧霞听着婆婆心疼她的话，心里的幸福满满的，愈发勤快了，跑出跑进地忙乎。杜铭看自己的媳妇又勤快又孝顺，心里甭提有多喜欢了。

杜铭更是沉醉在新婚的幸福之中，阮碧霞是一个十分会过日子的女人，白天她忙着做家务，里里外外做得井井有条，不仅赢得了公婆的认可，也赢得了杜铭的赞许。农家女人，若能“上得了厅堂，进得了厨房，下得了茅房”，洗衣、做饭、煨炕、喂猪，能拿得下这些粗活、累活儿，就能当掌柜的。阮碧霞的吃苦耐劳让杜铭有点感动，他庆幸自己找了一位能操持家务的贤惠女人。当然，阮碧霞还是一个会疼男人的人。每天吃过晚饭，她都把炕煨好，摊开被子等丈夫休息。夫妻俩依偎在暖烘烘的炕上，阮碧霞会说些极其挑逗的话，总是让杜铭难以自持，不一刻就进入温柔之乡了。对于阮碧霞炕上的这种奔放的、热情的而且还很浪漫的做法，杜铭内心是窃喜的，因为她让他做了一头野兽，一头在荒野上奔驰的野兽。人的某些创造力，还需要肉欲来激发，夫妻的感情也是一样的，正因为赤裸相见，这种坦诚是空前绝后的。

每次鱼水之欢后，杜铭都会用结实的臂膊搂着阮碧霞，让她感觉到陪在她身边的是一位顶天立地的男人。

“我要让你给我生一群儿女。”杜铭笑着说。

“那不成动物了。”

“说话别那么难听。”

“我只给婆婆生，不给你生，婆婆想抱孙子。”

阮碧霞的一句话，一股暖流袭上了杜铭的心头。

三个月之后的一天早上，阮碧霞起床后感觉不舒服，四肢无力，头晕目眩，恶心难受。

婆婆听说之后，立刻喜上眉梢，“你有喜了。”婆婆脱口而出。

自己怀孕了，阮碧霞显得十分尴尬，脸上立刻泛起了红晕，不好意思地低下了头。

“以后你在家中好好休养，不要再乱动弹。”婆婆以强硬的口气说。

婆婆这种甜蜜的命令，让阮碧霞心里暖暖的。可是农家女人哪有时间娇气，怀孕这档子事不敢小题大做。

中午，杜铭从外面办事回来，一进家门就闻到一股香味，家里来了亲戚吗？是不是舅舅家的人来了？他一边想着一边往厨房里的方向走去。

杜铭蹑手蹑脚地走进厨房，此时母亲正忙着翻炒鸡肉，他便与母亲开玩笑说：“今天还没见姥姥家来人，怎么提前准备肉呢？”

“谁说我是给我娘家人准备的？”

“今天做鸡肉，要有个说头吧。”

“我是给我孙子准备的。”母亲认真地说。

“给你孙子，哪个孙子？我做儿子的都不知道您有孙子，您上了年纪还学着忽悠人。”

“问你媳妇去，傻瓜。”杜母在杜铭的头上狠狠地捣了一下。

母亲的手指一捣，杜铭恍然大悟，他掀起门帘冲向自己的房间。

此时，阮碧霞正躺在床上，看见杜铭慌慌张张地跑进来，她猜出了婆婆给杜铭说了怀孕的事。当杜铭准备弯腰亲吻时，她侧身躲开，娇嗔地说：“小心你的儿子。”

现在杜铭顾不上那么多了，兴奋地抱起妻子就是一阵狂吻，让阮碧霞招架不住，“小心，大白天的，有人进来。”

杜铭根本听不进去她的劝说，俩人陶醉在甜蜜之中。

从此以后，阮碧霞成了家中的保护对象，婆婆不让她干繁重的家务活，阮碧霞心中很不好意思。她常想，年迈的婆婆整天都在干活，自己年纪轻轻的，天天休养转悠，这让她有点不自在。

其实，孕妇过了怀孕初期就没什么了，农村的女人一般在临产之前有时还在地里干活呢。

自从阮碧霞怀孕后，婆婆像对待女儿一样隔三差五地变着花样给阮碧霞做吃的。阮碧霞有时看不惯，她劝婆婆用不着这样麻烦，婆婆瞪着大眼开玩笑地说：“你还以为我是做给你吃的，我是给我孙子吃的。”

不管做给谁吃，反正阮碧霞的嘴占了便宜，她的身体比以前胖了很多，再加上怀孕在身，她行动缓慢了许多。

一天，婆媳俩在院里洗衣服，阮碧霞对婆婆说：“最近肚子里的小家伙跳蹦得厉害。”

“这说明一切正常，不用担心了。”婆婆高兴地说着，还伸手摸了一下儿媳隆起的肚子，“晚上让杜铭收敛一点，别打扰我孙子休息。”

阮碧霞不好意思地低下了头，撒娇着对婆婆说：“妈，您扯到哪儿去了。”

婆婆立马正色道：“你们年轻，有时考虑不到这些。”

阮碧霞红着脸不再争辩。说实话，自从结婚以来，她和杜铭每晚都缠绵相拥，有时难免抑制不住激情，胎儿也跟着两口子颠簸一阵。

十月怀胎，一朝分娩，阮碧霞生了一女孩，杜家老汉多少有点失望，但是杜老太太没有嫌弃，依然无微不至地关心阮碧霞母女，这让阮碧霞十分感动。

有一天，杜老太和杜铭两口子在阮碧霞的屋里寒暄。

“都是杜家的宝贝，男女都一样。况且现在是新社会了，女的哪一点比男的差？再说了，女儿贴心，孝顺。”婆婆安慰阮碧霞。

“媳妇儿，愁什么，我就喜欢姑娘，生一堆姑娘，死了以后就让闺女们给我买水晶棺。”杜铭打趣道。

“呸呸呸！狗嘴吐不出象牙来，才当爹就死死的，闺女听见了都笑话爹呢。”阮碧霞笑着责怪杜铭。

杜家老汉，听到老婆和儿子一家人有说有笑，在院子里大声地咳嗽一声，赶紧说：“生男生女，都是我的儿孙，再多生几个，我儿孙满堂，福分就大了。”

杜老太一听老汉这么一说，自知是他宽慰儿媳，便接上话茬：“活不够的，还贪心，生多生少，都是人家的事，你操什么心？”

“爸，妈，放心吧，我们生一个连，过年磕头要压岁钱，掏干你们的腰包。”杜铭顽皮地说。

“一个连，你以为我是母猪呢。”阮碧霞羞红了脸，一边掐着杜铭的大腿，一边小声争辩。

“闺女啊，救命啊！”杜铭故意大声喊道。

哈哈哈哈……笑声溢满了这个农家小院。

六

家和万事兴。自杜铭结婚以来，杜家的日子过得幸福和睦，婆婆说屋里屋外的家务由儿媳操持，他们省心了好多，这是儿媳妇带来的福气。由于家里一团和气，心情畅快的两位老人的老年病也好了很多。

两年之后，阮碧霞生了一个儿子，杜家有后人了，两位老人更是欢天喜地。杜铭在外承包工程干的也比较顺利,一年能挣二三十万元,对于一个农民来说,简直是天大的数目。

杜铭因业务上的需要,又买了一辆小轿车。这是村里唯一一辆小轿车,惹得村里的人很羡慕,大家都说阮碧霞命好,嫁给了一个聪明能干的男人。每次听到这些阮碧霞很高兴,男人攒劲,她也有面子。

杜铭在外面承包工程,两三个月才能回来一次,家里的农活全撇给了妻子阮碧霞。

阮碧霞在家中很辛苦,她既要去地里劳动,又要伺候公婆和孩子,虽然身体很劳累,心里是幸福的。村里人都说她嫁给了一个有出息的男人,娘家人也夸赞她跟了一个敢闯敢拼的男人,这些话很受用,它们驱逐了阮碧霞内心的寂寞,还让她神采奕奕地投入到劳动当中。让阮碧霞高兴的是,每次亲戚朋友上门找杜铭寻活干,看到来者谦和的样子,她感到特别骄傲,一边热情招呼他们,一边耐心地和他们解释包工的情况。此外,杜铭每次从外面回来,不仅朋友、邻居来她家串门,村上的一些干部也过来询问外面的情况。每当这时,阮碧霞总要买些酒肉烟茶,特别招待这些人,虽然有时也很心疼这二三百元的招待费,但她还是乐此不疲地做些好吃喝,款待来来往往的人。最让她得意的是,每年年终杜铭给村里民工发放工资那一刻,当她看到丈夫拿着一捆捆钞票分发给那些脸膛黝黑的民工,一股骄傲之感油然而生,要是没有杜铭,这些双腿离不开土地的人,在家刨食十年八年都挣不来的。作为一个女人,看着众多人依附自己的男人,心里的自傲溢于言表。

可是阮碧霞也有孤独的时候。

杜铭一年四季在外承包工程,俩人在一块的时间比较少,她才三十岁,正是激情似火的年纪。白天劳动时还好些,忙前忙后,一眨眼就过去了。一到晚上,两个孩子跟爷爷奶奶住在一起,西房内只剩下她一个人,独守空房,只能掐着指头硬熬。

阮碧霞想男人的时候,浑身的燥热让她难耐。这时候她在心里就埋怨杜铭："钱是什么？人又算什么？"

阮碧霞的怨念好似让杜铭感应到了，昨天他打电话，说最近几天要回家一次。阮碧霞听后很高兴，天天念叨，总算把男人给盼来了。

杜铭回来在家住了三五天，阮碧霞过上了正常的夫妻生活，晚上她偎依在丈夫怀中，久旱逢甘霖，怎能不珍惜。

丈夫的抚摸让阮碧霞飘飘欲仙，好像又回到了新婚之夜……杜铭也想办法让妻子得到满足，尽到丈夫的责任。

俩人翻云覆雨之后，都慵懒地躺在被窝里，阮碧霞说话也温柔了许多。

"你以后能多回来几次吗？"阮碧霞轻轻地问。

杜铭知道妻子的话外之意，立马抱紧了她，无奈地说："我也想多回来几次，可是工地上太忙，实在脱不了身。"

"要不然的话，你跟我去工地。"

"家里的孩子与父母怎么办？还有地里的庄稼。"阮碧霞说。

"地不种了，我给家里请个保姆。"

"那我不放心，我跟你去了工地，娃娃跟着爷爷奶奶，爸和妈管不了孩子，地如果撂荒了，一年几千元的收入就没有了。"

阮碧霞说的这些话，让杜铭很感激，妻子太贤惠、太顾家了，这样的好媳妇去哪里找呢？此时他不知如何表白自己的关心，转过身来又趴在了妻子的身上……

月光慢慢地升上高空，皎洁的月光安详而柔和，好似对这对久别的夫妻特别的关爱，为他们的绵绵情欲增添了一分诗意。

杜铭每回来一次，阮碧霞的情绪状态都要好上一段时间，看着阮碧霞满面红光的样子，邻居家的小兄弟们总爱与她开玩笑，"嫂子，我杜铭哥回来一滋润，你都换了个人似的。"

一句话说的阮碧霞满脸通红，不好意思了，"他回来又不帮我干活，我凭啥要高兴？"

“你舍不得让他干活啊，你要他攒足精神，晚上好好伺候你呢。”

“净瞎说。”

“你看，我们猜对了吧，快说，昨晚上杜铭哥是怎样给你表现的？”

阮碧霞听到小兄弟们露骨的打趣，她不好意思地走开了。

杜铭在外面挣钱，阮碧霞在家里劳动，杜家慢慢殷实富足了。

阮碧霞与公公共同操持着家里的农活，杜老汉一辈子是干农活的能手，年轻时还当过生产队长，曾代表全县到地区作过农业生产报告会。

在西北的农村，公公与儿媳妇一般不在一块儿劳动。由于杜铭出门在外，家里的农活又苦又累，仅靠阮碧霞一个人干够呛，做公公的早已把儿媳妇当自己的闺女了，杜家老汉也不避嫌，和儿媳妇一起下地干活，还把自己的一些种植经验传给了儿媳妇。阮碧霞是个聪明人，把公公教的那一套全部学会了，犁耕耧耙样样都能上手。

转眼几年过去了，杜老汉干不动地里的农活了，阮碧霞也被劳动和生活折腾老了许多。杜铭在城里买了一套楼房，打算搬到城里去住，可是二位老人在乡下住习惯了，不愿意去。

对于在农村生活一辈子的老人来说，穷家难舍啊。杜铭的父母是土生土长的农民，一辈子都在土地上，就连睡的也是土炕，他们习惯土地带来的满足感和安全感，住楼房，心悬着，浑身不舒服。

七

在茫茫的打工潮中，杜铭是第一个走出守规村到外面打工挣钱的人，也是守规村第一个吃螃蟹的人。

改革开放初期，随着经济的发展，县城已经不能接纳更多的流动人口，为了扩大县城的面积，政府将县貌改造项目提上了日程。

杜铭所在的县城也不例外。

事情也巧，负责县城改造的省第七建筑工程公司的负责人周龙是乡教管中心主任周虎的哥哥。去年,杜铭给乡教管中心盖办公楼,由于业务上的往来,他与周虎慢慢熟络了。

经周虎牵线,杜铭结识了周龙,经过几次接触与商谈,杜铭很快承包了县城中心道路的部分扩建工程。

杜铭只是一个农村建筑队,怎能干这么大的工程项目?不过在改革开放初期,各行各业都是刚刚起步,像杜铭的农民建筑队还是当时比较大的工程队,他不但有自己的建筑设备,还有几十名固定的技术工人。

刚开始,杜铭对道路建设技术还不是很懂,但他虚心向省七建项目部请教,项目部也给予建筑队十分详细的技术指导。

在施工的过程中,杜铭与周经理关系日益密切,精益求精的工作精神和精诚合作的工作态度,让两个人互相欣赏、彼此尊重,还有点相见恨晚的感觉。

城区中心道路的改造扩建,设计的标准是百年使用期限。功能、技术都是按大城市模式设计。上水、下水、排水、供暖、电信、照明、绿化、亮化等设施样样俱全。

面对这样多的施工项目，杜铭除了向省第七建筑工程公司项目部学习外,自己也从书店买回筑路工程方面的书籍,边施工边学习;有些专业术语他一时搞不清楚,但他不怕困难,知难而进,一一查证学通。由于他这股钻研劲儿,在工作中遇到的很多问题都能迎刃而解。

在杜铭与省七建技术人员积极配合下,工程建设进度很快。在施工过程中出现的问题,杜铭能提出科学有效的参考意见,对此省第七建筑工程公司技术人员很佩服杜铭。

比如,怎样解决路面绿化中的土质盐碱化问题,传统的解决方案是在施工中留好树坑,在植树的过程中,挖坑换土植树绿化,但这种方式短时间内很有效果,可是时间一长,土质盐碱化会渗透扩大,会影响到绿化树的生长。

面对这一难题，杜铭提出自己的意见，为了防止路面绿化树盐碱化，可以尝试在栽树的方位下面铺设管网，形成地下漏水管洞，植树后，地面浇水，盐碱溶入水中，通过漏管网下渗到排洪沟内。这种设计造价虽然高些，但可以解决绿化过程中的盐碱化问题。

杜铭的这一提议，得到省七建技术人员的认可，省城市设计院的领导专家来视察指导工作时，对这一方案给予高度评价，有一位筑路专家还专门与杜铭约谈，后来把这一方案写进了他的研究课题中。

地面绿化防盐碱地下漏管网排盐碱设计方案的提出，让杜铭在省第七建筑工程公司出了名，七建公司总经理亲自接见了他，就施工技术方面的问题他们进行了交流，总经理对这位农民工很敬佩。

杜铭虽然是建筑队的包工头，但他与民工同吃同住，晚上加班，也会亲临现场，跑前跑后，这种与民工同乐同苦的精神，让建筑队的民工们很感动，工头如此勤快，他们有什么理由不卖命呢？

一次，省第七建筑工程公司的领导找杜铭商讨事情，走进他的办公室，见他人不在，便去施工现场找，问了工人，工人们指着一位满身是泥的人说："就是他。"领导一看杜铭正在沟里与民工一起砌下水洞，头发上都是泥水，若不是别人指，他还真认不出这个平常做事果敢的汉子。

工程质量是企业的生命线，杜铭对施工质量的要求很严格，在他施工的这一公里路段，他投入了很大精力。道路施工设计的排洪口，因砌砖不规范导致大小不一，与设计有一点差别，他要求民工把二十个排洪口全部拆除重建，仅这一项就多花费了上万元。

"咱们的重新改建只需三五天的时间，如果不修复，将给城区道路造成永久的麻烦，多花点钱没什么，咱们要的是工程质量"。杜铭在拆除现场说道。

这一事件传到甲方城建局领导的耳中，他们为有这样负责任的施工队伍而感动。

八个月的工程按时完成，杜铭承建的一公里城中扩建道路被县委、县政府评为优质工程，卸下重担的杜铭终于松了一口气。

“钱挣多少没有关系，这块沉甸甸的优质工程奖牌值千金啊。”杜铭感叹道。

杜铭高兴地把奖牌拿到家中，妻子阮碧霞更是乐得像孩子一样，仿佛杜铭抱回来的不是奖牌而是一个大元宝。后来，俩人一商量，干脆把村里的干部请到家中庆贺一番，也让他们高兴一下。

阮碧霞晚上准备了酒菜，把大队支书、村主任等干部请到家中。村支书一看是县委、县政府颁发的奖牌，惊得半天说不出话来，其他干部也都面面相觑。

在喝酒闲谈过程中，杜铭说省第七建筑工程公司的领导要带他去省城承包工程，惹得全场的人啧啧赞叹。

守规村要出大人物了，与省上领导攀上了亲戚，没有走出家门的守规村人，当时都这样猜测着。

县城道路扩建工程完工之后，杜铭领着建筑队随从省第七建筑工程公司搬迁至省城。根据协议，双方商定，建设工程项目由省第七建筑工程公司提供，杜铭包工负责工程建设，同时杜铭成立了自己的公司——昊鹏建筑工程公司，是省第七建筑工程公司的下属单位，定期向总公司交纳一定的管理费用。

到了省城，省第七建筑工程公司给杜铭的第一建设项目是城关区财政局办公楼，办公楼主体九层，地上八层，地下一层，这对杜铭又是一大挑战，盖房杜铭还算有点经验技术，建高层办公楼他还是第一次，在施工之前，建楼的图纸就抱来了一大摞。

正当杜铭担心自己不能承担任务时，省第七建筑工程公司给他派来了技术员——一级建造师刘抗，主要负责技术施工及工程建设中遇到的问题。

上级主管部门派来了一位技术工程师，杜铭紧张的情绪一下子放松了，他现在既要考虑建楼问题，又要考虑如何向这位建筑大师学习技术问题。

杜铭把刘抗请到建筑工地附近最好的宾馆,把这位“祖师爷”热情招待了一顿。

刘抗开始瞧不起这支农民建筑队,对这位包工的小伙子更是不屑一顾,自己是总公司派来的技术人员,主要任务是对施工中存在的问题进行技术指导,如果建设方配合不好,他可以要求调走,或者要求更换其他施工单位。

工程一开始,趾高气扬的刘抗对杜铭指手画脚,有时甚至出言不逊,对于刘抗的这种态度,杜铭没有生气,只是极力配合。

施工中,不管刘抗怎样刁难,杜铭都表现出不愠不怒的样子,总是不卑不亢地按要求做完。几次磨合,刘抗也渐渐对这位虚心请教的工头产生了好感。

杜铭真正打动刘抗的是一件小事。

刘抗的母亲生病住进了医院,杜铭打算从老家带几只土鸡,顺便让刘母补养一下身体。杜铭把鸡装进蛇皮袋子,又装进了纸箱中,不料鸡在车上被闷死了。

给别人送死鸡多不雅观,随后杜铭又想办法从老家租车带上了几只,土鸡值不了几个钱,可是他的做法让刘抗感动。

慢慢地,刘抗对杜铭的态度改变了,俩人成了很好的工作搭档。遇到阴天下雨不能施工,刘抗会在办公室拿出图纸,给杜铭讲解图纸上的相关知识。

八

社会经济的发展,促进了农村劳动力结构的变化,进城务工成为一种社会潮流,在轰轰烈烈的打工潮中,杜铭带着自己的建筑队浩浩荡荡地进城务工,而紫厢就没有那么风光了,她是孤身一人进城闯荡的。

进省城干什么?紫厢自己也说不清楚,只是觉得一起长大的几个玩伴要么在城里当保姆，要么进工厂当工人，她很羡慕，于是稀里糊涂地进城找工作了。

进城之后，身处陌生的城市，面对陌生的面孔，孤苦伶仃的她很是绝望，到哪儿找工作呢？她想打退堂鼓回家。

一天，紫厢在街上转悠，看到桥头上贴着一张手写小广告，招聘销售业务员，她抱着试一试的想法，到电话亭拨通了广告上的电话。几句话下来，没想到她被应聘了，工作是给一家灯饰店当销售员。

一直在家当农民的紫厢，没想到这么容易就当上了营业员，让她激动地流下了眼泪。因为当时在老家，商店里的营业员是很让人羡慕的职业。

由于紫厢接人待物热情大方，推销商品时口齿伶俐，不多久，她很受顾客的欢迎。

紫厢刚开始上班的时候，一月四百块钱的工资。她与其他三名女员工合租一间房子，月租金三百元，四人平分下来，每人只需要掏八十元。除了给自己留些生活费，其余的钱全部寄给父母。

这样的日子她一熬就是三年。

紫厢特别珍惜这份工作，因为她能自食其力地养活自己，她在这家灯饰店打工三年，从不计较个人得失，加班加点从不抱怨，工作业绩突出，让老板很赏识这位打工妹。

后来紫厢被调到其他分店，当了店长。当时，装修房子才刚刚开始流行，对于灯饰材料，顾客了解不多，利润颇为丰厚。

紫厢带领的五名员工，因销售业绩突出得到了老板的奖赏，老板在不断地给她们增加工资，发放奖金。

经济宽余了，日子也就好过了。爱美之心，人皆有之，紫厢开始学着城里人打扮起来。工作之余，她会与同事逛逛商场，为自己添置些衣服和化妆品。紫厢长得清新秀丽，亭亭玉立，加上工作业绩突出，老板对她关爱有加。

提起老板，他是一个特殊的人物，他不是专门从事经营商业生意的老板，而是一名国家干部，是市城建局的副局长，他叫王昆。

王昆是交通大学土木工程专业毕业，父母是市里的领导，大学毕业之后，他被分配到市城建局上班。

刚开始上班时，整日没事干，就像人们常说的“一杯开水一包烟，一张报纸看半天”的清闲工作，王昆忍受不了这样无所事事的工作环境，他想辞职下海经商，却遭到了父母的反对。

王昆在市城建局里一蹲就是五年，后来，他被提拔为办公室主任，开始了他的政治仕途。

工作一段时间之后，经人介绍，王昆与一名交警姑娘结婚。这位姑娘名叫金娜，省警校毕业，父亲是市公安局交警大队的队长。

结婚之后，王昆告诉妻子金娜，他对机关工作很厌烦，想下海做生意。当时国家机关干部下海经商的人很多，有的挣了大钱还当了老板，王昆很羡慕。

金娜同意王昆的想法，但不同意他辞职，金娜与双方父母征求意见后，同意他开一家公司，当兼职老板，于是他办起了灯饰销售公司。

灯饰店经营了几年，挣了不少钱，后来又扩大业务范围，成立了装潢材料销售公司。

在公司生意蒸蒸日上时，王昆的仕途也很顺利，他被提拔为市城建局副局长。

王昆的官越当越大，他的生意越做越红火。

因工作需要，王昆的岳父调至省交警总队当了主要领导，这也给王昆的公司业务带来了红运。

那时候，各县区公安局、交警大队为响应上级号召，改善办公条件，建办公大楼，王昆依靠岳父的社会关系，他的公司很快壮大起来。因为这些办公楼建成后要进行装修，装潢材料一般从他这里购买，公司的销售额急剧增长。

王昆还算本分,他没有像别的人那样,凭着自己的家庭背景与家里雄厚的经济实力而不可一世,而是过着平淡幸福的生活。

年关到了,今年的公司营利非常可观,王昆宴请全体员工,一来笼络人心,二来保证明年的销售工作更好地开展。

宴请地点王昆选了比较高档的怡静大酒店,用丰盛的宴席招待公司员工,员工们吃得很高兴,对老板非常感激。

宴请结束时,已是晚上十一点多钟,紫厢与同宿舍的三名女员工住得比较远,王昆答应把她们送回去。

王昆可以说是位儒商,他在经营管理上科学有方,在体恤员工的方面也做得很好,他能宽容员工的过失,体谅他们的难处。如在店中,年轻的员工收到假钱,他会悉心指导,损失算到公司的账面上。

王昆的这种做法将他与员工们的距离拉近了很多。

第二章 初 闯

一

众志成城，心想事成。王昆对员工的关心与理解，也让公司员工对他感激不尽，全体员工为公司的发展尽心尽力，为公司的繁荣昌盛出谋划策。在公司全体员工的共同努力下，公司走向了良性循环的道路，公司业务越做越大，经济效益直线上升。

为了让公司管理制度化、规范化，王昆把各分店工作业绩突出的店长，招集起来，进行集中培训，学习营销理论，掌握销售策略，完善管理制度。培训结束后，公司组织了一次旅游观光活动。

愉快的旅游让员工们非常高兴，有的员工还是第一次出远门，高兴的心情可想而知。

白天游玩景点，晚上吃住宾馆，喝酒、玩牌、打麻将，员工们的心情格外放松，也感受了工作带来的成就感。

王昆住的房间在紫厢的隔壁。

晚上十点多钟，王昆从酒店喝酒回来，微有醉意的他顺手推开了房门，他一看紫厢正坐在沙发上看电视，他猛然意识到把房间进错了。

王昆的贸然进来，让紫厢感到手足无措，她忙站起来说："王局长，您坐。"

"你坐，你坐，不好意思，我走错房间了。"王昆带有歉意地说，他顺手拉上门退了出来。

王昆回到房间，倒了杯开水，坐了下来，可是他眼前时时显现着紫厢刚才的身影。紫厢穿着米黄色的睡衣，悠闲地坐在沙发上看电视，挺起的胸脯、清秀的面孔、端庄的姿态……这个女子让他情不自禁，忽然有种想占有她的冲动。

王昆对于紫厢的关注，其实在年前的聚餐晚会上就开始了，楚楚动人的紫厢，弄得他心荡神摇。聚餐结束后，王昆开车去送几位女员工，紫厢坐在副驾驶的位置，闻着她身上淡淡的清香，王昆的眼神不能自持了。

对于王昆心醉神迷的表情，当时紫厢感到十分不自在。

外出旅游的员工回来，也带来各种奇闻轶事，这从某方面激发了其他员工的工作热情，希望明年能争取到机会。王昆也是爽快人，扬言明年要是业绩好，全体员工都出去旅游。

紫厢培训回来就生病了，请了一周的病假。按常理说，公司员工请假是很正常的事情，不过这次王昆听说之后，心中反而有了想法，他想去看望一下紫厢。

事隔两天之后，王昆买了些营养品去紫厢住处，紫厢见老板来看她，心中先是一怔，然后客气地打招呼："王局，不好意思，麻烦您来看我。"

"没关系，你坐下，我去市政府参加会议，顺路看一下你。"王昆说，"病好些了吗？"

"好些了，谢谢局长的关心。"生病中的紫厢很感动。

"注意好自己的身体，生病了要多增加营养。"

王昆因有会议要参加，坐了一会儿，起身告别，他的关心话让紫厢不好意思地低下了头。

随后几天，王昆又打电话询问了紫厢的病情。

王昆去看望生病的紫厢，不但让紫厢感激，而且让公司的员工们也很感动，他们为遇到这样的好老板而庆幸。

一天下午下班，王昆打电话让紫厢去怡静大酒店，说是一位客户要购买一批灯具，洽谈业务，要她参加。

紫厢按照王昆的吩咐，按时到宾馆五楼包间，一推门进去，里面只有王昆与司机俩人。

“小紫，请坐。”王昆先开口说。

“谢谢，王局，客户呢？”紫厢问。

“刚才客户打电话，说有事不能来了。”

紫厢听老板说客户不来了，随口说：“噢，那我先回去了。”

紫厢站起来准备回去。

“你先坐下，到了吃饭的时候，咱们吃点便饭。”

老板既然说是吃便饭，紫厢没有推辞，因为她与王昆吃过几次饭了，只觉得老板有钱，请员工吃顿饭很正常。

服务员把菜单拿上来，王昆顺手递给了紫厢说：“小紫，你想吃什么，随便点。”

“王局，您点吧。”紫厢嗫嚅着说。

王昆看到紫厢不好意思，他顺手点了几个菜。

王昆、紫厢与司机三人边吃边聊，他们谈的都是生意上的话题。

饭局结束后，紫厢、王昆与司机走出酒店，紫厢在酒店大厅正好碰上了老乡杜铭。

“杜铭哥，你咋在这儿？”

“噢，紫厢？”杜铭一脸惊讶。

“我招呼业务上的朋友，你在哪儿打工？”杜铭接着问。

“我在一家灯饰店，这是我们公司的王总。”

听着紫厢的介绍，杜铭主动与王昆握手打招呼。

“紫厢，你先忙，咱们有时间再聊，这是我的电话。”杜铭说着把名片递给紫厢。

“那好，杜铭哥，闲了我给你打电话。”

俩人打了招呼，杜铭便匆忙陪朋友进了宾馆。

王昆让司机把紫厢送回了住处。

隔了一段时间，公司员工会餐，王昆专门过来参加，在会餐的过程中，王昆向紫厢问起了上次在怡静大酒店见到的那个人。

“紫厢，咱们上次在怡静大酒店碰上的那个人是谁？”

“是我的老乡，我们是一个村的。”紫厢说。

“他是干什么的，看样子很有派头。”

“搞工程的，他叫杜铭，是我们村子里的大能人，他有自己的公司，我们村里的很多人都在他那儿打工。”

“搞工程的……”王昆说着停顿了一下。

善于察言观色的紫厢看出了王昆的心思，追问说：“王局，您是不是有啥项目，想帮一下我的老乡？”

紫厢一问，王昆还真的想了起来，真有一个项目马上要招标。

“有……”

紫厢一听，忙说：“要不我联系一下我的老乡，你们见个面？”

紫厢的一句话还真把王昆给难住了；他迟疑了一下说：“可以，你约一下你的老乡，我们见个面。”

不经意的一句话，却给杜铭带来了一次发展的机遇。

第二天，紫厢给杜铭打电话，说明了情况，紫厢说她的老板是市城建局的领导，杜铭听后很高兴，叮嘱紫厢晚宴订在壹壹宾馆。

紫厢与王昆如约而至，在吃饭的过程中，王昆说了事情的缘由。

“前几天，听市发改委的一位朋友说，发改委立了一个项目，已经批了下来，是要改造省道八〇一红色旅游线路，你是否有意向干。”

听到这个消息，杜铭感激地说：“多谢领导的关照！”

“不过这个工程比较大，承包公司要有一定的相关建设经验和一定的资质。”

“经验有，我们县城的中心道路扩建工程就是我在省第七建筑工程公司的协调下完成的，还被县委、县政府评为优质工程。”

“你还修过路？真没看出来。”

"可是,我们公司刚刚成立,您所说的资质认证是没有的,但我可以向银行贷款购买设备。"

"不光是建设设备的问题,还要有一些技术人员,他们要有国家建设部颁发的证书。"王昆解释说。

听到王昆的这些话,杜铭有点蒙了,没想到修路还有这么多的要求,以前在县城修路,也没听说上面要这些东西。

其实,杜铭在县城修路时,资质证明材料是省七建准备的。

"这也是最近上级主管部门颁布的文件要求,以前没有这么严格的程序,资质确实有点难办,不过你可以与省第七建筑工程公司协商,让省第七建筑工程公司出面招标。"

"可以,过几天我向总公司汇报情况。"杜铭说。

俩人越说越高兴,酒也越喝越多,直到酩酊大醉方才收场。

饭局结束后,杜铭向王昆、紫厢表示感谢。紫厢因为为老乡帮了忙,心中非常高兴,此时,她十分感激王昆。

与杜铭分手后,王昆提出要送紫厢回去,紫厢默许了。王昆与紫厢的距离又拉近了许多,一切都是这样的突然,又是这样的自然。

到了紫厢的住处,紫厢下车,向王昆打了招呼,王昆虽然没有下车送她,但他那火辣辣的眼睛像磁铁般盯着她,紫厢不好意思地避开了他的眼神,她的脸了露出了绯红的青春之韵。

对于王昆的关心照顾,紫厢早已觉察到了,每年年终发红包,王昆会给她多发一些。上次,紫厢的父亲来省城办事,王昆特意给她放了三天假,让她陪老人家在市区游玩了三天,还报销了这几天的交通餐饮费用。

杜铭得到王昆的指点后,开始跑贷款,购买机械设备。

杜铭在银行的信誉很好,款很快贷了下来,购置了一辆挖掘机、一辆压路机与两辆翻斗车。

招标由省第七建筑工程公司出面协调。

招标进展顺利,中标的公司很快揭晓,杜铭揽得了五公里的公路修筑权。他选择了一个吉利的日子,工程很快开工建设。

杜铭刚到省城打工闯荡,公司就步入了良性循环的境地。

二

王昆对紫厢的感情变化,一浪高过一浪,他给杜铭找工程干,可能是为了讨好紫厢。

在当时社会大环境的影响下,有钱人都爱找一个情人,做生活中的调味品。

王昆在上班的时候,因为心中有了牵挂,总是充满了寂寞,他几天不见紫厢,会急躁不安,以前他很少来公司,现在他一有时间经常来店中,说是检查工作,实际上是想看一下紫厢。

有时候,王昆在公司一待就是一两个小时,这让店里的员工感到有点意外。

王昆对紫厢的关心照顾,员工们猜测着老板喜欢上了紫厢,紫厢也觉察到了一点,她曾有意无意地躲避他。

随着时间的推移,王昆一次次地对紫厢的关照,让紫厢对王昆也产生了爱意。

王昆不来,紫厢惦记着,王昆来了,她又觉得很尴尬,没话可说。

事实上,王昆也想过来,但他一直克制着自己,他不能与紫厢走得太近,更不能有非分之想,行为不轨,不然的话,毁坏的不仅仅是姑娘的一生,而且还有自己的幸福家庭。

王昆在反思着自己的做法。

妻子金娜在交警队上班,每天很辛苦,回家之后,还要操持家务,但她没有怨声载道。王昆因单位、公司的业务繁忙,很少为家庭操心,金娜没有抱怨过他,这让王昆很满足,也很幸福。

紫厢是一位打工妹,出外闯荡很不容易,对于一位农村姑娘,他不想故意伤害她，更不想毁了她的清白。

可是感情这东西有时太折磨人，对于紫厢的爱意，偏偏让他处在两难的境地，一是舍不得贤惠的妻子，二是又不想割舍对紫厢的恋情，精神上的折磨让他夜不能寐。

必须理智地处理与紫厢的感情，王昆经常提醒自己。

都说有钱人比较霸道，想占女人的便宜，就如吃一顿小排档，而王昆不是这样，他与紫厢的关系处得很谨慎、很小心。

紫厢害怕自己陷入感情的旋涡中不能自拔，她几次想辞职不干，可她又下不了决心，找工作的艰难与感情上的纠结，让她处于两难的境地。

王昆与紫厢都在苦恼之中，这样的日子坚持了近一年的时间。

感情使人理智，有时感情也让人酿成错误，对于感情，紫厢犯下了一个不可饶恕的错误。

近期，金娜被市交警大队派往外地培训学习半年，给了王昆与紫厢单独相处的机会。

金娜要去外地培训，由于时间长，她害怕王昆照顾不好女儿，便把女儿送到了爷爷、奶奶身边。

孩子跟爷爷、奶奶生活在一起，王昆的自由时间就多了，他下班之后除了工作上的应酬之外，就没事干了。此时，他想到了紫厢。

金娜在家的时候，王昆每天回家，并没有感到无聊寂寞，现在金娜出差，他一个人忽然无聊起来，既不想看电视，又不想读书，不知道做什么好。

人在没事情的时候，容易胡思乱想，王昆也不例外。此时王昆的脑中全是紫厢，她好像一个幽灵一样在他的脑中萦绕不去。

晚上一有时间，王昆就以各种理由约紫厢出去玩。刚开始时，为掩人耳目，他把分店的员工都约出来，到 KTV 唱一阵歌，喝点啤酒，打发一下无聊的时间。后来，随着俩人感情的升温，王昆害怕公司员工看出破绽，晚上出来唱歌时,不再约其他员工,只约紫厢一个人。

随着俩人相处时间的增多,紫厢也感到习惯了。

一天,俩人如约到 KTV 唱歌,紫厢喝了点红酒,酡红的脸庞愈发娇嫩,坚挺的双乳在薄薄的衬衣下隐隐耸起,纤细的腰被一粉色腰带勾勒出来,屁股在包臀裙的裹衬下看起来结实挺翘,浑身散发着青春女性特有的那种含苞欲放的魅力。

略带醉意的王昆心下感叹,紫厢这姑娘长得太俊俏了,只恨自己早已成家没有缘分,哪位小伙子娶上这样的女人,可谓艳福不浅啊。

随着王昆与紫厢接触次数的增多, 俩人没有了以前那种下属与上司之间的客套,逐渐亲近起来。紫厢见了王昆不再拘谨,而是用女性特有的温柔和体贴关心王昆,王昆也会时不时地给紫厢打电话嘘寒问暖。男人和女人一旦在情感上有联系的时候,肉体上也不会做出太多的抗拒。比如,有天晚上,俩人又约着去唱歌,紫厢点了《康定情歌》,王昆拿起麦霸深情地唱起来,紫厢听着听着眼眶湿润了,这首歌唱出了她的心声。王昆见紫厢双眼含泪,心疼地将手搭在了紫厢的肩膀上,紧紧地给她力量和依靠,俩人不约而同地合唱起来

……

一来溜溜地看上
人才溜溜的好哟
二来溜溜地看上
会当溜溜的家哟
月亮弯弯
会当溜溜的家哟
世间溜溜的女子
任我溜溜地爱哟
世间溜溜的男子
任我溜溜地求哟

……

唱到此处，紫厢有点冲动，这个男人若能长久依靠，此刻，她愿意以身相许。

但是，紫厢失望了，王昆没有对她做出出格的举动，他只是紧紧地揽着她的肩膀。

也许，是因为王昆已经有了家庭，而且还很幸福、很美满。

那么王昆为什么一直约她呢？难道他对自己没有一点非分之想？可是，此刻，他为什么无动于衷呢？紫厢心乱如麻，她轻轻地推开王昆的手，坐在沙发上假装重新点歌，要镇静一下。王昆发现了紫厢有一丝不快，但他没有上去安慰，因为他知道，一旦过去，他和她之间就没有界限了。

冷静的紫厢忽然脸色煞白，她为自己刚才冲动的想法惊了一身冷汗，她暗暗庆幸自己没有做出过分之举，否则，她和王昆之间什么都不是了。

刚一入冬，王昆给每位员工发放了一套棉被，他本想给每人发二百元的奖金，让员工们自己去购买，但他又担心发放奖金，员工们舍不得买。

紫厢心中明白了，上次自己有病，王昆去宿舍看望她的时候，特意摸了她的铺盖，这绵软的被子看似员工福利，实为王昆对自己的关心。

员工们提着被子，就像提着老板的一腔热情厚义，虽是寒冬，心里暖暖的。

对于王昆的关心照顾以及俩人近一段时间的频繁接触，紫厢感觉到自己已经离不开王昆了，尽管王昆没有向她表白过什么。

但她又害怕这样发展下去的结果，要么王昆家庭受到伤害，要么自己身败名裂，后悔一生。

紫厢越想越害怕，她决定找个机会辞职。

星期六下午收班，紫厢去总店交账，王昆正好在总店，交完账，王昆招呼紫厢坐一坐。

现在公司只有他们两个人。

紫厢没有推辞坐了下来，她认为必须向王昆坦白了。她调整了一下自己的思绪，说："王局，我不想干了，我想辞职。"

听到此话，王昆没有感到惊讶，只是问了一句："为什么？"

紫厢稍微停顿了一下，正准备解释，王昆打手势让她不要再说了。

"没有理由。"紫厢抢着说。

"我不允许，你有什么想法。"王昆已经看出了紫厢的窘态。

紫厢听到此话，带着哭腔说："我必须离开这里，我受不了感情的折磨。"

听到紫厢委屈的解释，王昆上前一把抱住紫厢说："都是我的过错，给你造成精神上的痛苦。"

美女难过英雄关，铁定心的紫厢被王昆这么一抱，完全忘了自己的初衷，竟然趴在他的肩膀上哀哀地哭起来了。

"我不允许你辞职，东关分店离不开你这位店长，其他的事情，我会尽力考虑的。"

王昆的一番话，让紫厢一下清醒了，店长算什么，她在乎的不是王昆的权位和金钱，而是他对自己的好。王昆拿店长的位置挽留她，让她有点失望，终归他在乎的还是他的店，不是她，那她还有什么理由辞职呢？

自从辞职一事一闹，王昆和紫厢的感情也捅破了。王昆通过这件事也看清了紫厢的心，紫厢也知道自己在王昆心中的分量，得不到爱，能得到挽留，也是好的。

为了避免公司员工说闲话，王昆给紫厢租了一套楼房，让她单独居住。紫厢欣然接受。

人啊，都是如此虚伪。王昆与紫厢的那点事儿，公司的员工都知道，只是老板与店长如此暧昧，谁好意思去提醒，何况俩人都没有影响到工作。

王昆去紫厢住的地方，男女同处一室，难免情难自禁。紫厢是一个年轻的女子，爱到浓烈时，自然忘了王昆是一个有家室的人，她原本在心里很反感自己的行为，但见了王昆，她连轻轻一推的勇气都没有了。当王昆抱着她的时候,她却异常渴望被他占有。王昆见紫厢如此大胆热烈,也以激情回报了她的热烈。

就这样,紫厢做了王昆的情人。

王昆与紫厢同居以后,心中很纠结,他后悔自己的行为,因为自己的一时冲动,一个青春懵懂的姑娘被他糟蹋了,一个忠贞不渝的妻子被他辜负了。他常常觉得变成了一杆秤,一头担着妻子,一头担着紫厢,无论哪一方,他都无法专心致志地拥有她们。

肉体的结合不等于现实的媾和,王昆割舍不下自己的家庭,更割舍不下政治背景支撑下的工作。这些紫厢是知道的,王昆的矛盾,也是她的矛盾,但是肉欲的快乐,让他们无法从中脱身。

紫厢和王昆的感情就是在这种矛盾中建立起来的怪物,它像魔咒一样领着他们在幽谷中探险,又将他们逼到黑暗的边缘。

三

由于紫厢工作成绩突出,她被提拔成公司的销售主管,为她和王昆的感情提供了更广阔的空间。

一个女人一旦爱上一个男人,就会倾尽心力去追求,紫厢就是如此。她可以把男人的缺点看成优点,忘掉他的身份,不看他的背景,不在乎他有无家室。这种失去理智的追求是疯狂的,它让紫厢即便是被全世界唾弃也无所谓,小三,情人,这些骨子里卑贱的词语她愿意接受了。

有时候,她觉得自己是个疯子。

王昆对自己行为虽然很后悔,对于金娜的愧疚感,对于家庭的负罪感,常常让他喘不过气来。但是一旦看见紫厢那柔情妩媚的目光,一想到紫厢梨花带雨的眼泪,他的心就软了。

紫厢也知道,俩人虽然已经越过了道德的底线,但王昆还是有所顾忌的,他不敢太放纵自己,不敢在公众场对她太亲密,有时还故意躲避她。

然而,随着俩人的交往,紫厢变了,起初对于王昆的感情更多的是爱,后来,漫漫黑夜中的孤寂逼她想占有他,想和他组建一个完整的家庭。

一天下午,公司例会结束后,紫厢故意找借口到王昆的办公室,俩人相见,她控制不住自己的感情,扑到了王昆的怀中,犹如漂泊流浪的孤船找到了避风的港湾,随即泣不成声地说:“你为什么一直躲着我?你躲着我,却又给我租房,关心我,这是什么意思,我做错什么了?”

“你没有做错什么,我也没有躲着你。”王昆擦着紫厢的眼泪说。

“你撒谎,从你的言行举止,我可以看出,你是故意疏远我,其实你的心中放不下我。”紫厢哭得更凶了。

王昆用手推了推紫厢,紫厢却把他抱得更紧了,好像掉进水里的小孩抓住了一根救命的绳索,紧紧不敢放开。

“那好,找个机会,我请你吃饭,咱们好好聊聊,这里是办公室,注意点形象,看你哭哭啼啼的样子,让别人看见,多不雅观。”

紫厢还是不放手,把王昆抱得更紧了,王昆心里一热,也抱紧了紫厢。

王昆紧紧的一抱,一股幸福感涌上了紫厢的心头。

看到紫厢的情绪有些缓解,王昆接着说:“要不,过两天我请你吃饭。”

“打算订哪家高档饭店?”她娇滴滴地说。

“到时候你就知道了。”王昆说。

紫厢没想到的是,王昆请她去他家吃饭。

王昆住在市城建局的家属楼,房子面积很大,装修得很雅致。

对于紫厢去自家吃饭这一决定,王昆是做了好久的思想斗争才定下来的。看着紫厢愈陷愈深,王昆知道迟早有一天会东窗事发,妻子知道,岳父家便知道了,以岳父家的背景,一旦知晓他有情人,扒了他的皮不说,全家上下定无宁日。所以,他对妻子金娜说,公司有个女的对他有意思,夫妻俩必须演戏逼她知难而退。

金娜也是知情达理的人,她精心备了一桌子饭菜,也把自己收拾得端庄大气,期望以“第一夫人”的气势与和睦融洽的家庭氛围逼退这个紧追不舍的年轻女子。

尴尬的一顿饭就这样开始了，紫厢被王昆夫妇的恩爱触到了痛点，一桌子佳肴，对她来说索然无味，最后草草几筷子，便以公司有事为由，狼狈地逃出了王昆家里。

回去之后，紫厢心中很烦闷，她想不通的是，王昆为什么在家中请她吃饭，是向金娜炫耀情人的年轻貌美，还是让自己知道，他有一个幸福的家庭？

紫厢知道，后者的可能性更大一点。

王昆幸福的家庭刺激了紫厢，让她既羡慕又嫉妒金娜。她知道自己的介入会给这个家庭带来麻烦，会给王昆的事业和公司业务带来不好的影响。她现在能全身而退吗？能不能啊？她在心中问自己。

紫厢多么羡慕城里人的生活，多么渴望自己在这个繁闹的城市也有一处容身之地，多么希望像王昆的妻子那样有个幸福温馨的家庭，让自己疲惫的心有了停靠。

王昆请她到家中吃饭以后，紫厢意识到了王昆的想法，在以后的时间里，紫厢尽量克制住自己的感情，不再与王昆交往。可是，不管紫厢怎样控制自己，只要一看到王昆，她的心中有一种难以言说的心酸。这种心酸是空前绝后的，以前刚开始出来打工时，虽然挣钱不多，整日为工作的事情奔波，但那时一心一意地干活，身体累了，晚上睡一大觉，第二天又精神饱满。而现在虽然工作稳定，收入非常不错，但是感情的事情把她逼到绝路，快乐远离了她。

见紫厢逐渐冷淡，这边的王昆却急了，找理由又来找她，对她百般献殷勤。这湿柴遇见烈火，时间长了，自然也会燃烧起来。紫厢心里本来就寂寞，架不住王昆的热情，于是俩人又黏在了一起……

罪恶从欲望开始，也会以欲望毁灭结束。

人啊，怕啥有啥，一次金娜与王昆开了一个玩笑，快把王昆给吓死了。

一天清晨起床，金娜娇羞地偎在王昆的怀中，娇声说道："昨天晚上，你在睡梦中说话呢。”

“我说梦话了？”王昆心中一震，“我都说了些什么？”

“你猜？”金娜撒娇似的做着撩人姿态。

“我猜不着。”此时的王昆心中很紧张。

“喊我的名字哩。”

听到金娜一说，王昆更加严肃了。

“连人都不会哄，我是逗你玩呢。”金娜失望地说。

王昆听到金娜说是逗自己玩，心中紧张感消失了一半，他用力把金娜搂了搂，给了她一个炽热的长吻，妻子得到应有的满足，脸上泛起了幸福的红晕。

其实，王昆晚上不但没有说梦话，而且呼噜声打得很响，影响得金娜睡不着觉，不过对于王昆的扯呼，金娜已经习惯了。

女人都是生活在幻想中，过日子女人靠哄，有时，男人的谎言也是生活的一种需要。

王昆被提拔成市城建局领导后，金娜心里很不安，男人一旦有了权力，多少有点把持不住自己，尤其像王昆这种年纪轻轻就能当上处级领导的，周围要是没有蜂蝶环绕，也会有几只苍蝇之类的。自从王昆和她演了那场鸿门宴的大戏以后，她的心里更生疑了，常在河边走，哪有不湿鞋？王昆若是外面乱来，她能有什么办法呢？

四

王淑婷结婚以后，她的日子过得还算幸福，胥晨虽然腿脚有残疾，但是对老婆还是疼爱的。王淑婷对人和善，知书达理，贤惠勤快，别人都夸胥晨娶了个好媳妇。

王淑婷结婚之后，虽然对自己的婚姻充满遗憾，甚至有时心中有种难言的酸楚，但随着时间的流逝，她还是认命了，嫁鸡随鸡，嫁狗随狗吧。再说，胥晨虽然腿脚有残疾，对老婆还是疼爱的，这让王淑婷对婚姻抱有一丝希望,她精心操持着家务,把家里拾掇得井井有条。胥母看着勤快贤惠的儿媳,心中有着说不出的踏实。

一年之后,王淑婷生了一个男孩,孩子的到来,给这个经历风雨的家庭带来了快乐与幸福。

作为女人,王淑婷能体谅早年丧夫的婆婆,知道她这辈子心灵上承担的痛苦和寂寞太多了,所以竭尽所能地孝敬她。胥母也很疼爱这个儿媳妇,虽然王淑婷没有工作,但她任劳任怨地为这个家付出着,爱着他们孤儿寡母,她还有什么奢求的呢!

孩子半岁时,婆婆找借口把他抱走了,晚上婆婆自己带。王淑婷看出了婆婆的心事,她虽然有点不太情愿,但还是依了婆婆的做法。

为了让婆婆照顾好儿子,王淑婷不让她下地干活,农活她一人承包了。丈夫在学校教书,婆婆在家里照顾孩子,这对于一个传统型家庭来说,是一种天大的幸福。

儿子出生以后,王淑婷比以前爱打扮了,但她不是过分追求时髦,只是收拾得更加稳重大方。王淑婷走在大街上,许多小伙子都怏怏不乐,有些心下暗骂:这么漂亮的女人让一个瘸子给娶走了,老天真是瞎了眼。嫉妒归嫉妒,王淑婷还是胥晨的老婆。

对于现在的家庭生活,王淑婷很满足,人活一辈子,还不是图个平顺,一家人和和睦睦,这就足够了。

每天早上,王淑婷是第一个起床,蹑手蹑脚地走到院中,开始了一天的忙碌。她先打扫干净院子,随后去厨房做早饭。看到袅袅炊烟从胥家院落冉冉升起,邻里们都夸胥家娶了个勤快的媳妇。

胥母起床,看到拾掇整齐干净的院落,心中充满感激。昔日清静的院落有了勃勃生机,孙子已经两岁多了,爱玩要的他整天把院子弄得乱糟糟的,有时玩到尽兴时,对奶奶的呵斥声置之不理,气得奶奶直跺脚,他却笑嘻嘻地看着奶奶演戏。

王淑婷看到儿子与奶奶在院中追赶吵闹,心中有着莫大的满足。

每天清晨，胥晨洗漱完毕，走进厨房看到热气腾腾的早点放在餐桌上，心里暖暖的。贤惠的妻子很会调理生活，换着花样置办一日三餐。胥晨没结婚之前，农忙时，他常常自己下厨做饭，照料家里的毛毛狗狗。自从王淑婷进家门之后，他完全变成一个甩手掌柜，一点家务都不做了，不是他懒惰不愿做，而是王淑婷不让他做。她经常对胥晨说的一句话，你是老师，只需把学校的娃娃教好就行了，家务活不需要你干。简单的话语让胥晨的心都融化了。

每月发的工资，胥晨都会如数上交给妻子。王淑婷是持家能手，地里的庄稼收入也很好，胥家的日子这是节节上升。

胥晨看到妻子很辛苦，他会时时惦记关心着王淑婷，每次去县城开会，他都会给王淑婷买些衣服、化妆品等。王淑婷虽然每次都絮叨胥晨乱花钱，不知道节省过日子，但她心里还是热乎的，自己的男人身体残疾，心却是健全的，甚至比那些身体好的男人还疼爱自己的老婆。

让王淑婷感到最踏实的还是每天晚上躺在丈夫怀中，享受夫妻之欢，男女之爱。现在流行外出打工，本村的男人出去打工挣钱，老婆在家独守空房，个个馋猫一样地干挨着。她虽然找了一个腿脚不灵便的男人，但那方面他一点都不弱，而且胥晨挣的比别的男人多，人又轻松。这一比较下来，她从心里慢慢接受了自己的夫家，渐渐放下了失恋之后的那些痛苦。

接受自己，显然比接受别人要幸福多了。

五

王淑婷结婚已经六七年了，儿子四八五岁多了，昔日的王淑婷随着时间的磨炼，更具有成熟妇人的风韵了。

但是一些爱倒闲话的人，看不惯这个幸福的家庭，他们说王淑婷做姑娘的时候比较风骚、很不安分，已经有了相好的，并且关系密切。这些闲言碎语传着传着，就像真的一样了，给胥家蒙上了一层阴霾。

胥晨听到大家这么说的时候觉得大家嫉妒妻子貌美，才说这种闲话。

但是后来听得多了，他信以为真。

突如其来的流言蜚语，他不知自己该如何面对。

近一段时间，胥晨心烦意乱，星期六回家，他心事重重，精神疲沓。然而，王淑婷却一无所知，她如平常一样，把饭做好，端到炕桌上，等着丈夫回来吃饭。

胥晨进门之后，王淑婷看他一脸憔悴，忙心疼地问："你是不是生病了，脸色这么难看？"

胥晨没有答话，沉闷地坐在沙发上。

"看来今天，皇太爷有心事了，这么不中人意。"王淑婷开玩笑地说。

胥晨抬起头来，带着责备的口气问："你是不是有啥事情瞒着我？"

这一问，问得王淑婷莫名其妙，她左思右想，家里没有什么事情可隐瞒的，于是坦然地说："没有啊！你今天怎么了？阴阳怪气的。"

"那你就好好想想吧！"胥晨愤怒地说。

王淑婷以为丈夫在单位遇到麻烦事，把情绪带到家里来了，她没有再多说话。

吃过晚饭，胥晨没有打招呼去了学校，晚上他没有回来。王淑婷也没有多想，刚看胥晨一脸憔悴，以为最近学校事儿多，他忙着备课去了。

第二天，胥晨仍没有回来，婆媳都没有异常的举动。

第三天晚上，胥晨还是没有回来，王淑婷本来想去学校看看，却犹豫了一下，没有去。她想胥晨可能有事情忙着呢，自己这一去，只会给他添麻烦，于是就睡了。

第四天晚上，胥晨回来了，见到家人也不说话，闷闷不乐地吃过晚饭，回到自己的房间睡了。

王淑婷干完厨房里的杂活，回到房中，看到丈夫已经睡下，她窸窸窣窣地脱掉衣服，偎依到丈夫怀中，要是平时，胥晨肯定会亲昵地拥抱她，夫妻欢爱一场。但是，这次胥晨没有这样做，反而用力把她推开了。

这让王淑婷感到意外，心中的激情像泼了一盆凉水，冷却下来，稍带怒气地说:“这几天你怎么了,单位里受气也不能带到家里啊。”

“你咋知道是单位的事情。是关于你的事情。”

“我的事情?”王淑婷急了,生气地说,“我一个村妇,能有什么大事,让你生这么大的气?”

“你以前是不是有什么事情隐瞒着我?”

“没有呀!你咋老问这个问题?”

“你在结婚之前,有个要好的男同学,当时关系不一般。”胥晨咬着牙齿狠狠地说。

“你咋能说出这样的话?结婚六七年了,我亏待你了,还是干了见不得人的事情?你竟然这样怀疑我?”

“你还嘴硬,那杜铭是谁?”

胥晨一提,还真戳了王淑婷的痛处,她的泪水哗哗地往下淌。

“你小心眼,我们是邻居,从小一起长大,一起上学,就这关系。”王淑婷伤心地说。

“前几天,你到县城去,咋又和他搅和在一起,是不是旧情复发了?”

“你无耻。”王淑婷呜呜地哭了起来。

“在县城正好碰上了,打了招呼,问了几句,你咋能这样想呢?”

“那你回来为什么不说?”

“碰上邻居说了几句话,有必要回来给你说嘛!”王淑婷大声嚷道。

“你小点声音,不要把妈吵醒了。”胥晨怒斥道。

“这两天,我在学校没有回来,你为什么不来学校看看?”

王淑婷听到这话,又气又悲:“不可理喻,你又不是小孩子,在学校过过夜,有啥看头?”

“这说明你心里有鬼。”胥晨气呼呼地说。

王淑婷听到胥晨已经胡搅蛮缠,干脆不与他辩解,直接起床去沙发上睡了。

第二天起床,胥母看见儿媳脸色不好,以为她晚上没休息好,没有多问什么，以后的几天，王淑婷与往常一样，做饭、去地里干活，只是心情不似往常好了。

“你感冒了？”胥母问。

“没有。”王淑婷苦笑一下说。

“如果不舒服就休息几天，地里的活不要干了。”胥母带有关心的口气说。

王淑婷想说什么，但她又止住了。

胥母看着儿子最近也有些异常，当母亲的，好像预感到了什么，询问儿子，胥晨说没什么，胥母更加怀疑这对小夫妻。

“既然没有发生什么，为什么俩人都拉着脸，一副吵了架的样子呢？”胥母心里暗暗地问自己。

六

一天，王淑婷有事回娘家去了，吃过晚饭后，胥母叫住儿子，问最近发生了什么事情，胥晨说出了他道听途说的闲话。胥母一听，当时气急败坏，没想到平时贤惠的儿媳结婚前竟有这种丢人现眼的事情，真是知人知面不知心啊。

这天晚上，胥母没有睡着，她痛苦地回忆着自己的过去，二十几岁失去丈夫，生活虽说十分艰难，但自己恪守妇道，方圆几十里从无一人说她的闲话。然而，她没想到自己的儿媳竟做了如此不检点的事，这让她伤心流泪。

王淑婷从娘家回来，心情好多了，满带笑容地向婆婆、儿子打招呼，胥母一脸不悦，王淑婷没有在意，准备换了衣服下地劳动。

此时儿子四八来妈妈的屋里，说奶奶让她去上房，王淑婷以为婆婆有啥事情，拉着儿子的手高兴地走进上房。

胥母见到王淑婷进来，怒不可遏，开口骂道：“贱货，不要脸。”

王淑婷一脸无辜，脱口问道：“妈，你说话咋这么难听？”

“我说话难听，你做事就不难看？早知道你结婚前有男人，谁还要你这个破鞋？”

婆婆这么一骂，王淑婷恍然大悟，肯定是胥晨把前几天的事情给婆婆说了，她气得说不出话来。

“我没有做错任何事情，您不要没根没据地胡说。”气昏头的王淑婷直盯着婆婆，一点不饶的样子。

“你不胡来，我能胡说吗？”胥母也提高了嗓门，“难道胥晨还把这种不光彩的事情往自己女人身上揽？”

王淑婷气得浑身发抖，脸色由红变白，由白变紫，最后哭着跑回了自己的房间。

王淑婷对婆婆的做法感到很痛心，回想起这几年她为这个家庭的付出，想到自己的懦弱，想到自己的委曲求全，想到丈夫婆婆的羞辱，她竟然失声痛哭。

胥母对儿媳刚才的表现也感到气愤，自己做错了事，还倒有理了，不听劝教反而态度强硬，真是不可理喻。

从此以后，这个家庭出现了裂痕，家中失去了往日的笑声，胥母和儿子联手整治工淑婷，让工淑婷感到万箭穿心。

事情刚发生时，王淑婷想丈夫婆婆是一时之气，等冷静以后会听她解释，然后一家人会如以前一样和和气气，但是王淑婷想错了。

任何结怨都可以泯灭，唯有感情上的事情很难说清楚，最不能让人容忍。王淑婷一直找机会向丈夫、婆婆解释，但她不提此事还好，一提起来，胥母会大发雷霆，怒气冲天。

家庭矛盾出现以后，胥晨去学校住了，每到夜深人静的时候，王淑婷常常苦不堪言，她想不通自己为什么被冤枉，婆婆和丈夫只相信谣言。

一次，王淑婷去学校找胥晨，本想与他好好谈谈，希望丈夫能回心转意，可是她一到学校，胥晨又是讥讽又是挖苦，说得她比那些真正水性杨花的女人还淫荡。她流着眼泪离开学校。

在路上，王淑婷知道在农村，只要是与感情有瓜葛的事情，是永远说不清的。不管谁错，女人是第一个被谴责的，如今谣言四起，她能做的除了沉默，就剩下苟活了。

当姑娘的恋爱事情，如今被婆家无限放大，她不能为自己辩解，也无从辩解。每每想到此，王淑婷总是一身冷汗。漫长的人生，如果一直被流言围困，她，一个女人，能做什么？

为减轻精神上的负担，忘掉痛苦的一切，王淑婷每天只顾劳动，婆婆与胥晨对她的各种折磨，她都强忍着。

自从事情发生以后，胥母对王淑婷真是百般刁难，以前她做的最好吃的饭菜，现在胥母也是挑三拣四，摔碟子撂碗；有时胥母心情不好的时候，还指桑骂槐，对她横挑鼻子竖挑眼。对于胥母非人般的折磨，王淑婷默默地忍受着，心中万念俱灰，死尸一样地活着。

超负荷的劳动，使王淑婷每天在崩溃的边缘苦苦挣扎，有时候她真想死，也许死了以后，婆婆丈夫能清醒过来。但她舍不得四八，他才是一个五岁的孩子，每当奶奶爸爸责骂妈妈时，他总是以稚嫩的话语安慰着妈妈。

"妈妈，别哭，我陪着你。"

"妈妈，你别伤心，奶奶她就不会生气了。"

"妈妈，你不要太难过，四八会给爸爸说好话，他就不欺负妈妈了。"

……

每次听到儿子这些善良且天真的话，王淑婷擦干眼泪去干活了。为了儿子，在这个世界上做牛做马，她也心甘情愿。

王淑婷做姑娘时有个相好的，这个消息不胫而走，十里八村的人都在谈论。每次王淑婷一出家门，就觉得周围的人指指点点，她心中有一万个想解释的冲动，可是他们像躲瘟神一样避着她，让她欲哭无泪。

既然邻里亲朋们都不相信她，她还有什么勇气向他们解释。最痛苦的时候，王淑婷一个人会跑到后山放声大哭，哭得山摇地动，回声连连。

世间的人有时候为什么还不如一座山？山能包容她的哭声，包容她的笑声,包容她的无助,包容她的软弱……而人呢,他们恨不得用谣言杀死她!

是的,她爱过杜铭,爱得神魂颠倒。但是,这有什么错呢?她和杜铭连手都没有拉过,甚至连一句“我爱你”都没有说过。这些如果是出轨,那么全世界的暗恋者都是可耻的。

一切都认命吧,王淑婷在自我安慰,时间会给每个人答案,即使这个答案是错的。

哭完之后,王淑婷踉踉跄跄地回到家中,在她的心中,这个家已经没有爱了。

邻居在背后的指指点点,让王淑婷常常不堪重负,她精神有点恍惚,干活的时候常常丢三落四,这为婆婆的责骂又提供了借口。刚开始的时候,她还想辩解,后来慢慢地习惯了,任她骂去。

秋收的时节到了,满地金碧辉煌的庄稼抖落了丰收的喜悦,但是这没有改变人们冷漠的心,人们不再夸王淑婷能干,而是认为她只是运气好。

一天,王淑婷拾掇完地里的黄豆往家里走,她太疲惫了,一不小心滑进旁边的水渠里,把脚给崴伤了。她一瘸一拐地回了家。

脚受伤了,不能下地干活,王淑婷只能待在家里,婆婆的脾气更大了,对她横加指责,王淑婷生不如死。

每天吃饭时,婆婆做好饭后也不理她,王淑婷只好拄着拐杖去端饭,胥晨更是绝情,根本不管王淑婷的死活,随她自生自灭。王淑婷觉得在这个家中自己已经可有可无了。

婆家人的冷血无情让王淑婷精神几近崩溃,有几次她想到了死,在她自寻短见时,冷心的胥晨又把她拽了回来。他说,像她这样的女人配不上死,只有活着被别人唾弃才是赎罪。

脚伤好了以后,王淑婷带着满肚子的心酸回到了娘家。

王淑婷向母亲诉说了婆家人对她的虐待,让她非常痛苦。母亲看到女儿痛苦的样子，泪水簌簌地流淌，她恨自己当初的选择，硬把女儿嫁到了胥家，一肚子的后悔欲说又止，只能拉着女儿的手默默地流泪。

母亲知道了事情的缘由，她感到束手无策，只能简单地开导女儿。

晚上闲下来，母女俩扯起来烦心事。

“今后的日子，没法过下去了。”王淑婷失望地对母亲说，她的眼睛里一片死灰。

王淑婷的母亲听了这句话，知道女儿已经忍无可忍了。

“哎！要不，咱找你二姑与你婆婆谈谈。”母亲叹口气说。

“没必要了吧，上次我二姑把该说的都说了，胥晨和他妈都听不进去，总认为我与二姑联手骗他们。”

“那你先在家中住上一段时间，缓解一下家中的矛盾。”母亲无奈地说。

“我不想回去，我准备离婚。”

听到女儿说离婚，母亲沉默不语。

母亲看着女儿苦闷的样子，心中如针戳般疼痛。

“你要不想回去，就出去打工散散心。”

听到母亲这句话，王淑婷眼睛忽然亮了一下。

王淑婷抱怨命运之神与她开了这么大的玩笑，她才二十几岁，就遭受感情的折磨，健全的自己难道还配不上一个残疾人，她难以从悲痛中解脱出来，只能以泪洗面。

王淑婷现在连眼泪都流干了，干涩的眼睛发出呆滞的目光，经过这件事的煎熬，她已不像二十几岁的女人了，面貌与年龄已经不相匹配了。

离婚在农村是一件很丢人的事情，尤其是对女方。离了婚，男方还可以再找上，对于女方来说比较困难，按照当地的习俗，离婚后的女人不能回娘家，对娘家来说那是家丑。

母亲看着女儿失魂落魄的样子，她不想给女儿增加不必要的痛苦，只是轻声说：“你先睡吧，其他的事情以后再说。”

月光朦胧，冷静的夜晚让人感到清凉，母亲的心也与这朦朦胧胧的月光一样，有点凄冷。

父母想让王淑婷外出打工，一来想让她调整一下心态，二来女人家待在娘家也不是办法，到外面挣不挣钱没关系，只要女儿心情好一点就行了。

七

对于王淑婷与婆家的矛盾，王母犯愁了，她没有想到的是，女儿已经结婚好几年了，一个道听途说的谣言，竟让胥家信以为真，并且对女儿还这样刻薄。她这个女儿没有出嫁前村里人谁不夸她乖巧懂事，这十里八村的人眼睛耳朵都不好使就算了，心肠怎么一个比一个坏起来了？

是谁在中间招惹是非呢？王母想。

后来，王母经过打听，果然查出一个散布谣言的人，这个人是邻村里的一个婆娘，她说在王淑婷订婚的前一天晚上，她正好从王家庄回家，在一拐弯的山坡上，隐若看见两个人坐在一起，当时她没有多想，可是当她从旁边走过时，听见一男一女的说话声。

这个婆娘绕道走向那山坡，猫腰凑近看时，原来是杜铭和王淑婷，当时她紧张地摔了一个趔趄，急急忙忙地回去了。令她吃惊的是王家女儿王淑婷第二天就要订婚了，晚上却与别的男人勾搭。

后来，王母问起女儿是否有这种事情，王淑婷承认了，但她始终坚持说自己绝对没有做对不起胥家的事。

其实，那天晚上王淑婷与杜铭也没有什么，杜铭听说王淑婷与胥晨订婚的消息之后十分痛苦，王淑婷只是安慰一下杜铭，谁知被那村妇看见，五六年后一顿胡说，弄得她被婆家的人羞辱。

前一段时间，王淑婷去县城办事，正好碰上杜铭，俩人好长时间没有见面，杜铭请王淑婷一块吃了饭，坐在一块闲聊了一会儿。此事正巧又被这个婆娘看见，她认为是王淑婷与杜铭仍然藕断丝连、不干不净，她把以前的事情又大肆渲染，此事传到了胥晨耳中，导致胥家家庭矛盾的发生。

王淑婷暂时不想回去，胥家已经没有她的立足之地，婆婆的无理挑剔，丈夫的冷漠误解，让她心如寒冰。她告诉母亲想要离婚，那不过是当时的气话，她不想走离婚这一步，也不想把事情弄得太糟糕，因为她背不起社会的骂名，因为她是女人。

王淑婷也不想在娘家长期待下去，她想到外面打工，清静一段时间。

王母虽然同意女儿的想法，但她还是有一点顾虑，她提醒女儿说："要不要与胥晨沟通一下。"

"没必要。"

"出去也好，到外面散散心。"王母想让女儿回一趟家中，看一下胥母和儿子，但王淑婷拒绝了，王母也没有强求。

王淑婷去县城打工了。

在县城打工这段时间里，王淑婷想了很多。

想想事情的来龙去脉，王淑婷总觉得问心无愧，因为不论是婚前还是婚后，她都没有做对不起胥家的事情，尤其是在感情方面。她是一位传统保守的农家妇女，在二姑给她介绍对象时，胥晨身有残疾，当时她十分清楚，但她没能冲出包办婚姻的禁锢，心甘情愿地跟了一位"公家人"；结婚之后，她没有后悔过，虽然有时与胥晨走在一起，被人在路上指指点点，有些难堪，但是时间长了，家庭的幸福给她带来的精神满足，也就忽略了这些。

自从婆婆听信谣言后，各种挑剔，她都忍了，因为她想婆婆在意自己的过去，是因为对她还念旧情。可是，随着婆婆态度的恶化和丈夫的无情奚落，她的心碎了。

在家千日好，出外一时难，王淑婷在县城打了一段时间工后，特别想回家，可是她又不敢回家。

转眼之间，几个月过去了，劳累的体力活让王淑婷筋疲力尽，尤其是精神上的折磨,让她彻夜难眠,处在恍惚状态。晚上休息不好,白天干活没有精神,经常一副魂不守舍的样子,老板对她毫不客气。

春节快要到了,她无心再干下去,她告诉自己,这次回家如果婆婆和丈夫能谅解,她再也不想离开家了。出门在外,对儿子的思念,对丈夫的渴望,以及对家人割舍不断的亲情,都困扰着她。

腊月二十四,王淑婷带着兴奋与喜悦回到了家中,在外打工这段时间,她挣了一千多元,给婆婆买了套南极人高档保暖内衣,给儿子买了些玩具,还给丈夫带回了两条香烟。

王淑婷的回来,并没有给家中带来欢乐,一见面就连她的儿子也对她很陌生。

儿子毕竟是自己的亲骨肉,有一种特殊的血缘关系,过了一会儿,他对妈妈的回来感到很高兴,王淑婷对家的依赖感骤然上升。

胥母对王淑婷的态度仍然没有改变,看到孙子与王淑婷如此亲热,让她气愤至极,忍不住拌凳子摔东西。

王淑婷看着婆婆的举止,心中很难过,但为了这个她曾苦心经营的家她只好忍耐着。

有了这种想法,受再大的委屈也感到无所谓了。

对于婆婆的做法,王淑婷只是装作看不见,为了避免尴尬,她好几次故意和婆婆拉家常,但婆婆一听她说话,扭头就走。

吃过晚饭后,王淑婷回到了自己的房间,这间房子曾给了她无限美好的回忆,她那美好的青春之贞就是在这间狭窄的小房中献给了胥晨。

离开这间房子好长时间了,时间并没有让她对它产生陌生感,即便是屋里一片狼藉。因为自从王淑婷离家后,胥晨也没有住过。

刚忙完锅上的事情,又打扫房间的卫生,此时,王淑婷没有抱怨胥晨的懒惰,毕竟他有自己的工作,男人应该以事业为主,不应该被家务活所拖累。

王淑婷把房子里的灰尘打扫干净,又从柜子里拿出干净的被褥,把炕铺好,窗明几净,温暖如初,她静静地坐在炕头等待着丈夫的到来。

事情并没有按王淑婷的想象发展,她坐在炕上,等了好长时间,不见胥晨回来,心中的失落感涌上了心头。

女人最害怕被冷落,受到冷落的女人比被打骂还难受,现在王淑婷体会到了。想起这些,王淑婷的眼泪止不住地流了下来。

颠簸劳累一天的她,只好先上炕休息,久别的渴望使她热血上涌,此时她最需要的是自己男人给予她的一切,幻觉使她抱起了一个枕头,进入了梦乡。这一晚上,胥晨没有回来……

第二天一大早,王淑婷带着惆怅的心情早早起床,与以往一样把院子里的卫生打扫干净,生火做饭,这是地道农家媳妇每天必干的事情,她生性贤惠,很守妇道。

第二天晚上深夜,胥晨从学校回来,王淑婷表现得很热情。然而,她得到的仍是丈夫的冷落。

胥晨的举动让她很失落,当时脑中一片空白,躺在床上犹如僵尸。

过了一会儿,王淑婷才猛然清醒了,本想向丈夫诉说一下自己几个多月的苦衷和对家人的思念,看来是没有必要了。

事情这样僵持着。

春节过后,王淑婷与丈夫的关系仍没有一点缓解的迹象,俩人动不动会因为鸡毛蒜皮的小事争吵不休,吵骂不止。

一天晚上,王淑婷实在忍受不了,痛心地说:“胥晨,你说我到底做错了什么事情,你如此待我?”

“你能做错啥事?”胥晨冷冷地说。

“我没有做错事,以前的事情难道都怪我吗?”王淑婷把声音提得很高,怒气冲冲地说。

“那不怪你还能怪别人?现在你翅膀硬了,想去哪儿就去哪儿,出去打工,连声招呼都不打,你有本事就不要回来。”胥晨生气地说。

“亏你还是男人,我外出打工都是你们胥家逼的。”

“你胡说，听听街坊邻居是怎么说你的。”

“怎么说我，我不在乎，因为我没有做对不起胥家的事情，都是你们胡猜乱想的。”

“那你打工去哪儿了？”

“在县城。”

“别糊弄人了，你是不是去找你的老情人去了？恬不知耻，还有理狡辩！”

王淑婷听到此话，让她感到有点窒息，此时的她除了流眼泪，还能再辩解什么呢？这种颠倒是非的恶毒之语，已经伤得她不能开口了。

王淑婷颤抖着说：“胥晨，你打听好以后再说，杜铭在省城，这你知道，我在县城打工。”

“鬼才知道你去了哪儿！”胥晨指着王淑婷的鼻子说。

王淑婷彻底失望了，与这不讲理的人没有什么可说的了。

孤寂的夜晚，让王淑婷倍感孤独，人生路途中的这些误解让她无所适从，精神上的痛苦煎熬着她。此时王淑婷想起了父母，想起了过去的一切，泪水湿透了枕巾，也渗透着她那颗冰凉的心。

天一亮，胥母起床，看见儿媳还没起床，心中的怒火让她失去理智，直接冲进屋里对王淑婷大骂起来。

对于婆婆的谩骂，王淑婷没有伤心，反而坚强起来，她强压着心中的怒火，在家里过完春节。就在大年十五的早晨，王淑婷起床洗刷完毕，没有向胥母打招呼，只是痛苦地看了一下儿子，走出了家门。

年前的打工回家与她想象的结果截然相反，这让王淑婷陷入沉思，也让她认识到问题的严重性，事情没有她想象的那么简单，农村观念的陈旧，在男女问题上时常发生人命案，这让王淑婷越想越害怕。

八

王淑婷含着眼泪走出了胥家，走在蜿蜒的山路上，面对眼前的一切，她揪心悲伤，几年前，是胥家敲锣打鼓把她娶了过来，而现在，又是胥家叮叮哐哐地把她赶出了家门。

她踉踉跄跄地走着，左右的山峁沟壑，她都清清楚楚，因为她在这里劳动了几年，远眺那前面的山梁，曾是她耕耘过的土地，也是她挥汗劳作的地方。

王淑婷用手摸着脚下的土，就像慈母在抚摸着孩子，给它们无限的关照和呵护。

右边那山洼处的油菜田，是她艰辛的见证。前几年那里还是一片荒地，长满了芨芨草，一次她与胥母一块从地里回家，走到那山洼处，看见满洼的野草，她认为这是一块好地。婆媳二人不谋而合，打算开垦这片荒地。经过婆媳二人一个多月的平整，终于将它变成了良田。但此时她要离开这里，有可能要永远地离开，心中的惆怅涌上了心头。

现在的王淑婷不敢多想，她踌躇地低头前行，丈夫的误解让她悲伤欲绝，并且使她没有勇气去为自己辩解，因为不守贞操的女人与那伤风败俗的女人是一样的可耻。

王淑婷走在这山间小道，望着苍茫的山野发呆，远山苍茫一片，生活了几年的地方显得如此厚重深沉，祖祖辈辈生活在这里的人们，一切都按祖辈们遗留下来的条条框框周而复始地生活着，王淑婷也不例外。然而在她命运的第一步却出现了沟壑，社会变了，人们对女人的误解却还没有改变。

这一次，王淑婷没有回娘家，她不想再给父母增添麻烦和苦恼，上次吵架回到娘家，让母亲很悲伤，精神压力很大，本来身体不好的母亲，如得了一场大病，满脸的憔悴和木讷。

现在王淑婷想到了初中同学曲蕊霏，听说她在省城打工，王淑婷直接去了县城。

王淑婷在县城住了几天，通过各种关系，联系上了曲蕊霏，曲蕊霏满口答应帮她在省城找活。

曲蕊霏虽然答应帮助王淑婷找活，但王淑婷心中不踏实，她不知道现在曲蕊霏的情况，她们只是初中同学，当年的曲蕊霏很腼腆，谁都想不到她如今混得要风有风要雨有雨。

曲蕊霏在外打工挣了很多钱，守规村里的人都清楚；她干什么工作大家也略知一二。王淑婷嫁人以后，和曲蕊霏来往很少，不知道曲的具体情况，如今走投无路，只能抱着试一试的态度去找她。

曲蕊霏比紫厢外出打工晚两年的时间。

刚出来打工时，曲蕊霏比紫厢还可怜，花完了从家里带来的三四百元，却仍没有找到工作，晚上她急得睡不着觉，站在大街上哭泣，后来她在《华都晚报》上看到招工广告，去一家宾馆当勤杂工。

曲蕊霏刚到宾馆上班时，真是卖命地干。大堂经理要求她把宾馆大厅的卫生一天搞三遍，为了把工作干好，她不惜疼力气，提着一大桶水，拿着毛巾、拖把，闲了就拖，脏了就擦，一天下来不知道打扫多少遍。

大堂经理看她干活卖力，勤快又伶俐，就调她去宾馆客服部，在那里她仍然尽心尽力，一丝不苟。

一年之后，曲蕊霏对宾馆服务工作已经熟悉，干起来得心应手，她喜欢上了宾馆的工作。优美的环境，干净的卫生，宽松的上班时间，让她觉得出来打工吃的一切苦都值了。

但在后来，曲蕊霏的想法变了。

她到客服部上班不久，宾馆里又招进一批女服务员，这些人个个收拾得花枝招展，白天在宾馆没有具体的活，晚上给酒店当服务生，泡茶、端菜、清理包间卫生等。

一次偶然的机会，曲蕊霏发现一种怪现象，原来新招进的服务员竟是陪人喝酒吃饭的，有一位女生坐在客人的大腿上，扭扭捏捏，好不雅观。

曲蕊霏下班回到自己的宿舍，把看到的情况告诉同宿舍的同事，不料同事们并不惊讶，有一位同事还解释说："在宾馆陪人喝酒，那叫酒文化，陪客人喝酒吃饭,客人高兴,还给小费,这样既增加自己的收入,又提高了宾馆的品位,何乐而不为呢?至于客人的挑逗,常有的事,高兴了逢场作戏,不高兴了稍微忍耐一下就过了。有的宾馆陪酒员,不但陪酒,而且还陪睡觉呢。”

曲蕊霏听着同事的讲解,头像爆炸了一样。她一直认为,宾馆是让旅途中客人休息的地方,没料到里面还有如此龌龊之事。

一天晚上,曲蕊霏值班,由于这几天缺陪酒服务员,领班的大堂经理让她顶替,曲蕊霏听从安排,她与往常一样去了包厢,帮助客人倒茶递水、清理餐桌等。

这位客人是宾馆里的常客,每周过来一次,领着几个人来吃饭。后来曲蕊霏知道,这位老板名叫单鸿,是化妆品公司的经理,招待的人都是客户。

官场上,下级舍命陪上级;商场上,老板舍命陪客户。今天来的几位客户,看来都是酒家,把单老板喝得颠三倒四、语无伦次。明明知道单老板醉了,有一位客户还要给他敬酒,曲蕊霏看到单老板嘴皮都已发紫了,再喝下去肯定会大醉,不知道哪来的勇气,迫使她挺身而出,耐心地劝那位客户放下了酒杯。

醉醺醺的单鸿看到一位服务生为他解围,心中对她充满感激。

第二天中午,大堂经理通知曲蕊霏有人在花缘厅宴请她,这让她感到意外,在这大省城,她一没有亲戚二没有朋友,哪有人请她打工妹在这高档的地方吃饭,她惴惴不安地去了。

曲蕊霏走到花缘厅,推开门一看原来是化妆品老板单鸿。

“欢迎你的到来!”单鸿说。

曲蕊霏故装镇静地站在那儿,没等她开口,单鸿又说:“谢谢你昨天晚上的解围,今天有点冒犯,请你吃顿便饭,请问怎么称呼你?”

曲蕊霏听到老板如此客气,她谦和地说:“我叫曲蕊霏,谢谢您的好意,昨天晚上的事情,都是我们服务生应该做的。”她说完转身要走。

“请你接受这份谢意，咱们只是吃个便饭，没有别的意思。”单鸿诚恳地说。

看到老板一脸的真诚，曲蕊霏停下了脚步，转过身坐了下来。

饭局中说的都是些客套话。

饭局过后，俩人礼节性地告别，这时单鸿把自己的名片递上说：“以后有啥事，请打电话联系。”

曲蕊霏在这家宾馆干了两年多的时间，这段时间，她见识了不少事情，也积累了很多社会经验，人变得成熟稳重多了。

当单老板递名片时，她淡淡一笑，礼貌地接过名片，说了声“谢谢”。

社会是个大染缸，有些人总是毫无底线地放纵自己，做出一些违背社会道德的事情，还将自己的堕落视为某种高级享受，鼓动他人步其后尘，人性、道德、伦理在他们心里如同粪土，唯有无限的欲望才是他们活着的乐趣。

工作环境的影响，有时曲蕊霏也会动摇，只是睡一觉就能获得丰厚的报酬，比自己一天累死累活挣的那点钱，简直太多了。

天下容易做的事情，一定有容易的苦衷。比如这拿身体赚钱的活儿，虽然挣得容易，但是失去的也容易。

明白了这些后，曲蕊霏决定辞职了，她不想像别的女孩那样走向歧路，失足成恨。

曲蕊霏辞掉工作后，好几周时间没有找到工作。

一天，住在曲蕊霏对门的一位姑娘引起了她的注意，这位姑娘刚来的时候，穿着很土，但不到两年的时间，她像换了个人似的，浓妆艳抹，穿着时尚，好有钱的样子。

这位姑娘名叫贾雯，她白天一般不出去上班，只有在晚上才出去，刚开始的时候，她凌晨两三点才回来，后来干脆不回来了。一直到天亮，她才晕晕乎乎地回到住处。

辞职的曲蕊霏与白天不上班的贾雯偶然间认识了,几次招呼下来,竟然熟悉了,还成了朋友。

有一天俩人坐在一起闲聊。

"贾雯姐,你在哪儿上班?"

"在一家公司。"

"你的工作真好,大部分时间待在家里,看起来你很轻松,不知道你在公司是做什么的?"曲蕊霏憨头憨脑地问。

"公司里搞公关的。"贾雯说。

这句话曲蕊霏没有听懂,她又问:"搞公关是什么工作?"

"是为公司里的产品找销路。"

"噢,是卖商品的,推销员,那你一月能挣多少钱?"

"挣五六千吧。"

听到贾雯一月能挣五六千元,曲蕊霏张大了嘴巴,五六千,处级干部也拿不了这么多啊。

"眼馋了吧,有时候比这还多,你想干吗?要不明天我领你去见一下我们公司领导。"

"那太感谢你了。"

"不过,你得好好打扮一下,要不我们领导看不上你。"贾雯说着故意卖弄了一下自己。

第二天,贾雯把曲蕊霏领到了一家宾馆,见到了贾雯的经理。

"你在宾馆上班?"

"没有,公司的办事处设在宾馆。"贾雯说。

经理见到曲蕊霏,对她很满意,答应她留在这里上班,具体情况由贾雯负责培训安排。

贾雯把曲蕊霏领到自己在宾馆的住处,给她讲起了工作的细节……

曲蕊霏现在明白了,贾雯的工作是陪人吃饭、喝酒、睡觉。

当时曲蕊霏感到很困惑,她的心里很矛盾,自己辞掉工作就是想离开那龌龊的地方,没想到转了一圈又回到了这个地方。

两个月没有找到工作的曲蕊霏,在房子里也待急了,这次她没有马上离开。

贾雯猜到了她的心思,会意地笑了。

晚上在贾雯的带领下,她稀里糊涂地上班了。

今晚上的客户好像与贾雯很熟悉,这个人没喝酒时,文质彬彬的,但喝了酒之后,人就变了样子。

他让贾雯给他敬酒,贾雯稍微慢了一点,他就大声叫喊:“你再磨叽,小心我把你的衣服扒光了。”

听到此话,贾雯不但不生气,而且还娇滴滴地说:“想扒就扒呗。”

这位男人听到此话,调情地解开她的上衣纽扣,两个奶头露了出来,嘴里还说着污言晦语。

此时曲蕊霏站在旁边,感到很不自在。她看到贾雯坐在那个男人的怀中媚笑敬酒,她找借口走了出来。

曲蕊霏坐在宾馆的大厅里,满脑子是一片空白。

约两小时之后,贾雯摇摇摆摆地走出来,看样子是喝醉了,曲蕊霏打的把她拉回住处。到了她的住处之后,由于贾雯喝了太多的酒,再也装不住了,哇的一口全吐了,吐得满身都是污秽。曲蕊霏在给她脱衣服时,发现她的下身湿漉漉的一片。

曲蕊霏明白了一切。

贾雯喝了一点开水,有点清醒,口无遮拦地问:“曲蕊霏,今晚上感觉怎么样?”

“害怕。”

“害怕啥呢,你看,饭吃了,钱也挣了,多高兴啊。”贾雯说着从衣兜里掏出好几张百元大钞,在曲蕊霏面前晃了晃。

“你就这样推销商品?”

“是啊,今晚上不但把老板的钱挣了,明天老板还要主动去电子商贸公司签订合同。”

“前几天，我是哄你的，我是三舒服务公司的员工，公司的主要业务是为其他公司拉客，陪客户吃饭睡觉，今晚我接的客人是一位销售公司的老板，陪他吃饭、喝酒，又陪他睡觉，还给了我六百元的辛苦费。有些老板精神饱满得很，如果你与他开房睡觉，准让你高兴一晚上。”

一听这些，由于喝了点酒的曲蕊霏也春心萌动。

贾雯看到曲蕊霏已经心动，接着说：“人这一辈子，像我们这些年轻的姑娘就要学会享受，你没见我现在的同事，她们在一家大的洗浴中心上班，只不过五六年的时间，已经成了百万富翁，在这省城大城市，已有了房子、车子。”

贾雯越说越来劲，她说话的时候，打了个醉嗝，哇地又吐了一地。

满屋子的污浊酒气，曲蕊霏看着都想呕吐，贾雯却开玩笑说：“酒喝多了，男女都一样，原来以为男人吐的是垃圾，而女人吐的是精华呢，现在才知道女人吐的也是污秽。”

贾雯吐完之后，长出了两口气睡着了。

浪荡的女性骨子里自带着呢。

贾雯睡着了，曲蕊霏回到了自己的住处。

经过一夜的前思后想，曲蕊霏接受了贾雯所说的现实，决定与贾雯一起去三舒服务公司上班。

天亮之后，曲蕊霏敲开了贾雯的房子，贾雯已经起床，她伸了伸懒腰，看她那满足的样子，曲蕊霏说：“贾雯姐，你昨天晚上说的混活，都是真的吗？”

“昨天晚上，我清醒着呢，句句是实话，小妹妹，你还在犹豫，现在是开放年代了，思想要活跃，吃青春饭，也没什么大错。”

曲蕊霏说：“谁说我在犹豫，以后我就跟着你干。不过，要是让家里人知道了，那可不好。”

“这你不用担心，在这几百万人口的大城市，你以为你是市委书记呀，全市人民都认识你,你不过是沧海一粟,没人认识你这个小不点。再说干这一行也不是你一个,你没有去洗浴中心,在门口站着两排丰满俏丽的姑娘,有的一丝不挂,由男人随便挑,那才叫享受。”

贾雯说得让曲蕊霏羞红了脸。

贾雯起身进了卫生间,在里面继续说:“听说现在的女研究生、博士生都干这个,这被称为是一种消费文化,不过这些高文凭的姑娘,服务的层次更高,一般都是政府官员或者大公司的老板,活动场所都在高级宾馆,或者政府官员、公司老板的私人住所,既安全又舒适。好了,不跟你说了,我要洗漱去了,今天上午我还要与昨晚上的老板去电子商贸公司签合同呢。”

贾雯说着便扭着屁股出了卫生间,她玲珑的身材散发着成熟女人的魅力,丰满的双乳在睡衣里若隐若现,蜂腰肥臀让她的身体曲线更加完美,看得曲蕊霏心中直叹:这女人简直是一个尤物,不仅能勾引男人的心,还能让女人“垂涎欲滴”。

第三章 虐 爱

一

三舒服务公司接到“订单”,要求攻关一个客户,这位客户姓火。

在这位火总来之前,公关部已经对他做了详细的调查,这个人的特点是吃遍各地名吃美食,游完各地名胜古迹,善于与各地靓丽美女打交道。除了这些,这火总还有一把刷子,好写文章,听说出了好几本很有影响力的长篇小说。

总结起来,火总有四个特点:爱吃,爱玩,爱女人,爱写。吃、玩,这好办。女人,就不好找了。听说这家伙在改革开放初期,就托人办理了出国手续,去泰国玩了一次人妖,当时花了十多万元。这钱就不说了,玩人妖还真独特。

根据这位老总的消费特点,公关部制定了一个严密的行动计划。

地方小吃,没啥特色,也不上档次,公关部干脆把小吃都集中到农家乐,既消遣,又吃出了味道。

游名胜古迹,公关部专门请来市旅行社的经理进行全程讲解。

以上两项活动内容安排妥当,并按计划进行,这位老总看似很满意。第三项是女人,这火总只有一点:姑娘必须是处女。

这下可难坏了三舒服务公司公关部, 因为这关系到当事人的意愿声誉,想陪领导的不一定是处女,是处女的不一定想陪领导。

要说消遣娱乐,多漂亮的女人都能找到,要多年轻的也可以办到,一次性要十个八个都好说。但要找一名处女,就难办了,而且这是不是处女也不好鉴定,万一出了差错,这三舒服务公司承担不起,损失几十万不说,在当地也没法混了。

商场如战场，稍有不慎就可能失去一次商机，甚至让公司破产。

根据公关部的安排，此项任务交给了贾雯。

贾雯开始紧皱眉头，后来她在心中暗暗偷笑，因为她的心中已经有了人选。

晚上回来之后，贾雯对曲蕊霏说："今天晚上我请你吃饭，怡静大酒店。"

"你请我吃什么饭？"曲蕊霏嘻嘻哈哈地问。

"我说的是正事，你说什么就吃什么？"

"怡静大酒店就不去了，那就吃肯德基吧，你可不要嫌贵呀。"

"我不嫌贵，但我有一件重要的事情要与你商量。"曲蕊霏说。

"你说，一切听老姐的。"

"我有那么老吗？"曲蕊霏噘起嘴说。

"大小姐，都是我的错，请指示。"

"有一位机电公司的老总要参观考查宇宽机电机械总公司，准备定购一批机电设备，他对产品质量以及其他事项比较满意，听说他要签订上千万元的合同，该公司要委托咱们公司招待这位领导。"

"上千万元！"曲蕊霏张大嘴巴说。

"但是签这个合同前，老板提出要找一位情窦初开的美女陪他吃一顿饭，我看，你是最好的人选。"贾雯没敢说陪老板睡觉。

曲蕊霏听说陪老板吃饭，来了兴趣，因为以前她与贾雯陪老板吃过饭，既高兴又快乐，自己损失就是被老板用黄段子逗一下，有时被老板摸摸头或者拍拍大腿，这都无碍。

贾雯看到曲蕊霏高兴的样子，心里有了数，她接着继续说："饭局上你只要让老板高兴，事情结束之后，公司将付你一万元的报酬。"

"一万元。"曲蕊霏不敢相信自己的耳朵，这可是她家的几年经济收入，她瞪大眼睛不知说什么好。

俩人越说越来了精神,竟忘记了去吃肯德基。

事情一切搞定,只等着公司的安排。

火总对前两项的服务很满意,地方小吃,吃得他连口称赞。游山玩水,他赞不绝口,尤其是对地方文化资源产生了浓厚的兴趣,并且说以后有时间要找朋友来这里投资,开发民俗文化。

就差第三步计划了。

前两项计划,公司没有花费多少钱,第三步计划安排在省城最高档宾馆——壹壹宾馆。

火总的意图并没在宾馆的档次上，而是在公司给他选派的陪同美女身上。

曲蕊霏在公司领导的陪同下来到了壹壹宾馆，老板对曲蕊霏的长相很满意,几句客套问候之后,他的心理揣摩着曲蕊霏是不是处女问题。

饭局如计划中的一样,陪同的领导在觥筹交错中共饮共乐,气氛十分热闹,火总也喝得微醺。

看着气氛如此热烈,火总的目光转移到曲蕊霏身上,而曲蕊霏那百般娇态,也勾引起他心中的欲火。公司领导见火总色性渐起,各自找借口退出了包厢,只剩下贾雯与曲蕊霏俩人陪他喝酒聊天。

贾雯的酒量比较好,她与火总又碰了几杯,假装喝醉退了出来,去了公司为她登记的房间。公司让她专门观察曲蕊霏和火总二人,若出现意外情况,她必须赶去救场。

酒能壮胆,包厢中只剩下曲蕊霏和火总二人,她并不胆怯,与火总说说笑笑,火总见人已散尽,早已迫不期待,一把拉过曲蕊霏,将她抱在怀里亲吻起来。曲蕊霏没有挣扎,只是有点害羞,这位火总看似成熟稳重,风流起来还是急性子,她只好硬着头皮被他强吻。一看曲蕊霏身体有点僵硬,就知道她是一位新手,火总心中很兴奋。

新手是需要提醒的,时时得防着她的反悔或挣扎。

火总从随身带的皮包内拿出一沓钱，放在了曲蕊霏的手提包内:“这是今晚你的辛苦费,谢谢你的陪伴与服务。”

火总用他那淫荡的眼神望着曲蕊霏。

曲蕊霏睁开那醉意朦胧的眼睛,看着眼前那一沓钱,脑中一片空白,当时她只想说这人真有钱。

酒让曲蕊霏失去了理智,她百依百顺地成了火总的玩物,火总打发随从人员把曲蕊霏抱到了自己的房间。

火总慢慢地脱光了曲蕊霏的衣服,看着她那诱人的胴体,像禽兽一样扑了上去。

当火总高兴的一刹那,曲蕊霏疼痛地喊出声来,兽性发作的火总已经沉浸在享受之中。当他干完之后,才发现床单上沾满了血迹,他的心中像鲜花开放的一样。

交欢之后的两个人平静了下来。

曲蕊霏想想刚才发生的一切,她呜呜地哭了起来。

火总随手抱住她说:“谢谢你带来的快乐。”

这一晚上,火总与曲蕊霏交欢了几次,俩人都非常满足,老板又从皮包中抽出一沓钱放在了曲蕊霏的面前。

曲蕊霏看着眼前的两沓钱，心中好像也没有了失身的痛苦。天亮以后,她到洗手间梳理了一下蓬乱的头发,把钱放进背包,走出了房间。

火总为什么在乎服务生的第一次呢？这还要从他的苦衷说起。

火总的老婆人长得非常漂亮,她是火总从别人手中撬过来的,在他撬来之前,老婆已经与别人同居了一段时间。

火总的老婆第一次没有给他,而是献给了别人,因此,他的心中总有一种报复的心理。

一切圆满结束,火总非常满意。

过了两天,火总与宇宽机电机械公司签订了购货合同,曲蕊霏也因自己的付出得到了公司的一万元钱奖励，这一次的付出她共得到了两万元的报酬。

两万元，一个农家女孩如果靠正常打工，三年才能挣来。暴涨的虚荣心让曲蕊霏飘飘然，她不知道贞洁对一个女孩来说，是千金也换不来的。但是，钱的诱惑，让她没有回头，同样失去了一个农家女孩最可贵的尊严。

二

自从曲蕊霏为公司立了大功，公司给她一万元的奖励后，她高兴地接纳了自己的工作，从此正式沦为三陪，并且成为公司的“骨干”，洗浴中心、KTV、酒店等公共场所都有她活跃的身影。

女人变坏就有钱。

曲蕊霏通过公关部的部长认识了一个全国商务连锁公司老总苟逵，这次她算傍上大款了。

在床上，苟逵比较欣赏曲蕊霏那亢奋的性欲及完美的胴体，不要说与她共枕共眠，就是看着她那曼妙的身材也是一种享受。

曲蕊霏能得到苟逵的赏识，关键还是她对苟逵的百般体贴与关心。

曲蕊霏这样做有她的目的，她看上了苟逵包里的钱与他的社会地位，这样能满足她的虚荣心。

俩人在交往的过程中，曲蕊霏对苟逵百依百顺，尤其是在性生活方面，只要是苟逵有要求，曲蕊霏都会设法满足他。

为了提高苟逵的欲望，曲蕊霏真是绞尽脑汁，除了一日三餐大补之外，还常常为苟逵买壮阳补品，搞得苟逵性欲愈发旺盛，常常像年轻小伙子那般猛烈。

性这玩意儿，一旦沉迷，都难以自拔。苟逵被曲蕊霏伺候得太舒服，回家对妻子显然没有兴趣，干干那事也是“例行公事”，敷衍一阵。妻子对他早有疑心，只是抓不到把柄。

这苟逵是个风流成性的人，结发妻子给他生了三个女儿，他却嫌弃妻子人老珠黄,离了。二婚娶了一名年轻漂亮的大学生,名叫娴枫,婚后给他生了一个儿子。娴枫也是个爱享受的人，大学时的梦想是嫁给一个有钱人,做一名富家全职太太,大学毕业之后,凭着自己的姿色果真实现了愿望。

可是苟逵特别花心,他与娴枫结婚后,仍不安分,经常在外面风流,这让娴枫很苦恼,丈夫贪恋女色,到处拈花惹草,她这如花美貌只能对镜自叹,富裕填不满寂寞的心。

做有钱人的妻子真的不容易啊。

苟逵与曲蕊霏同居,娴枫知道了,但她管不住苟逵,一说起此事苟逵经常对她打骂。

娴枫希望苟逵像以前一样,与女孩玩上一段时间之后就腻了,然后再不来往了。

这次娴枫错了,苟逵不但没有厌烦,而且表现得很热心,恨不得把那狐狸精领到家里。

硬的不行,娴枫用软的,有机会她与苟逵坐下来谈,一次没有结果,就来第二次,反反复复谈了很多次。

对于娴枫的劝说,苟逵置之不理,娴枫的耐性已经消耗殆尽,她生气说:“你要是再与曲蕊霏不断绝关系,咱们就离婚。”

说起离婚,苟逵没有多大反应,只是抬头看了看她,不温不火地说:“我不离。”

听到此话,娴枫的眼泪淌了下来,她知道苟逵心中还装着自己,只是被那曲家的狐狸精蛊惑了。

看着娴枫伤心的样子,苟逵心中产生了怜悯之心,他紧紧地抱住她,因为他们初次相识时,他信誓旦旦地答应绝不背叛她。

苟逵与曲蕊霏的同居,是被她的美色所吸引,苟逵只是把她当作床上的玩伴。

在后来的接触中,苟逵了解了曲蕊霏的过去,心中很不舒服,自己虽然是个坏怂,但对女人要求很高,假若曲蕊霏是个姑娘,他还有接受她的可能,但她是一个三陪女人。当苟逵看到曲蕊霏与他一块的淫荡表情时,他有一种恶心厌烦的感觉。

男人就是这样,自己在两性关系上不检点,但对女人的要求很高。

一年之后,曲蕊霏对苟逵的想法也在改变,起初是为了钱,生活时间长了,她感觉这样偷偷摸摸不光彩,也不牢靠。后来她有一种可怕的想法:她要与苟逵结婚,改变自己名不正言不顺的地位。

曲蕊霏的想法在苟逵面前落空了,当她说出结婚的话时,苟逵当时不屑地看了她一眼,就离开了她,此后慢慢地疏远了她。

曲蕊霏认为自己为苟逵付出得太多,而得不到相应的回报,尤其是在精神方面,她十分怨恨,俩人最后不欢而散。

经过这件事情之后,曲蕊霏对男人有了一种仇恨的心理,她认为天下的男人都不是好东西,她有了一种报复男人的想法。

曲蕊霏与苟逵分手之后,回到了自己的宿舍,在那里冷静了一段时间后,忽然想起老家年迈的父母,她已经三年没有回家了。

当天她买了返乡的车票,在车上看着窗外熟悉却又陌生的风景,她的内心难以平静,浮想联翩。

天真单纯的曲蕊霏曾经背着书包,高高兴兴地去上学,曾经与小伙伴放学后在乡间小道上打闹。

曲蕊霏突然怀念那天真烂漫的童年时光, 怀念那些充满幸福的在家时光。自从初中毕业,她投入到轰轰烈烈的打工潮后,再也没有那么珍贵纯真的日子了。

到了省城之后,城乡的差距让从小就好强的曲蕊霏感到愤愤不平,她痛恨社会贫富不均, 特别是她看到那些身着鲜艳服装而又趾高气扬的城里姑娘,心中怒火如奔腾的海潮滚滚翻腾。

可是拮据的生活使她无法面对现实,没有一技之长的她,在城市里很难找到体面的工作,这曾让她心灰意冷,想退却,但她又不想回到那贫穷的农村。

以前梳着小辫子的曲蕊霏已经不复存在，走在这条路上的她已是身体被城市生活污染过的女子,在农村,连荡妇都不如。

生活啊,原来是这样变化多端,而又不可思议。

曲蕊霏回家之后,人们议论纷纷,她在外面的所作所为,村里人早有耳闻。她的父母因为她干的丢人事常常在邻里面前抬不起头,她的回来,让他们更加感到屈辱。

在老家,曲蕊霏看到与自己年龄相仿的姑娘已经出嫁成亲,过着安稳的日子,她开始羡慕起来。想想自己在外面做的那些肮脏事情,真是羞愧难当啊。

曲蕊霏在回家之前,在省城买了一套三居室的楼房,装修豪华,共花费了近五十万。曲蕊霏买楼房的目的，是想把父母接到城里住上一段时间,让老人家享受一下城市生活,可是世俗的偏见让她改变了主意。一个姑娘家,没有固定的工作和稳定的收入,在外面打工哪来的那么多钱？那样做只能招来更多的闲话,父母住进楼房,心情也不一定畅快,反而压力更大。

上了贼船要想下来就不容易了。

这不是说谁逼她非要干那些事情，但是一个农家女子在城市里想立足,必须得付出巨大的代价。

受城市环境的影响,人的生存理念和生活方式发生了变化,整日过着灯红酒绿的生活，让她面朝黄土背朝天地干农活，已经吃不下这样的苦了。一个月上万元收入的生活,与一年苦死也挣不了几千元钱的农村生活没有可比性,曲蕊霏虽然内心渴望平静,但要让她再过苦日子,那是不可能的。

在家里蹲了一个月,父母下地劳动,曲蕊霏一个人十分无聊,她准备回城了。

曲蕊霏给家里放下五千元，又回到了省城。

从老家回来，曲蕊霏的情绪低落了一段时间，虽然对自己的做法产生了厌恶感，认识到自己行为的太过放荡，但是不从事这行哪来的钱花？

经过复杂的思想斗争，曲蕊霏又重操旧业了。

放荡也是一种瘾，比戒毒还难。

曲蕊霏已经没有了羞耻可言了，她认识了一些无业人员，和他们一起鬼混。

杜铭听说曲蕊霏在省城的所作所为，心中很惋惜，他让人找过曲蕊霏几次，也试探着打听她的电话号码，想给这位堕落的老乡讲些道理，不要再放浪形骸了。

曲蕊霏听说杜铭哥找她，故意躲了起来，她害怕见到杜铭，因为自己做的事情很不光彩。

三

曲蕊霏变坏是贾雯拉下水的，但她不后悔，自认为人这一辈子就那么回事，与其过着清苦的日子，还不如自己痛快地享受青春。自从干了这行，吃香的喝辣的，穿好的住贵的，哪一样不是人前有脸面的？有时候她非常感激贾雯，是她让自己享受了人前潇洒，也是她带着自己走上了“阳光大道”。

还记得贾雯第一次培训她时所说的话，她把与别人睡觉这种丢人的事情，说得好像拯救自己一般光明正大，还立下三条规矩：一、要对服务的对象保密，对于任何人也不能说；二、不能以此破坏别人的家庭敲诈勒索服务对象；三、任何时候都要用安全套，这样既是对客人的负责，也是对自己的负责。

贾雯说这些时曲蕊霏听得面红耳赤，浑身不自在。

可是，这条路一旦踏上，就没有归路。

清闲之时，贾雯也会讲些笑话。

一天晚饭后，贾雯、曲蕊霏等几个女人在一块讨论男人与女人谁老得最快，贾雯说："男人最快。"

"为什么？"曲蕊霏问。

"因为咱们女人一个月还能排一次毒，而男人却没有这个资格，所以男人老得最快。"贾雯解释说。

"那你错了，男人也有排泄的时候……"

"不对，他们每次排的都是精华，更损耗了他们的体能，老得更快。"贾雯调侃道，大家听后捧腹大笑。

说起现代女人的穿着，贾雯更是有一套理论："现代的女人不以穿得多少论舒服，不以穿得贵贱论品位，要以穿得性感为最美，这样的女人才有魅力。"

"但女人过于暴露，对男人有很大的危害。"贾雯说。

"真的假的？"大家异口同声问。

贾雯卖关子说："姐妹们，想听的都凑过来，我给你们讲讲危害之处。"大家呼啦一下真围了上去，"这女的穿着暴露有四大害处：一是增加男人患心血管疾病的概率。男人看到暴露的女人，血流加快，血压升高，心脏负担加重，导致血管壁弹性降低，如果间断性地频繁刺激，还会使心脏跳动忽快忽慢，诱发心脏病。二是容易造成男人性功能障碍。从生理学的角度讲，经常因看到女人穿着暴露而分泌过多性激素的男人，其脑垂体必然会产生疲劳，久而久之，分泌功能下降，性功能也不行了。三是加快全球变暖的速度。男人看到穿着暴露的女人，激情猛增，体温升高，每一个男人就是一个小火炉，向周围环境排放热量增加，直接导致气候变暖，男人看到穿着暴露的女人，呼吸变急促，二氧化碳排放量增加，间接导致气温上升。四是加重淡水资源的紧张程度。男人看到穿着暴露的女人，体温升高，出汗多，勤洗澡，导致淡水资源的极大浪费。"

"什么呀？这是什么逻辑！"有人笑着说。

不过大多数人都点头赞同。

有时贾雯下班之后，经常拿回一些杂志，全是大街上发的推销杂志，她看杂志一是打发时间，二是增长一点知识。最近她发现关于妇科和男科医院的杂志很多，全是推荐一些做人流、壮阳药物之类的。她觉得有点可笑，干这行的，谁没有个妇科病，但是看这满大街的人流广告，好像破坏道德的人不只是她们这些三陪女啊，她们却像圣女一样活着，这人啊，真是可笑。

曲蕊霏也给大家讲了一些怪现象。

春节过后，他们村里按照上级工作精神，要对外出务工妇女进行培训，除了技能培训外，还有对身体保健进行讲解，包括避孕方面的知识，并且给女孩子赠送安全套，邻居张大爷听后却气愤地说："这不是教女娃娃学坏吗？"

贾雯她们听后，都说这个做法很好。农村姑娘出来打工，大多没有学问，找工作难，又没有见过大世面，主动误入歧途的且不说，被人坑蒙拐骗的也不少，所以学会保护自己，至少要保证身体健康。

一次，贾雯的父母来看她，见到女儿租住的房子惊呆了，三室两厅的楼房内两个未婚女孩都与男朋友同居。其中一位姑娘看出了二老的心思，解释说，叔叔、阿姨，现在城里的人都是这样。两位老人走到阳台上一看，姑娘的胸罩和小伙子的内裤挂在一起晾晒，羞得头也不敢抬了。

贾雯说完这些，所有的姑娘都没有笑。

如果她们不出来打工，也许看到当时的情景，她们也一样羞愧难堪。

四

在一次化妆品推销会上，曲蕊霏去转悠，没想到竟碰上了肤润化妆品公司总经理单鸿，单鸿主动向她打招呼："小曲，你来这里有何高干？"

"我是来找工作的。"曲蕊霏说。

"你不是开玩笑吧，你在怡静宾馆不是干得好好的吗？"

“我辞职不干了。”曲蕊霏没敢说自己在三舒服务公司上班。

“那肯定是宾馆里装不住你这只金凤凰了。”单鸿带着幽默的口气说。

曲蕊霏听到单鸿的这句话，脸上感到火辣辣的。

“你打算找什么样的工作，要不来我们公司上班。”

曲蕊霏听到此话，心下大喜。“单总，你要是不嫌弃，我就做你们公司的勤杂工。”

“欢迎你的到来，你细皮嫩肉的，我聘请你当公司化妆品的代言人，今晚我请你吃饭，请你赏光。”

单鸿邀请曲蕊霏吃饭，她对单鸿的邀请欣然接受。

晚上，俩人找了一个比较清静的酒店，坐在温馨的包厢内，曲蕊霏忽然觉得有种依靠的感觉。

在外面混的时间长了，曲蕊霏感到心里疲惫，现在她渴望有一个温暖的港湾让她休息。

俩人边吃边聊，谈生活，谈工作，谈感受，谈家庭，话越说越投机，俩人又要了瓶红酒，喝了起来。

酒一喝，俩人都兴奋起来，曲蕊霏微红的脸上流露着青春的光彩，一种女性的自然美从她身上辐射出来，好像一股强大的磁场投向单鸿。

曲蕊霏坐在单鸿的对面，她的娇艳让单鸿抵挡不住，他想拥有对面这位姑娘。

曲蕊霏因为酒喝多了，不安心的她产生了非分之想：她想拥抱一下对面的人。自己出来打工，整日拼命地奔波让她力不从心，特别是三陪服务行业，对方根本不把女性当成人，任意蹂躏糟蹋，她心中很苦闷。

吃过晚饭后，单鸿说：“小曲，时候不早了，要不给你登个房间住下。”

“可以，今晚上你也不用回去了，咱们再聊会。”曲蕊霏趁着酒意说出心中的话儿。

单鸿与曲蕊霏到了酒店一楼大厅，登记两个房间，单鸿先把曲蕊霏送到房间，一进门让单鸿没有想到的是，曲蕊霏紧紧地抱住他，此时的单鸿也给她一个热烈的拥抱,回应曲蕊霏热烈的爱。

在曲蕊霏的邀请下,单鸿坐了下来,俩人又聊了一会儿,此时的曲蕊霏非常性感,酡红的脸色泛着青春的神韵,高高隆起的胸脯让单鸿心跳加速,他将手伸了过去,拦住她的腰,一件一件脱她的衣服……

曲蕊霏又傍上了大款。

肤润化妆品公司在南方城市搞了产品展销会, 单鸿邀请曲蕊霏前去参加,曲蕊霏以产品代言人的身份出席这次产品展销会。

这次产品展销会是全国性的,公司相当重视,展销会上,签约订单非常可观,总经理单鸿很高兴,随即在主办城市举行了产品签售答谢会。

在答谢会上,单鸿和曲蕊霏都喝了点酒,这又点燃了曲蕊霏心中的激情,答谢会结束,曲蕊霏控制不住内心的欲望,双手抱住单鸿的后腰说:“单总,我喝醉了,你能送我回房间吗?”

单鸿看看曲蕊霏那充满渴望的眼神,已经有醉意的他没有拒绝,扶着她走向楼梯。

到了曲蕊霏的房门口,单鸿轻轻扶着她进去,房门自动关上,那时曲蕊霏完全丧失了理智,抱住单鸿亲吻起来,俩人趁着酒意抱在了一起。

单鸿也如一头狮子一样猛烈,曲蕊霏却如绵羊一般,任他摆弄,放荡的欢叫,刺激了双方的情欲,俩人像奔腾的海浪一样冲向巅峰……

情场上的老手曲蕊霏,真正感到性欲带来的愉悦和兴奋,此时她发出淫荡的欢叫声,单鸿将她带到了极乐世界……

单鸿此时有点清醒, 当他看到眼前的姑娘眼睛微眯, 发出浪荡的呻吟,紧紧抱住他不放时,他不想就此了结姑娘的心愿,结束她那美好的幻想之旅。

俩人欢爱后,赤身瘫在床上,曲蕊霏一脸满足地枕着单鸿的胳膊,脸上泛起了幸福的红晕。

单鸿睁开双眼,看着容光满面的曲蕊霏,心里暗暗窃喜,女人的成熟美尽在旁边这个女人身上尽显，头发散乱地裹着她的半张脸，让她更加风情万种。

单鸿欲说什么，却被曲蕊霏用手捂住了嘴，俩人对视着，心中泛着不同的激情，过多的语言只能显得画蛇添足。

单鸿看着曲蕊霏满足的神态，他的心中有了些许安慰，彼此的相互拥抱，又给曲蕊霏添了一丝温馨。

第二天早上，单鸿起床洗漱后，回到了自己的房间。他走之后，曲蕊霏静坐在自己的房间里，对于昨晚发生的一切，她又有了自己的想法：她需要攀住这棵大树。

喜新厌旧是男女关系发展的一般规律，单鸿与曲蕊霏在宾馆交欢之后，也点燃了他心中的情欲。他结婚十年了，虽然对妻子没有产生厌烦感，但在床上却是云淡风轻。相比较大胆热烈的曲蕊霏，妻子显然稚嫩多了。

从此以后，单鸿与曲蕊霏以工作为借口，经常一块出差办事，享受二人世界。

这就是曲蕊霏的近几年的生活状况，也是她挣钱多的原因。对于这些王淑婷一点也不清楚。

五

王淑婷到了省城，曲蕊霏如约到车站接她，俩人相见很高兴。

"在家待不住了，想出来散散心？"曲蕊霏拎着背包问道。

王淑婷嫣然一笑，没有回答曲蕊霏的问话。

"出来也好，让胥晨也时时挂念着，不要老待在他身边伺候他，让他幸福得掂不住。女人就要给男人耍点脾气，要不然他就摸不着东南西北了。"曲蕊霏边走边说。

出了车站，曲蕊霏拦了一辆出租车，打的回到了住处。

下车付款时，打的费四十多元，王淑婷惊呆了，大城市消费如此昂贵。

曲蕊霏领着王淑婷走进C区八栋二单元,到了十六楼,她拿出钥匙开门进了房子。

“老同学,这是你的房子?”王淑婷问。

“嗯。”

看着曲蕊霏毫不惊讶的样子,王淑婷才感觉到昔日的老同学变了,变得比以前自信了,也成熟了。

环境塑造人,在大环境中生活的人就是不一样,以前俩人在一块念书时,曲蕊霏的长相与气质远不如王淑婷,现在俩人站在一起,一眼就能看出谁比谁土气了。

俩人晚上在外面吃了晚饭,一直闲聊到凌晨三点多钟,王淑婷没有说出自己现在的情况。

第二天,王淑婷请曲蕊霏在省城给她寻找一份工作,曲蕊霏满口答应。前几天王淑婷给她打电话时,她都想好了,打算介绍王淑婷去肤润化妆品公司上班。

“你有没有把握,可不敢哄老同学。”王淑婷问。

“保证没问题,公司老板是我的老情人。”

王淑婷听着曲蕊霏如此说话,有点不适应,在一块念书的时候,曲蕊霏是班里比较腼腆的学生,有时同学与她开几句玩笑,她都能羞得几天抬不起头,如今怎么变得如此开朗?

俩人在谈论时,曲蕊霏给公司老板打了一个电话说明缘由,老板一口答应。王淑婷听着曲蕊霏的口气,感觉她与老板关系非比寻常,忍不住感慨起来。

曲蕊霏大大咧咧地对王淑婷说:“老同学,一切搞定,明天上班。”

王淑婷听到事已办成,高兴地说,“今天晚上,我请你吃饭,算是对老同学辛苦的报答。”

“你请客,那好啊!我担心你请不起。”曲蕊霏笑着说。

“今天晚上,还是我做东,为你接风洗尘,咱们去怡静大酒店,你看怎么样？”

王淑婷听说要去大酒店，赶紧说：“那就算了吧。”

曲蕊霏猜出了她的心思，“你害怕花钱？没关系，咱们两个都不掏钱，有人请客。”

下午六点钟，曲蕊霏的电话响了，她拿起电话说：“喂，你稍等一下，我们一会儿就到。”

王淑婷听到电话声，慌忙起床，简单地洗了脸，坐在客厅等待曲蕊霏，让王淑婷吃惊的是，曲蕊霏的化妆竟费了近半个小时。

“蕊霏，你以前是不化妆的，现在咋变得这么在乎？”王淑婷取笑说。

“你以为我化妆是为了我呀，我是在美化社会环境，在为男人们做贡献。”曲蕊霏娇声说道。

“自己爱打扮，还狡辩。”王淑婷笑笑说。

“我说的是真的，你听说过没有，女人是社会中最美的花朵，像你这种气质优雅的漂亮女人，只要稍微化妆打扮，就能美丽诱人，男人看见漂亮的女人，他们都高兴了，社会不就安定和谐了吗？”王淑婷被曲蕊霏的话说得耳根发热，心跳加快。

六点半钟，曲蕊霏与王淑婷来到怡静大酒店，酒店装潢得金碧辉煌，王淑婷心里明白，这里不是一般人消费的地方。

王淑婷看着眼前的一切，心中咚咚直跳，她没有来过这么豪华的场所。以前，她只满足于热炕头的恬静和舒适，现在到了这种繁华的地方，她有点不自在，直觉得与它格格不入。

再看曲蕊霏大方优雅地走进酒店大厅，俨然老常客的样子。

酒席订在了三楼包厢，曲蕊霏领着王淑婷走进了电梯，到了三楼情苑阁包厢，老板看到两位女士进来，微微起身示意她们坐下。

“曲总，这就是你介绍上班的同学。”单鸿先开口打开话匣子。

“就是，总经理大人。”

“欢迎你的到来，今天借曲总的光宴请你们。”单鸿说话时，全身的赘肉都在颤抖,看着他用色迷迷的眼神盯着王淑婷与曲蕊霏,王淑婷的脸腾一下红了。她坐在椅子上,一副很局促的样子,不知道说什么好。

说实话,面前的这位单老板,笑起来有点邪乎的感觉,尤其他眼睛里闪过的那一丝狡诈,让王淑婷后背发凉。

王淑婷忽然鼓起勇气说:“这次麻烦您了,谢谢您答应我到您公司上班。”

“想上班,给曲总说一下就行了,不用这么客气。”单鸿用他那细小的眼睛直盯着王淑婷。

单鸿那微妙的表情被曲蕊霏看到了,心中的醋意勃然大发,她用两只大眼怒视单鸿,示意他收敛一点。

曲蕊霏的这一举动,让王淑婷已经意识到了什么。

单鸿要了满满一桌子的饭菜。

“小王,搛菜吃,今晚的菜主要是为你们两个点的,曲总爱吃的菜都在桌上,你爱吃什么,尽管说,我一定让两位美女饱饱口福。”

从单鸿说话的口气,王淑婷已经判断出这个人有钱。

王淑婷只是唯唯诺诺地应答着,但她没有下筷。这单总财大气粗,点的饭菜自然好,可一看他肥头硕耳,王淑婷心里涌出一股恶心的感觉,让她有点难受。

“曲总,给小王斟酒,今晚都要喝两杯。”单鸿说着用手朝曲蕊霏的大腿上拍了拍。

对于单老板的举动,曲蕊霏没有反应,笑着说:“单总,我的同学不会喝酒,就不要逼她了,咱们两个喝,我奉陪你。”

听到曲蕊霏嗲声嗲气的话语,单鸿坏笑着用眼睛瞅着曲蕊霏,一会儿,他顺手往曲蕊霏的大腿上又一拍,举起酒杯说:“说得好,咱们两个干杯。”

曲蕊霏一饮而尽,几杯下来,她满脸通红。

两个小时过去了,单鸿与曲蕊霏都喝醉了,似醒非醒的单鸿挑逗着曲蕊霏，煽情的语言和亲昵的动作让王淑婷十分难堪，她找借口去了洗手间。

过了一会儿，曲蕊霏也来到洗手间，王淑婷提醒她，那一刻她才有点似醒非醒。

随后，俩人与单鸿打招呼回去，单鸿要给她们俩人在宾馆订房间，被王淑婷婉言谢绝了。

单鸿已经醉了，却摇摇摆摆地要送她们，曲蕊霏叫来的士先让司机把他送走了。

送走了单鸿，微醉的曲蕊霏与王淑婷打的回到了住处，曲蕊霏倒头睡着了。

王淑婷却失眠了。

第二天九点多钟，曲蕊霏才醒来，王淑婷已经把早点准备好了。

曲蕊霏洗漱完毕，俩人吃过早点，她看到王淑婷的心情不太好，问她到底怎么回事。

无奈之下王淑婷说出了自己的遭遇，她一开口，眼泪哗哗地流淌。

曲蕊霏听了之后，骂骂咧咧地说："歹毒的胥晨，真不是个东西，娶了这么好的媳妇，不但不知道珍惜，而且还糟蹋，要是我的话，早就把他踹掉了，才不为他掉眼泪呢。"

听了曲蕊霏对胥晨的训斥，王淑婷心中的悲痛减轻了一些。

后来，俩人又扯到曲蕊霏的身上，王淑婷说她昨天的表现有点过了，有失女人的本分。

曲蕊霏明知昨晚是自己的过错，但她还是为自己辩护："现在都什么年代了，你还老封建！"

"开放也不能没有规矩，昨天晚上他都用手拍你的大腿，拉你的手，亲吻你的脸。"

"那有什么，我整个人都是他的了，昨晚要不是你在，我们肯定在宾馆开房住在一起了。"

王淑婷惊得都不知道说什么好了。

“你们两个结婚了？”

“没有，搭伙同居，他给我付钱，我给他提供服务，两全其美。”曲蕊霏说得轻松自然，毫无窘态。

“你这是伤风败俗的事情，曲叔曲姨知道吗？”

“能让父母知道吗？这是很丢人的事情，不过，在大城市都见怪不怪了。再说了，古代社会都有妓女妓院，这有什么大惊小怪的。”

曲蕊霏猛然感到自己说漏了嘴，立即戛然而止。

此时的王淑婷，心中有了一种无所适从的感觉。

王淑婷不想与曲蕊霏住在一起，她害怕自己知道的事情越多，以后给她的父母越解释不清。另外，她害怕胥晨知道她与曲蕊霏住在一起，又猜疑自己做了不道德的坏事，到时跳到黄河也洗不清了。

但是，她又能到哪儿去呢？自己孤独一人，如果在外面租房，会更不安全。王淑婷暂时打消了离开小曲的念头。

六

经过曲蕊霏的介绍，王淑婷找到了一份比较稳定的工作，她的心中平静了许多，经济收入还算可以。

王淑婷从胥家出走之后，胥晨还以为她去了娘家，他托人打听王淑婷的消息，最后才知道她没回娘家。这次他心里着急了，把事情告诉给了母亲。

“她从家里走后，没回娘家？”胥母显然有点着急。

“我托人打听过，没有回娘家。”

“这个臭女人真是疯了！”胥母气愤地说道。

“她能去哪儿呢？要不，明天咱们去一趟王家庄。”胥晨在征求母亲的意见。

胥母点头答应。

胥晨与母亲去了王家庄，胥母到了王家，劈头盖脸地责备王淑婷的母亲：“亲家母，今天咱们把事情说清楚，你还让你女儿与我儿子过不过？”

一向谦和的王淑婷的母亲说：“你说哪里话，咱们做父母的都希望儿女们过好，哪有拆散儿女的，不要说没有矛盾，就是有矛盾咱们做父母的也要劝说着化解矛盾。”

“那你说，你把你女儿藏到哪儿了？”

“婷婷不是年前回你家去了吗？”王母问。

“别装了，她只在家里住了几天又走了。”

听说女儿已经不在胥家好长时间了，王母一下子蒙住了，心中的怒火直往上冒：“我姑娘根本没有回来，你们回去赶快找，要是我姑娘有个三长两短，我们王家与你们没完。”

胥母一听这话，猛然间站起来，拍着大腿指着王母说：“看你那不讲理的样子，就知道你女儿为什么那么不正经了，你有什么资格质问我？”

“我女儿咋了？方圆几十里谁不知道我姑娘通情达理，善解人意。”

“通情达理？哼，在外面养男人的事你不知道？”

王母听到此话，她扑向前去朝胥母脸上打了一耳光，两位亲家厮打在一起。当时，胥晨也被气糊涂了，只是傻怔怔地站着不知劝谁好。

邻居们赶忙劝解，在双方吵闹无果的情况下，胥晨与胥母气冲冲地回去了。

王母受到如此打击卧床不起，王淑婷的父亲想给女儿打电话，又不知道她去了哪儿。王淑婷从胥家出走后，没有给家里打来过电话。

然而，家里发生的一切，王淑婷一点也不知道。

过了一段时间，王淑婷给家中打来电话，当母亲听到女儿的声音早已经泣不成声，最后母亲在电话里哭诉胥家如何不讲理，知道女儿一直受委屈。

但王母没有说胥家来王家闹事的事情。

胥晨回到家中，心中很苦闷，他想起与王淑婷生活的这几年，心中很愧疚。说句实话，自从王淑婷进了胥家门，给胥家带来了很大的变化，她勤劳贤惠，对母亲百般孝顺，对自己又十分体贴，真是挑不出一点毛病。

但是，胥晨知道了王淑婷出嫁前感情上有"污点"，他非常气愤，一向贤惠的媳妇儿怎么能和伤风败俗的荡妇联系在一起？可这毕竟是闲话，他又没有真凭实据，凭啥就给王淑婷下定论，损害她的名声？

胥晨曾经想过与王淑婷和好，可是母亲始终比较固执，一直耿耿于怀，她自己曾守寡挣的一生清白，在农村有很好的口碑，没有想到却让儿媳给败坏了，胥母坚决反对儿子与儿媳和好。

胥晨听了母亲的话，没有原谅王淑婷。

王淑婷的事情在胥庄村传开了，说三倒四的话语到处都是，流言蜚语让王淑婷几度崩溃，有的甚至说她在当姑娘时曾怀过别人的孩子。

至于街坊四邻的谣言，胥晨半信半疑，因为胥晨知道，王淑婷是把自己的第一次献给了自己，新婚之夜的"鲜红"曾让他激动，王淑婷也因紧张害怕而躺在自己怀里泪流满面。

从王家闹事回来之后，胥母也生了一场病，她越想越气愤，坚持让自己的儿子与这个"坏女人"离婚。

正当胥晨的婚姻出现危机之时，学校的一位女教师看中了他，这位女教师认为，胥晨婚姻的不幸是因为女方的不检点造成的，与胥晨没有半点关系。

胥母听说这件事后，心中很高兴，她几次去学校看望这位姑娘。不料胥晨却无动于衷，胥母只好耐心开导他。她曾邀请这位女教师到家中吃饭，看到这样漂亮的姑娘在追自己的儿子，她一直在找借口鼓动胥晨与王淑婷离婚。

对于姑娘的追求，胥晨没有一点意思，他不能接受，因为他的心中一直惦记着王淑婷，她毕竟是自己的结发之妻。

王淑婷因为母亲病重，请假回来看望母亲，看见日渐消瘦的母亲，她心中很难过。当她听说母亲的病是由胥家上门闹事引起的，心中的怒火骤然而生，她万万没有想到，自己的婚姻给母亲带来这么大的痛苦，她要到胥家去评理。

王淑婷到了胥家，她已不再是以前的娴静媳妇，怒气冲冲地质问胥母："你有什么怨气，可以冲着我来，为什么要到我娘家去无理取闹？"

胥母听到此话，大声说："有你这种媳妇是我们胥家的罪孽，在胥家不允许你这泼妇教训人，你在外面养男人，没有资格跟我讲理说话，你出去为什么不给家里打招呼？"

王淑婷已经气得浑身颤抖，她不知道该怎样对付这位发疯的婆婆。

"你不要信口雌黄，不讲道理。"

"别找理由了，你是不是去找你那个男人去了？"

气疯了的王淑婷指着胥母说："你说话要负责任，不要血口喷人，有你这样做婆婆的吗？"

"对于不要脸的女人，骂你还是轻的，赶快从胥家滚出去，别在这儿丢人现眼了。"胥母说着朝王淑婷走去，一把抓住她的头发把她摔倒在地打了起来。

此时王淑婷已经顾不了那么多了，俩人厮打了起来。

胥晨听说俩人打了起来，急忙从学校回家，他把俩人拉开。

王淑婷没有做过多的解释回去了，胥母坐在地上号啕大哭起来。

后来，胥晨与王淑婷在协商未果的情况下，俩人办理了离婚手续。

事实上，胥晨并不想与王淑婷离婚，他想让双方父母冷静下来协商一下，可是由于双方互不相让，尤其是胥母的坚决反对，只能速速离婚了。

七

离婚之后，王淑婷反而心里轻松了许多，胥晨和她已经毫无感情，不如快刀斩乱麻，一刀两断，省得伤神劳心。现在，她可以安心打工挣钱了。

王淑婷从老家回公司如释重负，在肤润化妆品公司，她很快脱颖而出，骄人的业绩，受到总经理单鸿的青睐。

经过这几年在城市里打拼，王淑婷现在成熟了很多，她虽然文化水平不高，因为那个时候出来打工的读书人不多，所以她的内敛使她显得很有素养。多年的城市生活养成了城里人的生活习惯，下班之余，她会打扮得漂漂亮亮，与同事们一起逛逛商场，进进舞厅，体味一下现代文明给人们带来的高雅的娱乐生活。

成熟稳重的王淑婷，得到了单鸿的赏识，他对她十分倾慕。他寻找机会向王淑婷坦白了自己的爱慕。

单鸿对王淑婷的表白，让曾经在感情上受过挫折的王淑婷一点也不动心，一是他与曲蕊霏的情人关系众人皆知，二是她对这种风流成性的男人打心底里就看不起。凭什么有钱了就四处招惹女人？她很反感他。

在团队的协作下，公司前半年的销售任务超额完成，单鸿给团队员工发了五千元的奖金，让大家庆贺一下。

王淑婷与队友们商定，这次庆贺一定选一个有档次的宾馆。

豪华的怡静大酒店是大家的首选，同时大家商定在会餐时，把单鸿与曲蕊霏邀请上。

饭局中，大家尽情地吃饭、喝酒、唱歌、跳舞……

尽兴中的销售部员工，唱着跳着，谈笑风生，畅想未来，倾诉痛苦。酩酊大醉的单鸿却悄悄地靠近了王淑婷，这让她感到很不自在，躲开吧，是对领导的不尊重，不躲吧，害怕他有非分之举，在同事们面前十分难堪。碍于面子，王淑婷还是主动搭讪迎合，单鸿煽情的语言和挑逗的动作，让她想逃跑。

正在此时，曲蕊霏走了过来，才帮助她解了围。

单鸿晚上的行为，纯属于有钱人的痞子表现。

王淑婷因离异不敢对感情有半点奢望，她害怕婚姻带来的伤害，恨不得把自己的感情封死。

王淑婷与胥晨的那段婚姻，在她的心中一直像一道阴影，以后不找对象便罢，要找一定找一个老实可靠的男人，只要对自己好，给自己幸福，哪怕找一个自己挣钱养活的人也行。

单鸿对王淑婷有好感，王淑婷已经觉察到，对于单鸿无休止的纠缠，她心中感到特别反感。她曾经暗中提醒过单鸿，但他置之不理。在曲蕊霏不在的时候，仍然是死缠硬磨。

王淑婷感到问题的严重性，她决定辞掉工作，不在肤润化妆品公司干了。

曲蕊霏知道王淑婷辞职不干的原因，对王淑婷心存感激。她是单鸿的情人，他的好色她怎能不知道，这种人谁都没有办法。

王淑婷辞了工作之后，在宿舍里待了两周，梳理了一下自己的思绪，读书、看报、做饭……心情有了好转。

一天，曲蕊霏回来，说她认识理工大学的一位教师，她叫赵霖，父亲是省城师范大学的教授，她正急着为公公找家庭保姆，要求是人要勤快，会做饭。当时曲蕊霏想到了王淑婷。

王淑婷听后高兴地说："太感谢你了，我的救命恩人。"

曲蕊霏有点开玩笑，睁大眼睛说："感谢，这么一说就行了，得付出点行动呀！"

"你说，只要你提出条件，我都答应，事成之后，加倍回报。"王淑婷大声应答。

"今晚你给我找个男人让我消遣一下。"

"没正经，只会开玩笑。"王淑婷嗔怒地说。

"说正经的，今晚请我吃饭。"

"好吧，不要说一次，十次八次都可以。"王淑婷爽快地回答。

"别吹了，十次八次还不把你吃烂裤裆，你要是再找我的麻烦，我可划不来。"曲蕊霏又调侃起来。

王淑婷知道曲蕊霏开玩笑，两次找工作都是曲蕊霏帮的忙，她心里对曲蕊霏充满感激。

第二天，曲蕊霏送王淑婷去张教授家当保姆，这位教授住在师大家属区，进了张教授家中，曲蕊霏还没反应，王淑婷却惊呆了。

张教授住了一套大房子，面积一百八十多平方米，四室两厅，听说是前几年单位分配的。

张教授的妻子生前是省委组织部处级干部，前年患了乳腺癌去世了，他的儿子几年前也结婚了，儿媳妇就是赵霖，小两口只有在周末的时候带着孩子回来转一转，看一看父亲。

张教授以前找过几个保姆，后来被辞退了，不是张教授挑剔难缠，主要是因为保姆不是年龄小，就是不会干家务。张教授经常外出考察学习开会，保姆不但不整理家务，还把房子弄得乱七八糟。

张教授不太介意，可是他的儿媳妇赵霖不行，她对保姆很挑剔，先后换了几个。

王淑婷看着装修豪华的房子，心中有点胆怯，站在宽敞明亮的客厅，她意识到了知识分子家庭的儒雅与高贵。

四个卧室中，最大的一间是张教授的书房，靠东边的墙边立着四个大书柜，里面装的是各种书籍，在靠窗子边放着一张写字台，上边放着一台电脑，在靠门的西边摆放着一张三人沙发，整个房子书香气息很浓。

书房对面是张教授的卧室，里面也是堆放着许多书籍，还有他收藏的古玩字画等。

在进门右侧的一个卧室，是张教授儿子一家住的卧室，结婚时的布置依然存在，另一间卧室专门供亲友住。

听说今天新聘用的保姆要来，儿子一家赶了过来，赵霖见了王淑婷之后，对她的第一印象还不错，没有提出过分的要求。

“你先在家里干着，头一个月是试用期，主要是帮助我爸搞卫生做饭，出去买些菜什么的，没有太重的体力活。”赵霖说。

“我会尽力干好的。”王淑婷应答说。

“从今天开始，你就算正式上班了。”

王淑婷点头示意。

但是，赵霖仍不放心，她暂且住在了公公家里，以便对王淑婷进行指导。

张教授生活很有规律，每天六点钟起床，先到学校体育馆锻炼一个小时，然后回来洗漱。

八点钟以后，张教授去上班，家里只剩下王淑婷一人，她开始打扫卫生，然后出去买菜，做午饭。

王淑婷对这份工作很满意，这是一个高级知识分子家庭，家里人的素养很高，她从内心里喜欢上了这份工作，勤快细心的她把家里的一切收拾得干干净净。

赵霖对王淑婷考察了一周时间，认为她的表现还好，放心地回去了。

王淑婷从农村出来，作为农村妇女，家务活干得很利索，家常便饭做得也很地道。

八

半年时间过去了，王淑婷对张教授家已经熟悉了，她没有了初来时的那种拘谨了。

到了双休日，当张教授全家团聚时，王淑婷会露一手，炸些油饼，做些凉皮，熬些醪糟汤……让张家一家人一饱口福，这样既调节了张教授家人的生活，又给他们留下了很好的印象。

近一段时间，张教授外出考察学习，王淑婷一个人待在家里，她做完家务之后，有时走出家门到师大的校园里转悠转悠。

这是一所百年老牌师范大学。

学校占地两千多亩，绕着校园转一圈需要一个多小时的时间，王淑婷在学校没有转过，因为她在别人家当保姆，工作是把张教授家的卫生搞干净，把饭做好，有时间洗洗刷刷，没有时间转悠。

平时，她也不想出来，学校里都是年轻的大学生，有的年龄与她相差无几。同样是年轻人，他们在受高等教育，不久的将来是国家栋梁之才，而自己却早已为人妻、为人母,只是家庭主妇。她的心中很自卑。

走在校园的林荫小道上,感受到了大学校园的优雅与清静,葱郁的古槐树见证了学校悠久的历史,张扬的枝干像一把大伞,把路面遮掩得严严实实,树枝婆娑,随风摇曳。走在这文化底蕴深厚的大学校园,让人心旷神怡,流连忘返。

王淑婷羡慕这里的大学生,每当看到三三两两的男女学生谈笑风生地走进宽敞明亮的阶梯教室时,她痴痴地看着他们,一脸羡慕。

触景生情,王淑婷有时想:要是自己与同龄人一样,能轻盈地走进教室,聆听像张教授这样大师上课那该多好啊。

可是时间不能倒流,况且自己是一个保姆,是一个打工的农村妇女,根本没有资格谈论上大学的问题,想到这些,王淑婷心中有一种无奈的失落感。

王淑婷从师大校园转悠回来,刚一打开家门,张教授家里的电话响了,是赵霖打来的,她想询问一下家里的情况。

"婷姐,明天是双休日,我们回家吃饭,你给咱们做点好吃的。"赵霖说。

"你想吃些什么?我来做。"王淑婷问。

"把你拿手的家乡菜给咱做两个。"

"嗯。"

王淑婷听说张教授的儿子一家明天回来吃饭,她很高兴,自己已经有十余天没有好好做饭了,天天不是榨菜就馍馍,就是泡方便面,自己也有点饿寡了。

星期六早上,王淑婷到菜市场买了一些菜。

中午十一点多钟,赵霖一家人来了,进门的菜香让他们赞不绝口。

"婷姐,你做的饭真香,自从你来到我们家,饭菜的质量明显提高。"

"你说的是实话?"

"嗯,绝对是实话,没有一点奉承。"

"我哪有那么大的本事,我们农村的生活水平根本比不上城里,我做的只是粗茶淡饭。"

"你太谦虚了,我婆婆在的时候,她也爱做饭,把我们家的生活调剂得有滋有味。自从她病逝后,家里的餐桌冷冰冰的,我爸工作忙,我又不会做饭,所以,我们每次回来都是冰锅冷灶的。"

赵霖与王淑婷边吃边聊,关系很融洽。

"赵老师,你能给我讲一下你们大学的故事吗?"王淑婷突然问。

"你说的大学的故事指的是什么?现在你就是大学教授家的一员。"赵霖笑着说。

"我问的是你们都教什么?我很想进去听一下课。"

"想进课堂听课还不容易,等我爸回来你看一下他的课程表,去听一下我爸的课就行了。"

"我也不是学生,别人会讥笑我的。"

"那你错了,你去听课,别的同学还以你是我爸代的研究生呢。"

"你就会与我开玩笑。"王淑婷不好意思地说。

赵霖觉得玩笑开大了,说话有点收敛:"其实大学也很没意思,你不要把大学看得太神秘。"

"赵老师,看你把大学说的,我上高中的时候,大学是高中生梦寐以求的天堂,我们那儿一年考不上几个大学生,谁家有一名大学生,那是很荣耀的事情。"

"因为大学难考,所以大家把大学看得很神秘,其实大学也没有什么。大学老师上课很随便,老师上的是大课,也就是说两节课连在一块,由同一位老师上课,早上四节课,由两名老师讲。"

"为什么两节课放在一块上呢?"王淑婷感到惊奇地问。

"一是课程设置的需要,大学课程理论性强,实验多,如果小课堂上课,老师讲不了多少东西。二是大学的老师有的是住在校外,两节课放在一块,老师可以少来一次学校,他们可以抽出更多的时间从事理论研究,不过也有很多老师是住在学校，像师大的家属区就在校内。”

赵霖夹了一筷子菜放进嘴里，边吃边说：“一般情况下午没有文化课，要有也是一些公共课或者体育课，公共课是同年级的几个班一块上，教学效果不太理想，有部分同学根本不上课，而且公共课一般不考试，老师布置作业，做完之后上交，老师看完打个分数，就算是考试成绩。”

“那晚上呢？”

“晚上就更没人管了，教室里的灯开着，想上晚自习的就去上，不想上的，可以出去乱转，实在没有事情干，谈对象也可以。”

王淑婷听着赵霖的介绍感到特别新鲜，她对大学有了新的了解。

张教授外出考察学习回来，一进家门有一种温暖的感觉，房子收拾得干干净净，井井有条。

“小王，这一段时间家里的活辛苦你了。”

王淑婷没有回答张教授的问话，赶忙把茶沏上，用尊重的眼神看着他。

“张钧、赵霖近一段时间回来过没有？”张教授问。

“回来过，还在家里住了两天。”

“那就好，以前我出差，两个孩子都不进家门，你来了家里就热闹了。”

王淑婷默默地听着张教授夸奖，有点不好意思地点着头。

以后的一段时间，张教授忙碌地整理着外出学习交流的材料，撰写着考察论文。

原来大学教授是这样工作的，王淑婷感到十分钦佩，现在她是见了大世面了。

王淑婷干完家务活之后，一般在自己的房间里看书，她看书的目的是什么，自己说不清楚，大概是受环境的影响吧，只寻求心中踏实。

张教授发现王淑婷不但家务做得好，而且很有涵养和进取心。

“我发现你很喜欢读书。”张教授说。

“嗯，我没有事情干，打发闲时间。”

“想学习是好事情，你以后想看书，到我的书房随便取就是了，现在的大学生，都不知道珍惜校园时光，一有时间就转街谈对象，一本书都不好好读。”张教授惋惜地说。

“我有一种想法想与你交流一下。”张教授用试探的口气说。

“您尽管说，需要我做的，我会尽力的。”

“我准备让你去学计算机，学会以后帮我打字，整理材料，我所代的研究生忙于课题研究，我不想打扰他们。”

王淑婷听说张教授要让自己去学电脑，既害怕又惊喜，对于她这个乡下妇女来说，这不是天上掉馅饼的事吗？

“我不懂电脑，害怕学不好。”王淑婷带着不自信的口气说。

“没关系，我给学校计算机管理中心打电话，管理中心主任是我的学生，让他单独派人去教你。”

两天后，学校计算机管理中心主任打来电话，说一切按照张老师的指示办，专门派一名计算机老师教王淑婷学习。

王淑婷学习计算机很用功，白天她在学校学习，晚上回来在张教授家自学，她进步很快。

两个月的时间很快过去了，王淑婷掌握了计算机的一些操作技能，现在她可以帮助张教授打字整理材料了。

王淑婷帮助张教授打字整理材料，这给张教授节省了很多时间。

王淑婷在给张教授打字整理材料的过程中，学到了很多知识，张教授是一位很有名气的教授，他研究的是民族史，许多杂志上都有他发表的文章。

张教授严谨的治学态度，深深地感染着王淑婷，有时她想：看样子自己这一辈子与教师分不开，前夫是一名教师，现在又给大学教师当保姆，并且成了他的工作助手。

第四章 扭 曲

一

随着大批农民进城务工,农民工的概念应时而生。

农民工问题是随着改革开放而出现的一种新的社会现象。农民工为城市的发展作出了突出贡献,城市发展越来越离不开他们的存在。但农民工没有享受到与贡献对等的权利,且被冠以为"农民工"的称号,受社会观念、经济体制的约束,农民工的社会地位很低,从起初的"盲流""农民工"到现在的"打工仔""打工妹"等,这些称呼的变化没有提到"人",这是一种社会的偏见。农民在城里打工却不能融入城市,原因他们没有固定的工作单位,没有稳定的住处,干的是体力活和肮脏活,他们处于城市工作的下层地位,属于社会的弱势群体。

这是一种社会现实,是社会经济发展中固有的一种现象,农民工作为"超时劳动力""廉价劳动力""高危劳动力",每天工作十五六个小时,超出了身体的极限。即使付出这么多,他们仍然是"低技能、低收入"的群体。

随着改革开放的深入,农民工已经成为社会经济发展的重要组成部分。但他们并未受到社会的尊重,如农民工的待遇、社会保险、工资按时发放以及农民工的子女上学等问题,这些都是社会急需解决的。

受农民工的经济条件、住居条件的限制,他们的儿女多是留守儿童,这些孩子从小失去了父母的关爱,被爷爷奶奶溺爱,成长过程中出现了好多问题,为农村基础教育带来了挑战。

留守儿童是学校里的一个特殊群体,这个群体因为长时间没有与父母相处,很难感受家庭的温暖,在成长中确实面临一些问题。

首先是监护的“盲区”。由于爷爷奶奶大都文化程度偏低，多数是文盲或半文盲，思想观念与孙辈有很大差距，难以与孩子进行恰当的交流和沟通。爷爷奶奶有时还要干农活，维持生计，没时间照顾孩子，有的体弱多病没有能力监护孩子，加之其缺乏科学的教育观，往往只满足孩子物质上的需求，缺少精神上的引导，甚至有些一味娇生惯养、放任自流，隔代教育显然力不从心。

其次是家庭教育存在“误区”。父母长期在外打工，无法照顾孩子而产生负疚感，大多采取物质的方式来补偿。偶尔打电话联系，只是过问子女的学习情况，而对子女的伦理道德、法制教育缺少关注，致使他们好逸恶劳、奢侈浪费，部分留守儿童厌学，缺乏进取心和刻苦钻研的精神，不求上进，成绩普遍较差。

再次是亲情严重缺失，留守儿童心理发展异常。青少年时期是一个人个性发展和形成的关键时期，父母的关爱、良好的家庭教育对青少年个性的健康发展起着特别重要的作用。但是，父母角色缺失导致留守子女无法享受到正常的亲情关爱，生活中的烦恼无法向亲人倾诉，成长中的困惑无法得到父母的正确引导和解答。久而久之，无助感、失落感和被遗弃感逐渐形成，严重影响着留守儿童心理的健康成长。

以上这种情况不得不让社会与家长担忧，虽然已经得到社会政府的重视，采取了一定的措施，但是成效不是很理想。

农民外出打工，带来另一个社会问题是空巢老人问题。

空巢老人问题主要表现在家庭氛围缺失和尊老观念淡薄。随着子女外出务工，家庭养老功能被弱化。老年人需要亲情的慰藉和生活的照料，随着年龄的增长，老人在某些方面趋于孩童化，更需要子女的照顾。子女在老人心目中有不可替代的位置，子女常年在外，除了春节能回来几天外，基本上不能回家与老人团聚，有的甚至很多年没有回家，老人们难免有孤寂之感。

空巢老人的医疗卫生状况不容乐观。空巢老人最担心的就是生病，一病万难,老人们本来经济拮据,缺少照料,病后更是力不从心,心理负担加重。目前空巢老人的健康状况整体较差,很多老人处于亚健康状态,其中患慢性病的比例较高。

空巢老人经济收入不高,有病不医的情况不在少数。“小病抗、大病忍”仍是多数老人的选择,他们在生病时往往能忍就忍、一拖再拖,有一些子女因为工作忙或是路途远而没有回来,只是打来电话询问,老人的病依然无法抑制。近年来,偏远山区老人病死在家而无人知晓的悲剧时有发生。

尊老敬老是中华民族的传统美德,在经济发展繁荣的今天,我们不能忘了那些留守在农村的老人们,全社会应一起努力,帮助、关心他们,设身处地改善他们的晚年生活,让他们衣食无忧,有病得到及时治疗,临终得到亲人的关怀,真真切切感到社会、家庭、儿女给予他们的亲情与温暖。

二

随着打工潮的兴起,留守夫妻也带来诸多问题。这些问题的产生影响着家庭的和谐、社会的稳定,中国传统的婚姻体制受到了不同程度的冲击。夫妻双方的长期分居导致长时间的生理欲望得不到满足,形成了一种有婚姻关系的夫妻却如同孤男寡女一样生活。夫妻双方若有一方背叛,就会给家庭带来巨大的伤害,轻者夫妻不和,重者家庭破裂。

现在政府鼓励农民外出打工挣钱,这样有利于缓解当地经济压力,而没有考虑到夫妻生活的需要,夫妻双方不管谁独守空房,一旦突破伦理道德的界限,尤其女性,一定会遭到社会的谴责。

据资料统计,全国共有四千多万留守妇女待在农村,过着“寡妇”生活,每天除了承担家中繁重的体力劳动,还承受着感情上的煎熬。

男人在城里打工,夫妻分居的时间长了,容易造成心理急躁症,使男女双方处于性饥渴状态,这对人的精神需求危害很大,时间久了,积郁成心理疾病。

守规矩的男人,晚上想女人时忍耐一下也就算了;不守规矩的男人,常去外面发泄，常去的地方是洗头房或者KTV，打工所挣的钱又花在不正当的地方，没钱的男人会走歪门邪道，抢钱或者强奸女人，这给社会治安带来很多不好的影响。

女人想男人的时候，也会分泌雌性激素，如果夫妻生活长期得不到满足，很容易衰老，有时寂寞难耐，也会在外面偷腥，败坏了家风，有的甚至会酿成家庭悲剧。

守规村的金博老婆叶桦就是典型的例子。

金博是杜铭建筑公司的一名民工，杜铭把工程队搬至省城，金博也跟着过去，家里剩下母亲、老婆叶桦与两个孩子。

叶桦身材匀称，丰乳肥臀，性格很外向，平时说话大嗓门，办事大大咧咧。村里的男人爱与她开玩笑，贵栓就是其中的一位。

贵栓与金博是邻居，俩人从小在一起玩耍，贵栓家的情况不如金博家好。金博的父母勤快，家底厚实，到了结婚年龄，很快找上了媳妇，这让贵栓很嫉妒。

贵栓家庭情况不好。他虽然做事麻利，但爱耍嘴皮子，好吃懒做，农活不想干，挣钱的活又找不到，知道他的品行的人家都不敢和他家结亲，后来凑合着娶了媳妇，日子过得很紧张。

别人都外出打工挣钱，贵栓嫌吃苦受罪，不想出门半步。由于生活所迫，他在自家门口开了一个商店，卖些零碎的商品，挣个小钱养家糊口。

金博外出打工，叶桦有时到贵栓商店买东西或者聊天，埋怨金博挣不了多少钱，还不常回家，她一个人伺候老小，一点乐趣都没有。说者无意，听者有心，贵栓心中起了坏心，认为叶桦不甘寂寞想偷腥。

贵栓开始打起了叶桦的主意。

一天晚上九点多钟，叶桦到贵栓商店买了很多吃的，贵栓开玩笑地说："看来，金博今晚回来了。"

叶桦把头一低，"嗯"了一声。

"给男人买酒买肉，看样子要好好招待一下，晚上要用男人哩。"贵栓开玩笑地说。

贵栓的一句话,把叶桦说得满脸通红。

是啊,男人经常不在家,女人的日子难熬啊。三十多岁的女人,正是天天需要男人的时候,谁乐意天天独守空房?

其实,贵栓早就勾引叶桦了,她买东西时,贵栓总爱说些调情话,有时还会给她一点小恩小惠。刚开始时,叶桦认为贵栓油腔滑调,说说而已,她也没放在心上。

意想不到的事情终于发生了,一天下午叶桦在玉米地里薅草,贵栓从地里干完活回家。当他走到金博家的地头时,听到玉米地里有人走动的声音,直觉告诉他有人正在偷玉米棒子。

贵栓猫着腰,蹑手蹑脚地走了过去,随即又不见了动静。当他四处寻找时,忽然听到侧面有哗啦啦的小便声。他循声而去,忽然看见不远处叶桦正蹲着小便。叶桦看见贵栓,慌忙提起裤子,猛地站起来。因过度紧张,刚提起的裤子又掉了下来,叶桦赤裸的下身暴露在贵栓的眼前。此时,叶桦红着脸不知所措,而贵栓被眼前的一切迷住了。他没加思索地扑了过去,把她压在了身下。

一切都闪电般发生了,当叶桦反应过来时,她顺手摸了摸下身,湿漉漉一片,她没有提起裤子,只是静静地躺在地上,回想刚才发生的一切。

贵栓也被自己的所作所为吓坏了,他仓皇而逃。

一切都完了,这是叶桦的第一感觉。

对于贵栓的强暴,叶桦先开始进行反抗,后来不知不觉地安静了。是啊,自从金博走了以后,她每天独守空床,对于夫妻生活只能幻想,有时想得浑身燥热,嗓子眼发干。但是,不管怎么样,她从来没有想过要背叛丈夫,今天被贵栓强奸,如果这件事情要是被人知道,她就彻底完了。

叶桦越想越害怕,这个平时性格张扬的女人,竟然在玉米地里失声痛哭起来。

抽泣了一会儿,叶桦慢慢地镇静下来。她想,她要报案,让公安局把贵栓这个流氓抓起来，这样才解恨。可是这样做全世界的人都知道贵栓强奸了她，金博怎么想自己，婆婆怎样看待自己，孩子们又怎样评价自己的母亲？而且要是贵栓不承认怎么办？这些问题像蜜蜂一样在她的脑中盘旋，让她思绪混乱。

这种不光彩的事，最好不要张扬，只要贵栓不说，没有人知道。

贵栓干了缺德事情，怎么好意思宣扬？他要真的去宣扬，金博也不会放过他。

失魂落魄的叶桦踉踉跄跄地回到家里，她没有吃饭就睡下了。

随后几天，叶桦借着身体不舒服待在家里不出门，她害怕出门被别人说闲话。

几天过去了，叶桦没有听到外面的风言风语，心中的担忧才减轻了一点。

其实，事情发生之后，贵栓也特别害怕，因为他毁坏了一个女人的名誉，要是被村里人知道，肯定骂他是流氓。而且叶桦一报案，公安局就会抓他，判个三五年不说，两家人可能会结怨。即使她不报案，要是让金博知道了，他也没有好日子过。

贵栓既害怕公安局抓他，又担心金博回来收拾他，胆战心惊地躲在家中不敢出门。

过去村里发生过这样的事情，本村的一个女人与男人通奸，被丈夫捉奸在床，丈夫一气之下，竟然用铁锨打死妻子和她的情人，一个好端端的家庭就这样给毁了。

贵栓害怕把事情闹大，他不敢在家里待了，找借口去县城住了一段时间。

以前，叶桦每隔一段时间，心中渴望金博回来，过一次正常的夫妻家庭生活。而现在，她害怕金博回来，她觉得对不起金博。那天下午被贵栓强奸之后，她把下身清洗了十几遍，但总觉得下面肮脏，心中有一种难言的负罪感。

想金博的时候，他不来，感觉日子是那样的漫长。不想他的时候，他却回来了。

金博的回来，并没有给叶桦带来兴奋，她愧疚地应付着丈夫。

做完事情之后，金博把叶桦紧紧地抱在怀中，他想，可能是家务活把老婆累坏了，连享受夫妻之欢的激情都没有了。

三

贵栓以打工为借口，在县城住了一个多月的时间，他打听到金家没有一点反应，心中踏实了许多，就悄悄地回到了村里。

叶桦后悔了一段时间，但是随着时间的推移，她的想法改变了，现在的农村，这样的事情多了，人们对这种事也看淡了。少了失身的自责，多了对金博的抱怨，因为金博一走又是大半年的时间。

后来，就是金博回来，夫妻俩人在一块的时候，叶桦总感觉到少了点什么，夫妻生活不知是她的惶恐，还是金博有问题，她总觉得不够过瘾，反而怀念与贵栓在玉米地里偷情的事儿来。

叶桦的思想在变化着。

前几年，由于老院破旧，路也不好走，金博在自家责任田地里盖了一院新房。金博打工在外，叶桦没有搬进去居住，房子一直闲置着。

最近，叶桦突然坚持要搬进新房，婆婆也同意了，婆婆认为不搬进去住，房子就闲置旧了。

自从叶桦搬进新房之后，她日思夜想玉米地里的那件事，每每想起贵栓像一头野兽一样扑过来时，自己在惊恐中产生的那种快感，让她回忆时也会战栗，那是一种惊惧带来的高潮。

贵栓强奸叶桦一事，村里无人知晓，叶桦心中平静了。后来，她又抱有侥幸心理，认为天知地知，自己知道就行了。

人在侥幸的时候，往往会产生膨胀心理，一膨胀，就会伸出脚再蹚浑水。

贵栓躲了一段时间后回家了，他装作什么也没有发生的一样。刚开始在路上碰见叶桦还有点尴尬，不像以前那样开玩笑了，后来见叶桦毫无反应，他又在村里人面前故意和她大声说话。

叶桦有了那样的想法，竟然主动到贵栓的商店买东西，一去待半天。

叶桦过来买东西时，贵栓会用一种异样的目光注视着她，叶桦不但不羞耻，反而以更热烈的目光迎接贵栓，俩人竟然有一种心神相通的感觉。

一天中午十点多钟，叶桦去商店买东西，当时村里人大多去地里劳动了。贵栓的邪念顿时产生，他趁叶桦不防备，顺手抱住她亲吻，叶桦使劲挣扎着，但贵栓的双手抓住了她的双乳，她被电击了一般，一动也不动了。

贵栓一边吻着叶桦，一边把她推到了门口，抽出一只手关了商店的门，一把抱起她进了商店的套间……

好事结束之后，叶桦没有拿买的东西，匆忙穿上衣服跑了回去。对于刚才发生的一切，虽然有点心有余悸，但和她朝思暮想的一样美好，快感、战栗、高潮，原来如此美好。

被性欲俘虏的叶桦丝毫没有羞耻感，她心满意足地期待着下一次被强暴。

叶桦走了之后，贵栓虽然有一点害怕，但他没有了第一次的恐惧感，看着叶桦急匆匆地走了，他反而有一种征服他人后的自豪感。他太了解叶桦了，这个女人已经享受偷情的快乐了。

那天中午十二点钟，叶桦的孩子放学回来，抱了一箱方便面和一些生活用品，说是商店的叔叔给的。

叶桦再没有吭声。

后面的事情正如贵栓所料，叶桦不但没有怨他，见面之后还给他暗送秋波，让他心神荡漾，邪念又起。

贵栓在寻思着机会。

男欢女爱的事情，有了第一次，就会有第二次、第三次……

一次贵栓去城里提货，正好碰上叶桦，他上前问她："你到城里干什么来了？”

“没有啥事，想买一个喷雾器。”叶桦说。

“你咋不早说，我给你带一个回去就行了，你不知道啥牌子好。”

叶桦不让，可贵栓非要给她买，理由是她骑自行车不方便，叶桦只好骑车离开。

贵栓提完货后回到家，天已经黑了。

晚上九点多钟，贵栓把喷雾器给叶桦送去，贵栓来的时候，叶桦正准备休息，听到贵栓的声音，她的心里有点紧张。

“我把喷雾器给你送来了。”

“放到院里就行了，我把钱给你。”叶桦说着去屋里取钱。

贵栓跟着叶桦走进了屋里。

“孩子们没在？”贵栓问道。

“今天是星期六，都去他姥姥家了。”

贵栓一听孩子们没在，他的心猛烈跳动起来，就在叶桦给他数钱的一刹那，他从后面过去抱紧了叶桦。

这次叶桦没有反抗，反而转过身来迎合贵栓。

贵栓那激情的动作，让叶桦久久沉浸在快乐幸福之中……

由于俩人太过激动，竟然被人撞见了。

贵栓与叶桦在一起偷情的事情在村子里传开了，但是俩人并不知情，他们还是如胶似漆。

这事儿后来传到了贵栓老婆的耳中，但她又没有抓到现行，只是见了叶桦会破口大骂。有一次在路上碰见叶桦，真是冤家路窄，她上前对叶桦拳脚相加，搞得叶桦半天也翻不起身来。

被贵栓老婆痛打一事，叶桦没敢吱声，但贵栓知道后，气愤至极的他冲进家里，不由分说上前给妻子两个耳光。

“你为什么打骂叶桦？”贵栓说着又朝自己老婆胸上捣了一拳头。

贵栓的妻子半天喘不上气来，她摸着胸口，说：“她不要脸，自己的男人累死累活地在外面打工挣钱,她倒好,四处偷别人的男人……”话还没有说完,贵栓气呼呼地说:“这事不怪叶桦,责任在我身上,要错也是我的错。”说着又朝老婆头上两拳,打得他老婆两眼直冒金星、头晕目眩。

贵栓的老婆听他为叶桦辩解，冲上去与贵栓厮打起来,“你们这对不要脸的狗男女,早晚会得到报应的!”

贵栓与老婆打架的事全村人都知道了,骂贵栓的人有,但大多骂叶桦不知羞耻。

金博听说老婆偷情一事之后,从外面打工回来,他先把叶桦痛打了一顿,叶桦住进了医院。后来,他又悄悄地溜进贵栓的商店,把贵栓打了一顿,贵栓也住进了医院。金博并扬言说,要是俩人再胡来,把他们一块打死。

这件事经过派出所处理后,才得到了平息。

金博自从家里出了事情,他赌气把两个孩子领到了老院,吃住都在老院,新院里只剩下叶桦一人。

半年时间过去了,婆婆一直担心叶桦再折腾出什么乱子,劝说金博回新院住。

金博回来住,让叶桦的心情有些好转,性格外向的她收敛了许多,但金博气愤不过,看见叶桦就生气,时时挖苦讽刺她,甚至骂她是婊子。

叶桦自知理亏,对于金博的谩骂从不敢顶嘴。

金博实在是看不惯叶桦,住了一段时间后,干脆又回老院与母亲、孩子住在了一起。

日子一天一天地往后推,一晃就是一年的光景。

农村出了这样的事情是最丢人的,特别是金博,常常在邻居面前抬不起头,金贵两家的关系比较僵,互不来往。

金博打算与叶桦离婚,母亲不让。离婚了两个孩子怎么办?这让金博很苦恼。

后来,不管叶桦怎样向金博道歉悔改,金博都不愿意搭理她,叶桦也死了心，像空气一样生活在金家。

贵栓因为这件事情好长时间没有出门，他家的商店基本是天天关门，没有谁家的女人敢去他的商店买东西，大人们也教育自家的孩子不要去贵栓家的商店。

商店没人买东西，贵栓在家里待着，他做的丢人事情，老婆也不能原谅他，昔日孝敬公婆、体贴丈夫的妻子，忽然变得蛮横起来，常常不给他好脸色。

贵栓与妻子也分居了。

流言蜚语满天飞，村里的人有的说上，没有的加上，添油加醋，把他俩偷情的事情说得比潘金莲和西门庆还玄乎。

还真应了金博母亲的话，叶桦一人在新院住的时候，狗改不了吃屎，又和贵栓勾搭在一起了。反正事已至此，全世界的人都知道了，还怕什么？贵栓也豁出去了，反正金博不疼他老婆了，是死是活都不会管了，再说叶桦已经被金博打过一回，他还能把她打死不成？

脸皮厚了，理由也肥得让人恶心。

叶桦本来不想让贵栓来家里，但是贵栓是谁，他从小就耍一张嘴，几句甜言蜜语下来，叶桦恨不得立即与他私奔。真是心有灵犀，贵栓正好也想带叶桦走，两个人约好时间、地点，准备离开守规村。

这次偷完情，贵栓光明正大地从金博家的新院走了出来，他没有躲避村邻异样的眼光，直直地进了自己的家门。

四

金博听说自己的老婆在家里与贵栓淫荡偷情，他的肺都气炸了，他又冲进新院把叶桦痛打了一顿。

“我在外面打工挣钱，你却在家中养男人，不要脸！”金博边说边打。

做错了事的叶桦看到金博气急败坏的样子，她剜了他一眼，咬着牙齿，任凭他殴打。

听到叶桦在房子里的惨叫声，邻居王大爷前去劝说："金博，你不能这样打人，要是出了人命咋办?"王大爷虽然替叶桦说话，但是在老人家的心中，叶桦已经不值一文了。

"打死她个不要脸的。"

"那不行，打死人是要偿命的。"王大爷死死拉住了金博说。

"要不是看在两娃娃的面子，我把她扔到河里喂鱼去了。"

"想办法解决问题，不能这样，别把自己身体气坏了。"王大爷感觉金贵的身体颤抖得厉害。

"现在，我就去把那狗日的贵栓给砍了。"金博说着挣脱王大爷的手，直奔厨房拿了菜刀就去贵栓家。

最后，金博的母亲在门口堵住了自己的儿子，她边哭边劝，说为了淫妇荡夫，不值得拿命去换。

贵栓听说金博要找他算账，早吓得跑出了村子，躲了起来。一时找不到贵栓的金博，气得没办法，只好把气撒向了叶桦，回来又是一顿乱打，打得她遍体鳞伤，不能走路。

愤怒的金博已经失去了理智，他的心中在酝酿着一个计划。

贵栓在外面躲了一段时间，悄悄地回村了，他认为这次的事跟上一次一样，会不了了之。

贵栓刚进了家门，金博就跟了进来，因为金博一直守候在他家的门口。

随后俩人吵了起来。

贵栓不但不承认错误，还把责任推给了叶桦，金博觉得与贵栓这个畜生无理可讲，趁他不防备，从腰中掏出事先准备好的刀子，捅向了贵栓。

贵栓应声倒下，正当金博准备再刺时，站在外面的叶桦跑了进来，抱住了金博的双腿。

失去了理智的金博，已经没有办法控制自己了，他把刀子刺向了叶桦，叶桦只喊了一声便倒在了血泊中。

随后，金博又朝贵栓身上刺了两刀，贵栓家的院子里血流成河，惨不忍睹。

金博看到眼前的惨状，把刀子一扔，跑回了自己的家。

到家以后，金博想想刚才发生的一切，他对生活彻底失望了，自己已经杀了两个人，即便是去公安局自首，也没有好结果，他在家中服农药自杀了。

贵栓与叶桦被送到了医院，经过及时抢救脱离了生命的危险，而金博却因喝农药太多，抢救无效死亡。

金博的死值吗？村里人议论纷纷，同情的人有，落井下石的人也有。

有人说金博划不来，为了一对奸夫淫妇弄得家破人亡，一点也不值。有人却说，金博的做法太过激，完全可以通过法律来惩罚这对狗男女，让他们在监狱中受点苦就行了。还有人说，法律对于通奸惩罚不够重，有些人进去转一圈就回来了，根本不如痛打一顿解恨。总之，说什么的都有。

但是，村里人骂的最多的还是金博女人，自己的男人在外面辛苦挣钱养家，而她却在家中跟别的男人鬼混，真是罪不可赦啊。

人们可怜金博的母亲与两个娃娃，家里出了这么大的事情，叶桦住院了，金博喝农药死了，这老的小的都没靠山了。

家庭的破裂对大人来说可能是一时冲动所为，而对于孩子来说却是一辈子的伤害。妈妈是偷情者，爸爸是杀人犯，无论父母的哪一个标签，对于孩子来说，都是可耻的，伴随着他们的不只是失去亲人的悲痛，还有父母身上的标签带给他们的无尽厄运。

五

受社会大环境的影响，人们的观念在发生着变化，传统的婚姻观念受到了挑战。

男女关系的处理，金博的方法不可取，金博的死更不值得。但金博的死却说明了传统婚姻关系中男权拥有婚姻绝对的维护权。守规村，自从发生金博惨案后，外出打工的男人受到启发：不能一味地赚钱，家里的妻子还得关照。不知谁在手机上发了一篇文章，也是写妻子有外遇的事情，内容如下：

大学毕业后，和舍友一道南下打工，在那里我与妻相识并同居，妻怀孕三个月时，我们奉子成婚。

婚后，为照顾孕妻，我们回到我的家乡，妻在家待产，我打零工赚钱养家。

孩子三岁时，妻对我说她准备外出打工，我支持妻子的想法，送她去外地打工。从此，我们一年才能见两次面，一次国庆，一次春节。

去年，妻一年没回家，打电话问原因，妻说工作忙。由于孩子想妈，我想妻。在家人的鼓动下，我来到妻打工的城市看望她。

见到妻时，她身材臃肿，和她亲热时，竟然从她胸部看到了奶水，那一刻，我瘫软在床上。

妻见状，向我交代了实情：她有外遇了，对方是常年在外打工的已婚男人。

他们在一起，完全是因为生理需求，只是偷欢没设防，不小心怀上了孩子。妻本想将孩子打掉，却在那男人的游说下，将孩子生了下来。

我想约见那男人，但妻怕我们会打架，没同意。

无奈之下，我只能将妻强行带回老家，并切断了她与外界的联系。

自打妻回家后，她整天以泪洗面，看得出，她很想念那个男人。面对我的咆哮，她不承认，只是说她想念与那男人生的孩子，因为孩子毕竟还在哺乳期。

我想过离婚成全妻，但在我们这个贫穷的小镇，男人娶妻是很困难的事，为此，尽管妻给我戴了绿帽，尽管妻瞒着我和别的男人有了孩子，我都没勇气离婚。

现在妻不让我碰她，整天抱着我们的孩子傻笑。

我该如何做,才能改善婚姻生活?

这篇文章开始传播时,没有引起人们的关注。但是金博的事情发生之后,大家开始关注这篇文章,并引起了热议。

一位中年妇女说,即便是一个背叛了婚姻的女人,孩子是娘身上掉下的一块肉,因此,不管她想不想那个情人,还是让她去见情人的孩子,毕竟那个孩子还吃奶着呢。

这话一说,另一位年轻女人同情地说,男人强行将婆娘接回家,完全切断了一个母亲和一个孩子的联系,在此状态下,她怎能开心起来?

男人们可不同意了,有人说,干脆三个成年人一起商量一下孩子的去留,最好的办法就是将孩子送人。记住,是免费送,千万不要拿孩子赚黑心钱。

有男人立马附和道,都他妈的被别的男人要了,还要她干啥?一脚踢出门,让她滚呗!

……

金博事件发生后,加上这篇文章的效应,守规村的男人学精了,外出打工的,十天半月就回来一趟;妻子在外面打工的,统统被召唤回家了。

杜铭也是打工大潮中的一员,他常常告诉他的队友,再穷不能穷娃娃,再苦不能苦婆娘,所以凡是逢年过节,他都会通情达理地让他们回家去。他还说,虽然都是老农民,不会玩城里人的情调,但是对妻子还是要忠诚。他公司里的员工在他的鼓励和引导下,渐渐知道回家给家中老小带礼物,给妻子小惊喜了。

这是一个可爱的群体,他们用汗水赚取微薄的薪酬,但是他们拥有金子般的心,只要稍加引导,他们会用最质朴的方式回报家人……

六

杜铭公司的员工懂得防微杜渐了,但是刚从总公司调来的刘抗就没有这么幸运了。

刘抗读的是省建筑学校，毕业分配时，他被分配到了省第七建筑工程公司，当时他没有分配到业务部门，而是分配到公司团委上班。

在公司团委工作时，刘抗听说考个一级建造师证书比较有用处，拿上证就能挣钱，这激发了刘抗考证的积极性。当时公司团委正好没有实质性的工作可干，整天闲待着，于是他买了建筑方面的资料，复习建造师的考试课程，准备参加一级建造师的资格考试。

经过一年的紧张复习，刘抗参加了考试并顺利过关，如愿拿到了一级建造师的资格证，随后被调到了省第七建筑工程公司工程管理处。

刘抗在公司工程管理处拼打了几年，工作上的踏实认真，业务上的精益求精，使他在省第七建筑工程公司脱颖而出，很快被提拔为项目部的建筑工程师。

事业上的飞黄腾达，并没有使刘抗的婚姻一帆风顺，他离婚了。

他和前妻是省建筑学校的同班同学，他能分配到省第七建筑工程公司，全是前妻娅莎帮的忙，娅莎的父亲是这个公司的一名领导。

当时，丈母娘对刘抗这位准女婿很满意，他虽然来自农村，但人勤快老实，会疼女人，女儿娅莎从小娇生惯养，脾气不太好，俩人正好可以互补一下。

刘抗与娅莎结婚后，因为丈母娘家的条件好，吃饭多在她家。平常家里的活丈母娘全包了，洗衣、做饭、打扫屋子，老人抢着干，他们小两口只要回来好好休息便是了。这种被老人特别呵护的生活，让刘抗很知足，觉得自己很幸福。

唯有一点让刘抗心情不畅的是娅莎爱耍小脾气，她常常因为一点小事发火，这刘抗不劝还好，一劝说她马上大发雷霆，然后一发不可收拾。以前上学谈恋爱的时候，他使出吃奶的劲儿哄她，她才能高兴起来。不料结婚后，娅莎的小姐脾气发展成为严重的公主病，一言不合，怒气冲天。

记得一次外出散步，刚出门时俩人还有说有笑，走着走着娅莎突然不高兴了,刘抗怎么哄都无济于事,他也不知道是什么原因。

回家之后,娅莎又哭又闹,问起原因,原来是在散步的时候,刘抗比她走得快,没有并肩而行。这由头让刘抗哭笑不得,但对于从小被人捧在手心中的娅莎,他不得不容忍。

这样的日子坚持了几年,刘抗真的很疲惫。

先开始,刘抗想躲避一下,也许会好一点。

于是,公司只要有出差的任务,他都是第一个举手,同事以为他是靠丈人关系进来的,所以想证明自己的实力,才特别努力争取机会。殊不知,他是有苦衷的。

刘抗的这种变化,娇小姐娅莎怎么能感受到,她以为刘抗只是想在父亲面前证明自己的实力。

刘抗的工作经常出差或加班,家中只有娅莎一人。无聊的她迷上了上网,网络虽说营造的是虚拟世界,但它治愈了她的公主病,因为她交了一网名叫"精灵"的网友。这个"精灵"简直完美无缺,从吃饭、睡觉到工作,对她无微不至,正是她梦想中的"白马王子"。

对于妻子沉迷网络,刘抗是知道的,先开始他很庆幸娅莎终于找到了爱好,这样不找他的麻烦了。可是,后来他发现妻子一旦上网,总是兴高采烈,高兴得有点忘我。是游戏吗？刘抗很好奇。

一天趁妻子上厕所,他过去一看,差点气昏过去。

那个叫"精灵"的网友,居然和妻子对话如下:

"宝贝,你在干什么？"精灵问。

"我在干你想干的事情。"

"我也想干你想干的事情。"

"宝贝,咱们互相满足吧。"精灵说。

……

刘抗看得心惊肉跳,下面的内容粗俗不堪,气得大喊一声"娅莎",娅莎知道刘抗偷看自己的聊天内容也怒不可遏,质问刘抗为什么不尊重别人的隐私。俩人争吵起来。

“你说的那些话是为人妻说的吗？”刘抗怒斥道。

“我怎么了？我只是在虚拟空间聊聊天。”

“聊天，有那么说话放荡吗？”

“我怎么放荡了？”

“我在想干你想干的事情，这你怎么解释？”

“你智商太低，我不想跟你解释。”娅莎冷嘲热讽地说。

“你也太恬不知耻了。”

这时被争吵声惊动的丈母娘一把推开门，说：“这件事情娅莎有错，但你也不能这样武断。”

“我只是上网聊天，这有什么大不了的事情。”娅莎哭着辩解道。

“聊天没有什么，关键是你的心态不对，聊天哪有这样胡说的，变态。”刘抗气愤地说。

“刘抗，你说得有点过分了。”丈母娘训斥道。

“我说的一点也不过分，她要是继续这样的话，我们以后的日子就不会消停。”

“那你说该怎样处理？”丈母娘的口气很强硬。

也许这个时候母亲能制止女儿的行为，刘抗夫妻还有以后，但是她却帮着女儿说话了。这一帮，把刘抗的婚姻帮破裂了。

“以后不允许上网聊天。”见丈母娘已经动怒，刘抗只好压低声音对娅莎说。

娅莎听到这句话，暴跳如雷，“你天天加班，我一个人待在家里，你考虑过我的感受么？我上网聊一阵天，你都看不惯，我的孤独，我心中的痛苦，谁知道？”娅莎委屈地大哭起来。

刘抗不能容忍娅莎网上聊天时的“放荡不羁”，可是娅莎又说自己只是寻求精神上的安慰，并无真正出轨。看来，不和睦的夫妻，各有各的难言之隐。

这次争吵之后，家庭矛盾稍微缓和了一下，娅莎上网聊天收敛了很多,家中平静了好一阵子。

刘抗在家的时候,娅莎安分守己,他不在的时候,偌大的一个房子,只有娅莎一个人,电视看得时间长了也没意思,还是上网聊天过瘾。

这个“精灵”也是个闲人,见娅莎又来了,便使出浑身解数,用各种甜言蜜语“狂轰滥炸”。这糖衣炮弹还真管用,搞得娅莎神魂颠倒,恨不得与“精灵”厮守一生。

“亲爱的咱们约会吧,我会给你幸福,累了,我帮你捶背;喝了,我给你端水;饿了,我给你做饭;无聊了,我陪你去旅游……”

娅莎看着“精灵”的留言,认为这样的生活才是她真正需要的、向往的,这样的男人才是她能依靠的。想着想着,娅莎忽然恨起刘抗来,他不但毫无情调,还冷血无情,把自己留在家里受尽寂寞的煎熬。

一天中午,刘抗因有事打开电脑,又看到了娅莎和“精灵”聊天的内容,这次他没有大吵大闹,只是静静地收拾了自己的衣服,直接去了单位。

刘抗去了单位之后,晚上没有回来,娅莎心中怨气冲天,但她没有发作。

第二天晚上，娅莎一边看电视一边等着刘抗的电话，可是都快凌晨了,还不见刘抗回电话,她气哭了。

第三天,也是如此。

第四天,娅莎实在忍不住了,她给刘抗打电话,可是电话关机,娅莎有点崩溃了。

第五天,娅莎又给刘抗打电话,电话打通了,可她把电话挂了,眼泪扑簌簌地往下流。

刘抗把电话打过来，娅莎第一句就大声骂道:“这几天你死到哪里去了？”

“我在公司加班。”

“你加班为什么关机？”娅莎吼道。

“在开会。”

“别为自己辩解了，有本事，你就永远不要回来！”娅莎啪地把手机压掉了，电话里“嘟嘟嘟”的声音，像无尽的省略号，刘抗愣愣地坐在办公室，不知所措。

该是缓解矛盾的时候了，刘抗想，他打算晚上回家。

下午开完会，公司突然决定让刘抗去南方工程项目部检查指导工作，晚上的飞机票已经订好了。

会议结束后，刘抗急忙给娅莎打电话，解释一下情况，没想到娅莎始终不接电话，试拔了几次都没有成功。

晚上，刘抗坐上飞机出差了。其实，就在刘抗坐上飞机时，娅莎在家中等着他的电话。她想，如果刘抗打来电话向她道歉，她会不计前嫌，与他和好如初，并与“精灵”不再聊天。

等到晚上十二点，刘抗还没有来电话，娅莎彻底死心了，她气愤地关掉手机。

刘抗到达检查项目部后，本想给娅莎打个电话报个平安，可又害怕影响娅莎的休息，没有打。

天亮之后，刘抗给娅莎打电话问候，手机无法接通。

刘抗在南方项目部忙活了四天之后回来了，一下飞机，他赶紧打车回家，进门看到妻子比以前镇静了许多，脸上虽然没有笑容，但也没有厌烦的表情。刘抗赶紧赔着笑脸讨好娅莎，然而娅莎推开了他。

这比刘抗想象的好多了，要是在以前，娅莎非把他整惨不可。但是，这平静的后面潜伏着更大的危机，一切都在刘抗的预料之外。

两个人在挂电话、等电话的过程中误会越来越深了。

其实，刘抗出差后，气愤至极的娅莎竟然选择与“精灵”见面了，而且是深夜见的面……

娅莎平静地把这一切告诉了刘抗，刘抗竟然平静地接受了现实，他知道他们之间的爱情之火早已熄灭了，继续相守只会伤害彼此。

俩人坦诚交谈后，决定离婚，这是他们闹矛盾以来第一次一起理智地解决一件事。

双方父母为此事伤透了脑筋，各种好言相劝，俩人都铁定心，不改变离婚的决定。

夫妻有时就这么可笑，大风大浪都能扛过来，但是琐碎的家常小事却将他们击垮。天下的夫妻能经得住腥风血雨，未必能经得住细水长流。

七

守规村出来打工的还有张鑫宝，他刚出来打工时，是在一家居住小区门口卖早点。在这期间，他也受到了很多的委屈，一些社会闲散青年专门欺诈外来的民工，吃早点不给钱，还骂人打人。

有一次，一位小青年买了五个肉夹饼，张鑫宝用袋子装好递了过去，小青年接过袋子扭头就走。张鑫宝说："师傅，您还没付钱呢。"小青年转身就给他几拳，捣得他胸口疼得说不出话来，小青年骂道："老子吃东西，谁敢要钱？想吃拳头就直说，不要钱钱钱的。再要钱，我砸烂你的摊子！"

张鑫宝双手抱着胸，蹲在地上，一句话也不敢说，眼泪却不听话地留了出来。

进城打工因生活所迫，吃苦受累不说，还要挨打受气，老实人走到哪里都被欺负。张鑫宝越想越难过，竟然哀哀地哭起来。旁边一个打工的兄弟安慰他："谁让咱们是打工的呢，你看这社会上但凡有点文化的人素质都好，不但不欺负咱，还挺同情咱们这群人，没零钱的时候笑笑走了。就是这些没素质的混混把社会搞乱了，蛮不讲理，横行霸道，专门欺负咱们这些打工的人。哎，忍着吧，出来混，就是这样的。"

张鑫宝收拾了摊子，决定不干了。后来他四处托人，在省城一家钢铁厂找了份工作，活儿虽然很辛苦，但工友们和睦相处，不随便欺负人，一个月挣的钱也比较多。

农民外出打工不在乎出力多少，只关心挣钱多不多，因为他们离开家乡、离开亲人就图这一样。

张鑫宝在外打工，一年能挣一两万元，但因他家开支较大，一年挣的钱只能够一年的花销。他的妻子桂花在家务农，农用物资价格涨得厉害，不算自己的劳力成本，几乎没有什么利润可言。

年底，桂花对张鑫宝说："咱们一块打工去吧。"

"什么？咱们都出去打工，家里的地怎么办？娃娃谁来看管？"张鑫宝说。

"娃娃爸妈看管，地能种多少就种多少。"桂花说。

"爸妈年龄大了，身体远不如以前，咱们不能把地撂荒了，也不能把娃娃读书的事情耽误了。"张鑫宝结婚后就和父母分开过了，农村人还是老观念，分家出去后就算是自立门户，随便不能牵扯父母。

张鑫宝与桂花的谈话被张鑫宝的父母听见了。

父母很体谅儿子的难处。"你们放心打工去吧，地我给你们种着，你们按时把买化肥、农药的钱寄回来就行了。"父亲说。

"您的身体不太好，腰和腿又有病，怎么种地啊！"鑫宝说。

"不要紧，我年轻的时候，一人能种三四十亩地，现在虽说是老了，底子好着呢，你们就放放心心地出去挣钱吧。"父亲宽慰儿子说。

"娃娃现在渐渐地大了，花钱的地方越来越多，就靠几亩薄地，真的攒不下几个钱。你们出去打工，家里我和你爸照料。"张鑫宝的母亲也发话了。

父母的支持，张鑫宝夫妇放心了，小两口一块去了省城，钢铁厂车间的活儿技术含量不高，只要有力气就行，桂花也在这里找了一份工作。夫妻俩，一个月每人能挣两千多元，对农民来说，这已经是很大一笔收入了。

由于张鑫宝能吃苦，勤快心细，干活很卖力，厂里的领导很赏识他，把他提拔为车间班长，还加了工资。

自从张鑫宝当了领班班长，干的活更多了，操的心也多了，这班长最大的实惠是隔三差五地跟上老板出去吃顿饭。

桂花偶尔往家中打电话，当婆婆问鑫宝干啥去了，桂花说老板请去吃饭了。一听这话，老两口很是高兴，认为自己的儿子有出息了，都被老板请着吃饭了，这是何等荣耀啊！

但是，打工族毕竟是打工族，在省城，张鑫宝与桂花租住了一间十几平方米的房子，既是宿舍，又是灶房，俩人在外打工很节省，有时早点都舍不得吃。

农民在外打工实在不容易啊。

农民工的钱一是靠苦干，二是靠节省，张鑫宝与桂花在外打工几年，积攒了几万元，但都是蘸着唾沫一分一分存下来的。

张鑫宝与妻子在外面打工，虽然苦些累些，但是夫妻俩一起干活，心里一直比较踏实，他们在这家钢铁厂一干就是五年。

有一年暑假到了，张鑫宝的女儿张瑶、儿子张栋央求奶奶去看爸妈，后来征得桂花的同意，张母带着俩娃来到了省城。

一提起孩子桂花的泪水扑簌簌地流，她刚外出打工时，女儿四岁，儿子才一岁多，现在女儿都九岁了，她和孩子爸爸陪他们的时间加起来不到半年，他们欠孩子的太多了。去年春节回家过年，儿子见了她很生分，晚上根本不与她睡，这让桂花伤心了好一阵子。

张母带着张瑶、张栋来到省城，看到儿子、儿媳居住的地方又小又脏，心中很不是滋味。

“在外面打工不如在家中。”张母心疼地说。

张母在省城住了半月的时间，桂花领着他们游玩了一下，张鑫宝没有陪着去，一来他害怕多去一个人要多花钱，二来请假是要扣工资的。

张母也怕桂花花钱太多，以生活不习惯为借口，领着两个孙子回了老家。

打工的人就这么小气，因为他们挣一分钱非常不容易啊！

张鑫宝在钢厂干的是炼钢、修炉和补炉，修炉和补炉用沥青焦油，这种原料含有多种有害物质，对人体有很大的伤害。

最近一段时间，张鑫宝咳嗽气喘得厉害，他请了三天假去医院检查。

检查的结果让人难以置信，他得的是肺癌。

从天而降的灾祸，让张鑫宝与桂花无所适从，在医生的建议下，他在医院动了手术，这次手术花完了他们的全部积蓄。

手术之后，医生让他住院治疗，但因经济困难，没有化疗费用，他只好出院回家疗养。

杜铭听说之后，春节期间看望了张鑫宝，给他带去了两万元现金，希望他能用这些钱继续化疗治病。

但由于张鑫宝的癌症已经到了晚期，神仙也回天乏术啊！

八

半年之后，张鑫宝因肺病医治无效去世了，妻子桂花为给他治病花完家中的所有积蓄，还借了五万元的外债。

得病的人走了，活着的人还得还债。一个农民家庭，五万元的欠债是很大的负担。钱是从亲戚邻居跟前借来的，他们虽然不会来要账，但桂花心中过意不去，她必须想办法把借的钱给亲戚邻居们还上，因为他们的经济也不宽裕。

中国的农民工就是这样，缺少自我保护意识，劳动时不注意身体，不惜体力，超负荷付出，对身体造成伤害。然后再去医院看病，家庭收入又交给了医院，看好之后继续透支劳动，过一段时间又去医院治病，这样形成了恶性循环，脱贫返贫，生活质量得不到改善。

张鑫宝五七祭日过后，桂花准备出去打工挣钱还账，她把儿子放在娘家，女儿张瑶留在家里。

“妈妈最近想外出打工，挣钱替你爸还账。”她试探着说

“妈妈你去吧，我能照顾好自己，晚上我不害怕。”十三岁的张瑶懂事地说。

桂花听了女儿的回答，抱着女儿失声痛哭。

“我已经与你奶奶商量好了,晚上她给你做伴。”

听到妈妈这么一说,张瑶的心里踏实多了,妈妈出去打工是没有办法的事情,她应该理解妈妈。

几天后,桂花含着眼泪去打工,张瑶望着妈妈远去的背影,心中非常伤痛失落。

生活中有太多的无奈,没有一个孩子愿意以留守为代价,让自己的父母出去打工挣钱。

妈妈出去打工了,家里还有几只羊和几只鸡,张瑶每天放学后还要喂羊喂鸡。每天晚上奶奶会按时过来陪孙女,奶奶忙的时候,爷爷会过来,张瑶很感激两位老人家。

爷爷、奶奶也有忙的时候,过来迟了或者不过来,这个时候张瑶非常害怕,她咬着被角默默地流眼泪。她多么想念妈妈和爸爸啊,要是爸爸还活着那该多好呀,要是妈妈不出去打工多好啊。假设不能驱逐恐惧,张瑶太害怕时,干脆整晚上开着灯,蒙头躺在床上等着天亮。

有一天直到凌晨四点张瑶还没有睡觉,她实在熬不住了,就下床到上房里去看父亲的照片,看着看着,她不由自主地给父亲上了一炷香,看着父亲慈祥的面孔,她潸然泪下。

张瑶坐在上房的沙发上,默默地看了一个多小时父亲的照片后,才去了自己的房间。说来奇怪,也许是心理作用,她觉得父亲没有走,就在屋里某个地方安静地看着她,她竟然很快入睡了。那天,她睡到了早上八点多钟,上学迟到了。

从此以后,张瑶不再害怕了,每天晚上她都会去上房先上一炷香,然后去睡觉。也许是父灵的守护,张瑶真的睡得踏实安稳,心里的恐惧感慢慢地消失了。一个十三岁的小姑娘,一人在家独立生活,邻居们看了都觉得心酸。

桂花外出打工也担心女儿,她经常回来看望女儿。妈妈回来,是张瑶最高兴的时候,她会偎依在妈妈的怀中,诉说着自己的思念,为了打消妈妈的顾虑,她从不说自己害怕。

有一次,张瑶对妈妈说,当她看到别人的孩子都有父母陪伴上学,回到家中有热腾腾的饭吃时,她很羡慕,也想妈妈。

女儿的话,让妈妈泪如雨下,别人家的女儿十三岁的时候还在撒娇,她的女儿却要独自面对家庭的灾难。生活啊,什么时候能让人喘一口大气啊。

桂花担心女儿吃不好,走的时候给女儿买了挂面,还交代女儿:早上的干粮去奶奶家拿,午饭和晚饭放学回来自己煮挂面,能不麻烦爷爷奶奶就不麻烦,羊和鸡也得操心。张瑶听着妈妈的嘱咐,特别懂事地点头。

妈妈走后,张瑶又开始了一个人的生活。自己做饭,还要照顾家里养的羊和鸡,多少有点耽误学习,上课老是打哈欠。老师知道她家的情况后,很同情她的遭遇,班主任是一位女老师,除了常常鼓励她要坚强面对生活中的苦难,有时还去她家,和她一起做饭,晚上陪她睡觉,张瑶心里充满感激。

后来,同学们受到班主任的启发,一有时间就去张瑶家,一来陪她说说话,二来帮她喂羊喂鸡,分担家务。有些女同学晚上还给她做伴。有了老师和同学的陪伴,张瑶也不再孤单了,特殊的人生经历,让她个性内向敏感,老师同学送来的温暖,融化了她心中积累的寒冰。

守规村里现如今最热闹的地方就数张瑶家了, 孩子们常常成群结队去张家,杜铭有一次路过张鑫宝家,看到很多孩子在里面玩耍,还以为张家有什么事情,回去一问阮碧婷才知道事情的原委。

孩子们都知道帮扶, 大人们就不能袖手旁观了。他和阮碧婷商量以后,决定把桂花叫回来,就以短工的形式雇佣桂花帮杜家干农活儿,偶尔再帮两位老人干干家务,工资不少于她在外面打工挣的。这样一来,既可以解了杜铭两口子的后顾之忧,又能让桂花张瑶母女团圆。

杜铭去省城把桂花找来了,听了杜铭的建议后她痛哭流涕。不要说当短工,就是做牛做马她也愿意啊,至少这样可以陪在孩子身边,也能挣钱还账,两全其美,还有什么拒绝的理由……

人们常常嘲笑一个人的时候,总说他身上农民性太浓,比如吃比萨就大蒜,比如喝酒就大喊,但是农民身上淳朴的天性,比如这扶贫济困的情义,比如这相互帮扶的心意,小市民能做出来吗?

是的,时代在变,农民也在变,但是祖传下来的道义,在困难时显现出来,让人感到某种东西一直被农民这群可爱的人坚守并护持。

第五章 悔 恨

一

胥晨与王淑婷离婚后，他的心中空荡荡的，一日夫妻百日恩，百日夫妻似海深。离婚的原因是什么？他自己也说不清楚，只记得听了别人的闲话就气昏了头，然后在母亲的怒火中身不由己。

王淑婷到底做没做不正经的事情，他到现在也不清楚。

胥晨离婚后，在母亲的撮合下，迅速地和茜娜结了婚，但是第二次婚姻，他已经没有第一次那么充满激情。茜娜是个姑娘，对她来说，这是第一次结婚，对婚姻她还是满怀期待的，想象中的丈夫应该是浪漫的、体贴的、温柔的，谁知胥晨根本不是这样子的，要么唉声叹气，要么死气沉沉地发呆。这种人还能厮守一生吗？

胥晨对于这段婚姻也不是很满意，本来与茜娜结婚是被母亲所逼，母亲说他是一个残疾人，还是二婚，人家大姑娘不嫌弃就已经算万幸了，还有什么可挑的呢？想想也是，他同意了这门婚事。但是结婚后，他发现少女心的茜娜对婚姻满是憧憬，那些都是年轻人玩的，他哪有心思罗曼蒂克。而且茜娜自以为是教师，很有优越感，做起事情来很任性，也很有主见，很少听胥晨的。

胥晨突然怀念王淑婷了，她虽然是传统女性，但她温柔贤惠，个性不张扬，孝顺婆婆，体贴丈夫，关心孩子，在家里默默付出，从不娇气抱怨。但是，怀念归怀念，一切都过去了，他只能接受现实。

无法从离婚的失落情绪中脱离出来，胥晨用拼命工作来转移心中的痛苦。茜娜见胥晨只顾埋头工作，把她这个新娘子晾在一边不管，心里很郁闷。

“你最近怎么了？整日耷拉着脑袋，闷葫芦一个。”

“没有怎么，我一直是这个样子。”胥晨抬起头看着茜娜，眼神没有任何亮光。

“你以前不是这样的，自从和我结婚，就如行尸走肉一样，我哪点对不住你了？”茜娜生气地说。

胥晨听到茜娜的抱怨，也没有辩解。他叹了口气说：“好啦，我会慢慢好起来的。”

从此以后，胥晨对茜娜的态度有所改变。他想，一切都已经过去了，要好好珍惜现在，毕竟这是他的第二次婚姻，他不想让这个家庭再有什么差错。

一年之后，茜娜生了一个姑娘。

茜娜在坐月子时，心中的不满慢慢地表现出来，不管胥母怎样伺候，她都要挑剔一番。当时胥母并没有在意，女人坐月子，心里都很烦躁，时时发脾气是常事。但出了月子，茜娜的脾气不但没变小，反而阴晴不定，说发火就发火，她每次都战战兢兢地伺候着。

哎，都是自己造的孽啊！胥母常常这样在心中叹息。想当年，她伺候王淑婷坐月子，她做啥王淑婷吃啥，还每每赞她手巧。真是一个不如一个啊。

孩子过了百天后，茜娜对胥母态度更加恶劣了，对胥母颐指气使，丫鬟一样使唤，还没有好脸色。胥母要么暗自垂泪，要么忍气吞声独自承受。

过了一段时间，茜娜突然提出要到学校吃住，胥晨很反对。

“咱们是妈的全部寄托，要是住到学校，妈会有想法的，她的精神就垮了。”

“她垮不垮我不管，但是再和她住下去，我的精神就垮了。”茜娜抱怨说。

“到学校吃住绝对不行。”胥晨果断地说。以前有些事情，胥晨都依着茜娜，在这件事上，他没有让步。

俩人开始冷战了。

其实，胥晨对茜娜的气不是一天两天了。茜娜特别自私，他很看不惯，比如她每次从商店买些好吃的，从不往家里拿，放在学校自己吃。因为家里整日操劳的母亲和六岁的儿子四八，她压根儿没当人看待。

想起母亲一人含辛茹苦地把自己拉扯大，自己不能照顾她，还给老人带来了很多的痛苦与烦心事，胥晨心中十分愧疚。

儿子四八也一样，在他和王淑婷的离婚风暴中，幼小的心灵受到创伤，如今后母根本不把他放在心上。想到这里，胥晨心痛至极。

胥母看到儿子整日愁眉苦脸，心中很难受，她知道儿子与儿媳妇闹矛盾了，原因是儿媳妇嫌弃自己老了，不中用了，是他们的拖累。

茜娜经常不回家，即使来了，也从不搞家务，过的是衣来伸手、饭来张口的日子。有时胥母做好饭后叫她，她连应都不应一声。

"你不要管她，妈。"胥晨宽慰母亲说。

胥母理解胥晨的难处，只好偷偷地流泪。

"晨儿，要不你们就住在学校吧，在学校单独起灶好了。"胥母伤心地说。

"妈，你想哪儿去了，你要注意好自己的身体，别考虑那么多事情。"胥晨劝着母亲说。

胥母听着儿子的话，心里可明白了，这小两口留不得了。

一天中午，胥晨与茜娜在学校上课，四八急匆匆地来了学校，告诉爸爸，说妹妹艺艺被开水烫伤了。茜娜听说女儿被烫伤，疯了一般跑回家，先不看孩子伤怎么样，一进门就指着胥母的脸一顿大骂。看到茜娜蛮不讲理的样子，胥母心凉了半截。其实，艺艺在玩耍时不小心碰倒了杯子里的开水，汤了一点皮外伤。

"哎，老了，没有用了。"胥母叹息道。

胥母没有与儿媳争吵，只是默默地干活儿。茜娜气呼呼地把艺艺抱到学校，在胥晨面前又是一阵埋怨。

"不就是烫伤一点皮吗?有什么大惊小怪的,小孩子就要碰碰磕磕的,要不怎能长大呢?"胥晨说。

胥晨的话让茜娜暴跳如雷。"什么叫一点点皮外伤,难道叫你妈把娃娃烫死才算受伤了!"

胥晨无言以答,只好狠狠地剜了一眼茜娜,转身走了。

茜娜以此为借口,一周没有回家。

胥母没有看管好孙女,觉得自己有点亏欠,也想缓和一下婆媳的紧张关系,星期六她杀上一只鸡,让四八去叫茜娜母女回家吃饭。

其实,四八与茜娜很生分,他不喜欢这个天天发脾气的阿姨。在奶奶的再三劝说下,四八去学校了。

半个时辰过去,胥母已把肉做好,又拌了两个凉菜,坐在饭桌前等着儿子一家的到来。

四八与胥晨俩人回来了,胥母一切都明白了,泪水像断了线的雨珠一样往下流。

三人闷闷不乐地吃过午饭。

对茜娜的做法胥晨越想越生气,他吃过午饭去了学校,看到桌子上的方便面,他讥讽着说:"方便面比肉好吃啊。"

茜娜听着话不对劲,回了一句说:"比肉好吃,怎么了?"

"不知道你生的哪门子气,妈做好饭请都请不动你,你对妈有成见。"

"我对她怎敢有成见,她心中只有四八,根本没有我们娘俩。"

听到此话,胥晨气得浑身发抖,原来茜娜对母亲的积怨这么深,是有原因的。"这是你多心了,妈对待谁都是一样的。"

"你说话偏向妈。"茜娜说着抽泣起来。

"你小点声音,唯恐别人听不见,丢人现眼的。"

"你还知道丢人,在你心中根本没有我,现在我跟你说清楚,以后的日子必须分开过。"

胥晨听到茜娜要分开过日子,脸都气白了。

“那不可能。”胥晨生气地说。

茜娜与胥晨吵了起来,胥晨一气之下,给茜娜一耳光。

茜娜抱着艺艺哭着回娘家去了。

这件事,胥母听说后,急急忙忙去了学校。

“听说你们吵架了。”

“没有,妈,就是茜娜太欺人了,太不懂事了。”

“事情我都听说了,凡事不要强求,分锅就分吧,儿子娶了媳妇,成家就要分锅,你看咱们村的哪一家子不是这样?”

“妈,咱们家的情况与他们不一样,分锅后,只剩下你与四八,日子怎么过呀?”

胥晨的一句话激起了胥母心中的千层浪。是的,日子怎么过?曾经她一个寡妇咬着牙齿拉扯儿子,什么苦都吃了,如今老了却不敢指望他了。

不过难过是难过,她强笑着说:“不要紧,我身体还硬朗,地里的农活还能干动,只要你们的日子过好,妈就放心了。”

胥母说完后忍不住泪如泉涌,四八看着奶奶哭了,便靠在奶奶的怀中,怒视着爸爸。

在母亲的劝说下,胥晨去丈人家接了两次茜娜,但她没有回来。

丈母娘提出的要求,要让婆婆亲自去接,胥晨听后很生气,母亲不会骑自行车,又那么大的岁数,为什么非要母亲去接?

胥母对儿子说:“我去接。”她放下手中的活,去了茜娜的娘家。胥母真的在茜娜和她母亲面前,含泪认错了。

是啊,早知今日悔不当初。当初,她是怎么对待王淑婷的,现在茜娜就怎么对她,人啊,不能太作,过头了就会受到惩罚。

分开以后,胥晨和茜娜在学校又要了一间房子,当作厨房,开始了他们一家三口人的生活。

胥母与孙子四八生活在一起。

年龄不饶人啊,地里的农活胥母已经干不动了,年轻时,农活太重,又不注意保护身体,年老的时候得了一身的病,繁重的体力劳动使胥母日渐苍老。

农闲的时候,是奶奶孙子最高兴的时候,有时四八会问奶奶:“我妈妈去哪儿了,她为什么不来看我,她不要我了吗?”

听到孙子的问话,胥母总是支支吾吾,赶紧把话题岔开。

胥母现在非常懊悔。

四八近来一直喊着要妈妈,令胥母头疼,当年她生气王淑婷浪荡,现在回想起来是自己不惜福啊。

要不是那件事情,王淑婷是多好的一个人,对长辈从来都是细声细气的,对丈夫处处呵护,对孩子无微不至,家里的活儿样样拿手,地里的活儿件件承包,她和胥晨俩什么都不操心。

茜娜和王淑婷简直是两个世界的人,一天上两节课,好像麦黄六月从地里回来一样,一进门就叫苦连天。胥母本来干完地里的活儿就腰酸背痛,回到家还要伺候老小,做饭、洗锅,喂猪喂狗,样样都是她干。就这样,茜娜还时不时给她脸色,饭菜稍不可口,就指桑骂槐,说得胥母站也不是坐也不是。

平时上班茜娜不干家务活,胥母还能理解,可是到了周末或者寒暑假,茜娜还是老样子。每天早上睡到日上三竿,胥母把饭做好喊她,她才慢吞吞地起来。胥母有时唠叨两句,茜娜可不是王淑婷,就能受得了婆婆的管教,几句回过去,伤得婆婆不敢再有半句怨言了。

二

自从分开过以后,胥母负担轻多了,她和四八俩自在多了,想吃就吃,想喝就喝,反而日子过得畅快了。不过,有时候,胥母有点后悔自己当初的做法,为什么不能宽容和谅解王淑婷呢?

爸爸去了学校住以后,四八也变了,他整天嚷嚷着奶奶要见妈妈,这让胥母很犯愁。她想把以前的事情告诉孙子,又害怕幼小的他不能谅解奶奶和爸爸。

思前想后，胥母最后还是把事情告诉给了孙子，似懂非懂的四八，知道了妈妈在外打工，闹着要去外婆家，看一下外爷（外公）、外奶（外婆）。

胥母默许了。

胥母领着四八去了王家庄，快进庄子的时候，她犹豫了，想当年她到王家大闹一场，如今再进人家的门，恐怕没有那么光彩了。她把四八送到村口，指着王淑婷家院落说："四八，奶奶在这里等你，你自己进去吧。"

四八的突然到来，让王淑婷的父母非常高兴，孩子毕竟是姑娘身上掉下来的一块肉，以前王母想见外孙，去了几次胥家，都被胥母轰了出来。

"四八，谁领你来的？"好久不见外孙的王母泪流满面拉着四八的手哭着问。

"是奶奶。"

"你奶奶呢？"

"她在村口等我。"四八朝村口的方向指了指。

王母本想把胥母叫来到家里坐坐，可是一想起她对自己和女儿犯下的错误就忍住了。如果没有四八，她一辈子再也不想见胥母了。

外奶看着可怜的四八，抱在怀中不停地流眼泪。

外奶给四八做饭吃，他坐在外奶身边静静地等着。

四八吃完之后，说："奶奶在外面等着，我要回去了。"

"四八，你今天过来，有事吗？"外奶问了一句。

"外奶，如果我妈妈回来，让她看我一下行吗？"四八用乞求的目光看着外奶、外爷。

"行、行、行……你妈回来让她去看你，一定去看你……"外奶说着泣不成声。

王母把四八送到村口，看着胥母抱着四八走远后她才肯放心回来。

四八的探望，让王淑婷的父母高兴了几天，也悲伤了几天，看着外孙子那可怜的表情,老两口心里很难受。

四八说让妈妈回来去看他,这句话勾起了老两口的伤心往事,女儿在胥家受尽委屈,胥母的蛮横无理,曾将女儿逼上绝路。现在女儿已经与胥晨离婚,常年漂泊在外,再让她去胥家看脸色,这是什么道理啊!王淑婷的母亲越想越生气,气得浑身冒汗。

王淑婷给家中打了几次电话,母亲都没有说四八来过的事情,她害怕再度勾起女儿的痛苦记忆。她受的罪太多了,不能再让她死一回了。可是,时间一长, 王家老两口又觉得对不起外孙子四八, 这孩子从小就失去母爱,听说后母对他很刻薄,要是再不让他与妈妈见面,这孩子可能会急出病来。

夜深人静的时候,老两口聊起这事。

"要不打电话把婷婷叫回来,让她去看一下四八,四八很想妈妈。"王母说。

"我害怕再伤女儿的心。"王老汉话语里充满担忧。

"四八还等着妈妈呢,那娃太可怜了。"王母说着有点伤感。

"婷婷说,过一段时间她就回来了,等她回来再说吧。"

"婷婷回来去看四八,胥晨妈不同意闹事怎么办?"王老汉有点疑虑。

"我想不会吧,上次四八过来是她领过来的,她在村口等着四八呢。"

"但愿如此,千万不要再闹事情了,我老了,经不起折腾了。"王老汉忧心忡忡地说。

王淑婷在外面打工,遇到了好人,生活还算可以,但是她的心中却有一道难以愈合的伤口,那就是对自己儿子的挂念。

想起儿子,王淑婷心痛不已。她离开儿子已经四五年了,每当在大街上看见小孩子哭闹时,她会想起儿子,会伤心落泪。

一次晚上, 王淑婷做了一个噩梦, 梦见儿子在空旷的大山深处喊妈妈。她只能听到孩子的哭声,就是看不见他。后来她终于找到了他,明明近在咫尺,就是拉不住他的手,她害怕极了,伤心地哭了起来,哭着哭着就醒了。

天亮以后,王淑婷急忙给家中打电话,询问四八的情况,王母托人打听,说四八生活很好,王淑婷的心才算踏实了。

王淑婷每次给家中打电话都要问一下儿子的情况,她多么希望儿子能在母亲身边,当她试探询问四八是否来过,母亲的回答让她很失望。

王淑婷离婚时,极力要求抚养儿子,但因经济力量不力,法院把四八的抚养权判给了胥晨。

王淑婷太想念父母与儿子了,准备回家去看看父母以及五年多没有见的儿子。

王淑婷跟张教授说了自己的想法,张教授说:“在外面的时间长了,回去看一看父母与孩子也好。”张教授早就听说了王淑婷的婚姻情况。

“小王,你打算什么时候回去?”张教授问。

“张老师,我想越快越好。”

“那我让赵霖给你买票。”

“张老师,不用了,我自己去火车站买票就可以了。”

“赵霖离火车站近,她比较方便,你不用客气。”

第二天一大早,赵霖打来电话说票已经买好,是后天下午三点钟的。

王淑婷听说张教授的儿媳赵霖把票买好,给张教授钱他不要,王淑婷很是感动。

三

王淑婷回来了,她的父母很高兴,看着清秀俊俏的女儿,知道女儿在外面打工比较称心如意,一向乖巧的女儿现在显得更成熟漂亮了。

吃过晚饭,王淑婷向父母说了她在省城的一位大学教授家里当保姆,这一家人对她很好。她还掏出两斤好茶叶,说是张教授送给他们的。

母亲看着包装精美的茶叶,心里甭提有多高兴了,大学教授给保姆送贵重的茶叶,还是第一次听说。以前常常听村里打工的人说,在外面如何被人瞧不起,如何被人欺负的事情,现一看女儿面色红润、心情畅快,就知道这张教授不但学问高,人也好。老两口放心了。

晚上,王淑婷与母亲闲聊,说到胥家的情况时,王母说:“其实,两个月前,胥晨妈领着四八来过一次。”

听说儿子来过王家,王淑婷一下子激动了,急忙问:“您怎么不给我说一下?”

“我害怕你在外面担心,没敢告诉你,你走了之后,学校的一位年轻女教师看上了胥晨,和他结婚了,现在已经生了一个姑娘。”

提起胥晨,王淑婷的心在颤抖,以前她还认为胥晨是个有文化的人,现在将他与张教授一比,胥晨简直是个懦夫,他软弱,优柔寡断,还没有主心骨,害得她一辈子抬不起头。

“不过,现在胥晨妈的日子不好过,快六十岁的人,整日还要下地劳动。”母亲说。

“那胥晨是干什么的?”王淑婷问。

“胥晨结婚以后,与他妈分开过了。”

“他真不是个东西。”王淑婷生气地说。

“这也不能全怪胥晨,主要是他现在的媳妇很厉害,听说特别不喜欢胥晨妈。”

王淑婷虽然离婚了,按理说,胥母以前对她不好,还是她离婚的挑唆者,她对胥母恨之入骨才对。但经过这几年的磨炼,她对胥母的恨淡化了。毕竟儿子四八由胥母扶养,她没有功劳也有苦劳。此时此刻,一听胥母受罪,王淑婷忽然觉得她好可怜。

王淑婷如此通情达理,除了她天性善良,还有一点就是这几年在城里打工,思想观念转变了。尤其受张教授一家人的影响,她整个人变豁达了,看事比以前长远了。

王淑婷去了胥庄。

王淑婷进门看见四八在院子里帮奶奶给鸡喂食，胥母老了好多，长期的劳作使她的腰直不起来，憔悴的脸上皱纹密布，满头银发随便拢在一起，衣服也是前几年穿的，破破旧旧。

“四八，妈妈来看你了。”王淑婷带着哭声喊道。

“妈妈，妈妈，妈妈来了！”四八扔掉手中的玉米粒，向王淑婷奔去。胥母也抬起头来看了一眼王淑婷，她什么也没有说，放下手中的鸡食盆子，低下头向上房走去。四八简直是欣喜若狂，当年妈妈离开他，他太小了，没有过大的反应，现在长大了，看着别的小孩都有妈妈，自己只有奶奶陪伴，心里常常期盼妈妈能回家。今天，终于见到妈妈了，看着她穿得漂亮，小家伙又高兴又自豪，恨不得带着妈妈给全村的小孩夸一遍。王淑婷一直强忍着泪水，日思夜想的四八个子长大了不少，看着他憨态可掬的样子，又可爱又让人心疼，她紧紧地抱着他，泪水竟然不听使唤地留了下来。

猛然四八在王淑婷的脸上亲了一下，王淑婷再也忍不住了，失声痛哭起来。四八见妈妈哭了，他紧紧抱着妈妈也放声大哭起来。

被母子相拥而泣的情景感染，胥母掀开上房的门帘，喊道：“四八，别哭了，把你妈叫进来。”

王淑婷擦干眼泪，拉着四八的手进了上房。

一进上房，王淑婷吓了一跳，屋里脏乱不堪，桌子上到处是四八的玩具，茶几上还有泡完方便面的盒子，这哪里是她曾经待过的上房。

四八进屋后直看着奶奶说：“奶奶有病了，爸爸也不回来看奶奶。”

王淑婷只是怔了一下，没有说什么，她把脏乱的茶几收拾了一下，把沙发上四八乱放的东西也整理了一下。

胥母自从胥晨茜娜两口子搬走后，对生活没了热情，心灰意冷的她无心整理房间，加上下地劳动一回家就筋疲力尽，哪有精力收拾啊。

看着王淑婷二话不说先收拾起屋子来，当年婆媳和睦相处的一幕幕在胥母的脑海中涌了出来，她的眼眶湿润了。王淑婷今天不计前嫌来看孩子，不但没有责怪过去自己的无情，还如以前一样干家务，可见她是一个心胸宽广的人啊。

除了默默地流泪,胥母又能说些什么呢?

王淑婷在胥家待了两个小时,她与儿子把屋里的卫生打扫了一下,期间,她没有同胥母说一句话。

王淑婷要回去了,临走前,她与四八打招呼:"四八,妈妈要回去了,你要听奶奶的话,妈妈有时间再来看你。"

四八听说妈妈要走,高兴玩耍的他赶紧跑过来抱住妈妈的腿,哭喊着说:"不要妈妈走,不要妈妈走,要让妈妈住下。"

听到四八的哭喊,王淑婷的心都碎了,她蹲下来抱紧四八泪如雨下,什么也不能说。

胥母看见四八不让王淑婷走, 她颤颤巍巍地走到四八身边, 抱起他说:"走,奶奶给你买好吃的,妈妈在家等你。"

"不,奶奶骗人。"四八使劲从奶奶怀里挣扎着。

"奶奶不骗人,你妈一定在家等你。"胥母用一种乞求的眼神暗示王淑婷快走,王淑婷逃兵一样地从胥家跑了出来。

在回家的路上,王淑婷哭了一路,她越走越后悔没有把四八带回来。

其实,就是王淑婷要带,胥母也不会答应的,因为孙子是她唯一的精神支柱。

王淑婷回家后,含泪给母亲说了胥家的情况,她好担心四八啊。

"四八现在的情况怎么样?"王淑婷的母亲问。

"我去的时候,他正和奶奶喂鸡,满身都是土,上衣上还沾着饭条,裤子上也全是污垢。"王淑婷哭着说。

母亲看看女儿痛苦的样子, 安慰她说:"咱们明天去胥庄与胥母商量商量,看是否能把四八接过来,让我照管他。"

"四八的奶奶肯定不同意,四八现在是她的精神寄托,再说四八从小由她拉扯照顾,要是来咱家,就等于要了她的老命。"

母亲看着女儿的态度,再没有说什么。可是为了外甥子,她仍坚持提议："过几天咱们娘俩去胥庄问一下，如果胥母同意那就好了。

王淑婷为了儿子，只好默许了母亲的想法。

一周后，王淑婷与母亲去了胥家。

到了胥家以后，两亲家摒弃前嫌闲谈起来，胥母知道了王母来的目的后心中很苦恼，她已经没有精力照顾孙子了，四八在这里只能受罪，可是四八一走，她一个人独守空院，怎么活啊！

看着王淑婷母亲为难的样子，胥母只好说："听一下四八的意见，他想跟你们走，我也不阻拦。"

四八听说外奶要带自己走，他赶紧跑过来钻到奶奶怀中，王淑婷喊他，他没有反应。

"四八，跟妈妈、外奶回去，有时间咱们来看奶奶。"王淑婷说。

胥母听到这句话，脸上的皱纹更深了。

四八听了以后，他把奶奶抱得更紧了，哭喊着说："我不去你们家，我不去你们家，我要跟奶奶在一起。"

王淑婷的心再一次被戳痛。

胥母听到了孙子的话，放声大哭起来，她的精神彻底崩溃了。

听邻居们说，胥母很娇惯孙子，虽然她身体状况不好，但无论走到哪里，她总把四八背着。

奶奶和孙子有了不能割舍的感情。

"亲家母，你们回去吧，四八不想跟你们走，我也不想让他走，你放心，我会照顾好四八的。"

四八好像懂了许多，看着奶奶悲伤的表情，无论王淑婷怎么哄他，他都不过去。

王淑婷和她的母亲伤心地回去了。

胥晨的日子过得也不舒坦，他知道母亲拉扯他一路艰辛，不料他坎坷的婚姻不时打击她，现在又将她和四八留在老院，让母亲心寒啊。

胥母看出儿子心事，胥晨每次回来，她都劝说："你不要管妈，妈还能干活，只要你们日子过好就行了，妈也放心了，不要因为妈影响了你们的夫妻关系。"

母亲的这些话，让胥晨心里更加难受，苍老的母亲本应该安度晚年，可是她还在地里整日劳作，回家又要照顾四八，他没有尽到为人子、为人父的责任。

其实，王淑婷离婚后第一次来胥家的那天，胥晨也回来过，看到屋内被打扫得干干净净，他问："妈，谁打扫的卫生？"

"是婷婷，她打工回来了。"

胥晨一听"婷婷"心中咯噔一下，十分惊讶。

"她来干什么？没说什么？"胥晨急切地问。

"没有，她只是过来看看四八，待了一会儿就走了。"

胥晨听到这里，心里有点纳闷，当年因为"偷情"事件，他将王淑婷几乎折磨个半死，如今她不计前嫌进门干活，图什么？

胥晨前思后想，也没能想出王淑婷有什么好图的，倒是让自己惭愧起来，现在他才感觉到王淑婷的宽阔胸怀。

又过了一年，胥母身体每况愈下，胥母捎话让王淑婷的母亲过去，王母当时心里一慌，第一感觉是四八出事了。

王母进了胥家院子，看见四八正在院里玩耍，她心里的石头落下了。四八跑过来抱着外奶的腿，亲热地喊："外奶来了"

王母朝外孙的脸上亲了亲，问："你奶奶呢？"

"在上房炕上。"四八说。

王母牵着四八的手进去了。

眼前的一切让王淑婷的母亲惊呆了，胥母脸色苍白，虚弱地躺在炕上，见王母进来，她用颤抖的手指了指，示意让亲家坐下。

胥母干皴的嘴皮动了动，有气无力地说："我现在的身体状况不太好，没有精力带四八了，你把他领回去吧，好好操心照顾他。"

看胥母一副病入膏肓的样子，王母难过地拉着她的手说："老亲家，你放心，四八我帮你照看，你就好好养病，病要好了我再把他领过来。"

胥母听完这些话，已经泣不成声了。

所有的恩怨在宽容和被宽容的一刻消失了，两位老人抓着彼此的手流泪的时候，竟惺惺相惜起来。

四八不想去外奶家，胥母哄了半天，他才不情愿地跟着外奶走了。

四

惊蛰过后，天慢慢地暖和起来，工地上的民工吃过晚饭后，开始去街上转悠了。不像冬天，他们下午收工之后，像猫儿一样地钻进简易房，避冷取暖。

天生好动且闲不住的宜琦就不一样了，只要收工他总在外面转悠。按照他的话说，好不容易从守规村出来了，他不想把时间浪费在这简易房里，必须看看外面的花花世界。

宜琦喜欢去外面转悠，有一个原因：他喜欢看大街上打扮得各式各样的美女和川流不息的车辆。

对于城市中的女人，宜琦很感兴趣，她们身着华丽，在嘈杂的大街上穿梭，有的行色匆匆，有的慵懒从容，有的高傲自负，有的时髦干练。不过宜奇最感兴趣的是城市女人的衣服。说来也奇怪，同样一件的衣服，城市的女人穿上就是时髦得体。最近女人们流行紧身裤配皮靴，穿上看起来英姿飒爽，尤其这城市女人再配上一副遮阳镜，简直像一只只高傲的天鹅。最近还流行一种肉色的袜子，穿上和没穿东西一样自然，不知情者，忍不住啧啧赞叹：美女们这要风度不要温度的勇气可真大啊。

"看到穿着性感的女人，真他妈的想上去亲一下或者摸一下。"宜琦自言自语道。

一天下午吃过晚饭，宜琦与往常一样在街上溜达，忽然看见一位身材瘦弱、皮肤黝黑的姑娘推着三轮车叫卖水果。

“大哥,要水果吗?”姑娘问。

宜琦听到姑娘胆怯地问声,对这位姑娘起了怜悯之心,他不自觉地走过去,指着苹果说:“称二斤吧。”

看宜琦要买苹果,这位姑娘喜出望外,赶紧忙乎起来。

宜琦其实舍不得吃水果,他是打工的,怎敢乱花钱呢,大城市里的水果贵,农民工消费不起。

宜琦是看这位姑娘可怜,称了二斤。

正是这两斤苹果,让宜琦收获了幸福美满的爱情。

后来,宜琦每天晚上散步都能碰上这位姑娘,俩人好像熟人一样打起了招呼。天天买水果不可能的,因为宜琦挣钱不容易,但出自同情,他会隔三岔五买一些,慢慢地宜琦成了这位姑娘的老顾客。

后来宜琦知道这姑娘叫佩娟,俩人也就熟悉起来。

宜琦外面转悠,时不时带回来几斤苹果,同宿舍的兄弟觉得宜琦变了,以为他捡钱了。

“宜琦,你最近是不是买彩票重奖了?”一位工友问。

“我哪有钱买彩票。”宜琦笑笑说。

“你哪来的钱经常买水果?”另一位工友也怀疑地问。

宜琦听到此话,没有应答。

“看样子,这小子在外面交桃花运了,是情人送你的补品。”一位工友取笑说。

“别胡扯了,哪有这么好的事情落到我头上。”

工友们看到宜琦无奈的表情,没有再问什么。

以后,宜琦还是经常提一些水果回来,工友们只顾分享,不再多问。

天天吃宜琦买的水果,大伙也不好意思,有的工友开始给宜琦一些零钱,作为对他的补偿。

宜琦与佩娟熟悉了,佩娟有时会把卖剩下的水果送给他一些,宜琦对佩娟很感激,这样一来二往,俩人的距离就近了。

“大哥,你天天买水果是给嫂子吃吧？”

“嗯……”宜琦听到佩娟的问话,无意中发出的声音。

“嫂子真有福气,遇到你这样体贴的老公,天天有新鲜水果吃。”

“我还没结婚。”宜琦不好意思地说。

“那你天天买水果给谁吃？”

宜琦看了一眼佩娟,没有回答她的问话。

佩娟知道自己问多了,不好意思地看了一眼宜琦,她注意到这大哥与别的顾客不一样,买橘子只选小的。当时她还好奇地问:“你咋只选小的?”不料,宜琦却灵机一动说:“我们宿舍的兄弟多,买大的分不过来。”

现在她明白了,这位大哥是在帮助自己,他经常买水果是给宿舍兄弟吃的,佩娟感激地看着宜琦,宜琦不好意思地低下了头。

在称斤数时,佩娟给宜琦多称些,算钱少算些。

宜琦在付钱的时候,故意说没有零钱,多给些。

同情与关心把俩人的心连在了一起。

随着天气逐渐变暖,晚饭后出来散步的人逐渐增多,佩娟的水果生意好了起来。

每天吃过晚饭,宜琦没有干头,他会主动过来帮助佩娟卖水果。有了宜琦的陪伴,佩娟心里暖暖的,她对他的感情由感激变成了爱恋,两颗孤独无助的心紧紧地连在了一起。有时俩人一个不经意的对视,能碰出一种异样的感觉,这种感觉宜琦说不出来,好像是一种怜悯和同情,又是一种责任担当。

宜琦看着眼前的这位姑娘,感觉俩人早已相识,并且情投意合,他的心情变得开朗了,生活好像有了奔头。

宜琦的这种感觉,连他自己都觉得有点摸不透,这是不是爱情呢?

他的心中充满了疑惑。

饭后溜达是宜琦的必修课了,工友们对此事也充满怀疑。

“宜琦，你最近的心情看上去特别好，是不是找上对象了？”

宜琦抬头看了一下兄弟们，笑而不答。

“兄弟，你啥时候把对象领来，让大伙看看？”

这一问还把宜琦问得不好意思了。

“你最近老买水果，为什么？”

提起买水果，宜琦心中有点无奈的感觉，他惜疼钱，可是为了那位姑娘，他必须得消费。

宜琦的这种做法，可能被佩娟识破了，她觉得这个男人憨傻可爱。为了回报，有时她会给宜琦买包烟，还把最好的果子留给他。

彼此的爱意在不断升温。

一天晚饭后，宜琦因事出来晚了一会儿，当他去找佩娟的路上，看见前面围着一群人，好像发生了什么事情。

宜琦走近一看，原来是佩娟在与人吵架，佩娟哭泣着说：“大姐，我真的没有给你少称，没有缺斤短两。”

“你刚才称的水果，我买了五斤，我自己带着弹簧秤，你看看是几斤？不信大伙们看看。”那位女人大声吵闹着，拿着弹簧秤在人们面前晃悠着。

佩娟当时只是害怕，没有看那女人的弹簧秤。

其实，大伙在看热闹，根本没人注意她手中的弹簧秤。

“把她的秤折了。”旁边有人在大声起哄。

在别人的起哄下，那位女人还真的从佩娟手中夺过秤。

“大姐，不要折我的秤，我真的没有少给你，如果少给你，我会加倍赔偿你的。”佩娟带着哭腔说。

宜琦看见那女人刁难佩娟，他上前大声说：“大姐，你的弹簧秤能让我看一下吗？”

“行啊。”那位女人顺手把秤给了宜琦。

宜琦仔细地看着弹簧秤问那位女人：“请问您买了几斤水果？”

“五斤。”

“五斤，您看，这些水果就是五斤啊！”宜琦把秤举得高高的让大伙看。

“那不可能，我都看几遍了？”

“不信，你再看看。”宜琦把秤放到女人面前。

经过宜琦的提醒，那位女人看了一下自己的弹簧秤，猛然，她意识到了自己的错误。

宜琦坚持要让她再看一次，她皱着眉头又看了一次，果然是二点五公斤，刚才她的蛮横劲一下子消失了，不好意思地低头离开了。

原来，这位女人把秤看错了。

佩娟仍然在恐惧中战栗，直到人们散去，她委屈地坐在地上哭起来。

宜琦前去把佩娟拉了起来，好言好语安慰了一阵。

看着眼前的宜琦，佩娟不知道说什么好，两只手不自觉地拿起一个大苹果往他手里塞。宜琦不要，佩娟硬给，他只好接过来又放在了车上。

俩人静静地站着，谁也没有说话。

女人在困难时特别需要男人的帮助，经过这事后，佩娟没有心思卖水果了，她准备回去休息。

宜琦帮助佩娟推着三轮车，把她送到租房的地方，他看着佩娟把车子推进院落，才慢慢离去。

那晚，佩娟没有睡意，突如其来的争执让她心有余悸，要不是宜琦过来及时帮她解决问题，她真不知该怎么收场。她的心里涌出一股热烈的爱意来，决定把自己的幸福交给他。

但是，作为女人，决不能在感情方面草率行事，更不能主动投怀送抱。佩娟是一个保守的人，她宁肯将自己的感情压在心底，也不会再贸然表白。毕竟她有过一段不幸的婚姻。

想起以前的婚姻，佩娟很伤感。

佩娟与自己死去的丈夫是打工时认识的，情投意合的俩人一见钟情，很快走进了婚姻的殿堂。俩人结婚后，丈夫在菜市上租了两个摊位，每天凌晨,他三四点钟起床,去市郊的蔬菜市场进货,再拉回来出售。一年的工夫,俩人就挣了五六万元。

但是好景不长,佩娟的丈夫与一些社会闲散人员接触,染上了吸毒的坏习惯。

丈夫的吸毒对佩娟是致命的打击,夫妻俩在外打工挣钱不容易,一口毒就吸完了一个月的收入。

佩娟苦口婆心地劝说丈夫,让他远离那些社会闲散人员,丈夫也尽力克制自己。她知道丈夫是个好人,谈对象时对她十分体贴关心,让她难以忘怀;结婚后,虽然生活艰苦,但他依然疼她爱她。可是可恶的毒品毁了这一切,那年她才十八岁啊。

结婚不到一年的时间,丈夫因吸毒入狱,被判两年有期徒刑,佩娟过着单身女人生活。她整天拼命挣钱,希望有朝一日丈夫能改过自新,俩人重新打造幸福生活。

两年之后,丈夫刑满出狱,佩娟很高兴,她要管好自己的丈夫,又对生活充满了希望。

不到半年的时间,丈夫毒瘾又犯,他不敢向佩娟要钱,就去偷窃,最后又被判刑入狱。这一次佩娟彻底失望了。

佩娟的心碎了,她抱怨命运如此无情,将她一次次逼入绝境。丈夫第一次入狱,她痛苦得不能自拔,认为自己的男人是被坏人引诱才吸毒,她思念自己的男人,渴望与他早日团聚。谁知他不知悔改,第二次又因盗窃入狱,佩娟有的只是痛恨,她的眼泪哭干了。

丈夫在狱中得了肺病,后来没有治好去世了。

料理完丈夫的丧事之后,佩娟觉得天地昏暗,摊位租不起了,可日子还得过呀,她就买了一辆三轮车,推车卖起了水果,艰难地生活着。

佩娟虽然结过婚,但她现在才二十多岁。自从遇到宜琦以后,一种爱情冲动在她的心里翻腾着,她需要感情的温暖,需要正常的夫妻生活。

爱情来临时,没有对与错。

自从上次街头风波之后，宜琦放心不下佩娟，唯恐她遇到什么麻烦，下班之后他便会去帮助她卖水果。

俩人心照不宣，却惺惺相惜。

这两天，宜琦突然不来了，佩娟的心中有点急了，她担心宜琦出现意外，因为她时常听说建筑工地上发生事故。

佩娟很想到工地上看一下宜琦，可她不敢去，害怕别人笑话。

这一段时间对佩娟来说简直度日如年，她天天盼着宜琦早些过来，天天没有结果。

佩娟只好安慰自己：宜琦可能回家了，没有来得及跟自己打招呼。她有时会抱怨，宜琦回家也不打声招呼，她这里有很多水果，可以给他的父母带一点回去。

二十多天后，有一天晚上宜琦突然来了，佩娟大惊失色，因为她看到宜琦的胳膊上系着绷带。她不顾一切地跑过去，用手抚摸着绷带问："你这是怎么了？"

"不小心从支架上摔了下来，把胳膊摔伤了。"宜琦蛮不在乎地说。

佩娟看着打石膏的手臂，晶莹的泪花流了下来。

"现在还疼吗?"

"不疼了，不要紧，快好了。"宜琦安慰着佩娟。

宜琦不由自主地帮佩娟擦拭眼泪。

"走，跟我回去，我给你炖鸡汤，补补身体。"佩娟拉着宜琦的手，推着三轮车回住处去了。

那一刻宜琦没说什么，感动地跟在佩娟的后面，心里的热浪涌遍全身。

佩娟却为自己的冲动行为感到羞涩，身后的这个男人，是她期盼的男人，又憨又傻，实在得让人心动。

五

宜琦从支架上摔下来之后，住进了市二医院进行治疗，项目部安排他在医院里多住了几天。按照项目部经理杜铭的说法是，多花点钱没有什么，只要能把病治好，不要落下后疑症就万岁了。

宜琦住院这一段时间，他一直担心着佩娟，唯恐佩娟再出现什么意外。

路上，佩娟买了只土鸡，准备给宜琦炖鸡汤喝。

宜琦到了佩娟的住处，一间十几平方米的地方，水果放满了屋子，在后墙的右角放着一张床，前墙右角窗户下面，放着一个案板，上面放着灶具。

"房子比较窄哦。"佩娟用手示意让宜琦坐到床上。

"房子没时间收拾，太乱了。"佩娟不好意思地说。

宜琦没有说什么，只是用一种信任的目光看着佩娟，这不是她人懒，而是条件有限。

佩娟把鸡从塑料袋里取出，洗干净之后剁成肉块煮上。宜琦看着她那麻利的动作，就知道她是勤快守道的农家女子。

俩人坐在一起，既没有陌生人的拘束，也没有热恋情人的激情，但两个人的心灵是相通的。

爱情像春天的暖风，能让人精神焕发。

宜琦快三十岁了，他今天是第一次与女人单独坐，心里的激动与幸福难以形容。佩娟却很从容，泰然自若。过去不幸的婚姻让她对爱情不敢有太大的激情，面前这位打工哥虽然言语不多，甚至有点木讷，但他憨厚老实、心地善良，值得托付终身。想到这些，佩娟微微笑起来了。

两个时辰很快过去了，锅里的鸡肉已经香味四溢，让人垂涎欲滴。佩娟给宜琦盛了满满的一碗。

"你也盛一碗吃。"宜琦不好意思地对佩娟说。

"我已经吃过饭了，你先吃吧。"

闻起来香喷喷的鸡肉，宜琦如狼似虎地吃了起来。

猛然间，不知哪来的勇气，宜琦站起身来，走到佩娟面前，把碗中最大一块肉，夹起来喂到了佩娟的嘴中。

佩娟没有推辞，吃了下去。俩人幸福地哭了。

自从宜琦在佩娟那儿喝了鸡汤之后，俩人的感情有了实质性的进展，宜琦下午收工之后不在灶上吃饭了，而是去帮佩娟干活，然后俩人做饭、吃饭。

佩娟把她以前的不幸婚姻告诉了宜琦，宜琦听了之后，把她紧紧地抱在了怀中。

宜琦与佩娟的事情，工地上的工友们很快知道了。

“宜琦哥，啥时候把嫂子领过来，让大家见一下。”一位工友说。

“啥嫂子呀，正谈着呢，还不知道能成不能成。”宜琦不像以前那样躲躲闪闪的了。

前几天，有一件事让他感动难忘，就是佩娟给他一个长吻，让他兴奋不已。

“听说，你已经与嫂子上床了，干了那事。”

“没有，没有。”宜琦一脸尴尬地说。

“亲不亲嘴没关系，你哪天把嫂子领过来，让大家看看。”

“我也说不上，不知道佩娟是否肯来？”

“那你赶快与嫂子商量一下，好让大家给你参谋参谋。”

宜琦心里偷笑，嘴我们都亲了，还需要你们参谋。

“那我找个时间跟她说一下。”

宜琦跟佩娟谈了此事，佩娟脸上露出羞涩的笑容，“我害怕你们的工友兄弟取笑我。”

“有我呢，他们谁敢欺负你，我打他个稀里哗啦。”宜琦说着，把两个粗壮的手臂在头上挥舞着，佩娟心里暖意融融。

“那你回去给你的工友们说一下，我找个时间过去。”

征得佩娟的同意后，宜琦回到了工地，当工友们问起此事，他故意卖关子说：“佩娟不来。”他的一句话，让大家的热情顿然消失。

看到大家扫兴的样子，宜琦又大声说："哄你们呢，佩娟明天过来看望大家。"

大家挥舞着拳头笑呵呵地扑向了宜琦。

第二天下午收工之后，宜琦没有在大灶上吃饭，换了衣服出去了。

两小时之后，宜琦与佩娟出现在大伙面前。几个工友兄弟已经脱了衣服胡乱躺在通铺上，看见佩娟进来，赶紧收拾起被子往身上盖。

"紧张啥哩，佩娟是咱们的嫂子，也不是别人。"一个工友开玩笑说。

这句话虽然拉近了佩娟与大家的距离，但她去的毕竟是男人住的地方，脸上的红润泛着亮光。

佩娟给大伙提来一大兜水果，几个嘴馋的年轻人接过来就吃，佩娟看着几个兄弟憨厚的样子，心中怜惜起来。

佩娟在简易房中待了一会儿回去了，大伙起哄说要让宜琦送嫂子，顺便干些让嫂子高兴的事情。

一句话说得佩娟满脸通红，自己虽然是过来人，但民工兄弟们的话说得也太直白露骨了，毕竟她是年轻女人。

后来，佩娟又来过几次，和工友们渐渐熟了，她帮助大家搞搞卫生，洗洗床单被罩，说实话有的民工年龄很小，床单一年四季不洗，脏得流油。

佩娟热情大方，还很善良，她每次来工地都洗洗刷刷，让工友们很感激。不想洗衣服的年轻人，有时故意讨好佩娟，一个劲儿地叫"嫂子"。贤惠的佩娟，看他们可爱的样子，笑着帮他们洗了床单被罩。

佩娟在工地上吃过晚饭后回去了，因为晚上她要出摊卖水果。他们的关系挑明之后，宜琦晚上出去有时候也不回来了。

宜琦第二早上回来，大伙会跟他开玩笑，昨天晚上是不是摸到了嫂子的神秘地带，他只是嘿嘿一笑。

后来，宜琦与佩娟住在了一起。

盛夏的傍晚，让人感到舒心惬意，有时俩人累了，宜琦与佩娟也就不出摊卖水果了。佩娟把宜琦拿来的脏衣服洗一下，宜琦拿着一瓶啤酒，光着膀子坐在佩娟面前,看着佩娟洗衣服。

佩娟在洗衣服时,丰满的胸脯随着双手的搓动不停地晃动着,全身散发着女人特有的性感。

女人的性感啊,在男人的眼里是如此具有吸引力。

两性关系是人类永恒的话题,它从某方面折射了人生百态,有人为此不可自拔、酒醉沉迷,有人却利用它滋润感情,调和夫妻关系。美好的性,和美好的生活一样,令人向往。

宜琦与佩娟的事情,项目部经理杜铭知道后很高兴,听说他们结婚不举行任何仪式。杜铭说这不行,宜琦是他工程队的兄弟,他必须为宜琦佩娟操办一下。

宜琦与佩娟结婚的那天,杜铭在工地附近的嘉缘餐厅包了几桌,工程队的老乡都过来表示祝贺。

看着大伙兴高采烈的样子,佩娟感到高兴和幸福。

农民工兄弟之间的情谊都在这场酒席中显现出来,善良热情的乡邻,醉言醉语流露出来的情谊,让宜琦哽噎不语。

简单的祝福话语,蕴含着兄弟们的真挚情感,里面没有掺和着任何杂质。

结婚酒席的费用,老板杜铭全付了。

工友们对项目经理杜铭感激不尽。

农民工虽然是需要关爱的群体,但他们之间的情义和大爱,一点都不弱,甚至是这个社会中个别强势群体缺少的,他们用微薄的劳动维护微弱的地缘势力。

宜琦与佩娟结婚后,他直接搬到了佩娟租的房子里。

不过佩娟隔三岔五地提着卖不掉的水果来看望工友, 热情地帮助他们打扫卫生。

平时,有的小兄弟遇到心烦的事情,主动与佩娟谈心,佩娟像大姐一样开导他们。

人啊，就是这样的投缘，一群同样需要被社会关爱的人，竟无牵无挂地联系在一起。

六

宜琦沉浸在新婚幸福之中。其实他的人生之路比较坎坷。

出来打工之前，家境贫寒的宜琦，快三十岁了，还没有娶上媳妇，这一直是他最头疼的问题。大山外面的姑娘嫌弃这里生活条件艰苦，而村里的姑娘找婆家都爱找大山外面条件好的人家。只见姑娘外出嫁，不见新娘进村庄。这就是现实。

宜琦找不到对象，与他的父亲憨牛有关。

憨牛由于小时候挨饿，身体一直比较瘦弱，长大后又得了癫痫病，他的父亲也为他的婚事操碎了心。

为了给憨牛找个媳妇，两位老人经常去讨好媒婆，希望媒婆给憨牛操心说媳妇。

“正常的小伙子都找不上对象，像你们憨牛的傻样，还想找媳妇？”媒婆讥讽道。

憨牛的父母听到此话，心里虽然不高兴，但还是赔着笑脸，对媒婆点头哈腰。

在憨牛父母的苦苦哀求下，媒婆看在他们给她送了很多礼品的情分上，勉强答应帮助憨牛找对象。

给憨牛找对象，也难坏了媒婆，本地方的姑娘都知道憨牛家的境况，她只好把目光瞄向了百里之外大山深处孙家三姑娘的身上。

孙家住的地方比憨牛家还偏远，那里的生活环境极其恶劣。

孙老汉共生养了七个孩子，三个儿子，四个姑娘，他的老婆因生养最小的儿子时难产而死。

孙老汉的老婆去世后，孙家的日子过得很艰难。

眼看大儿子到了结婚的年龄，家里一贫如洗，愁得孙老汉不到六十岁头发就全白了。

媒婆登门拜访让孙老汉喜上眉梢，他以为是为大儿子介绍对象的，没想到媒婆是为三姑娘说婆家的，他的心里很不是滋味。

媒婆看出了孙老汉的心思，不紧不慢地说："这是一家大户人家，家里的条件可富裕了。"

孙老汉低头"嗯"了一声。

"男方的父亲是出了名的木匠，家底厚实。"

听媒婆说是一家比较富裕人家，孙老汉才有点缓过神来。

"男方家的条件好，你三姑娘嫁过去不会受罪，能舒服地过日子，再说这么好的人家，你还可以多要一些彩礼。"

说到彩礼，孙老汉的眼睛一亮。

"你不好意思说，我给你要，咱们要来的彩礼可以给你家的大儿子娶媳妇用呢。"

孙老汉一听媒婆的话，脸上的表情由阴转晴，既能给三姑娘找个好婆家，大儿子找媳妇彩礼钱也不用愁，孙老汉的心中一下子畅快了。

"那咱们说定了，哪天我把男娃娃领过来，让你们的亲戚都看看，看上了人，再去他家里看看。"媒婆的嗓门提得很高，好像是很为孙老汉着想。

孙老汉答应了这门婚事。

孙家的事情就这样说定了。

媒婆故意停了一段时间，让孙老汉有点牵挂。

说服了孙家，媒婆去了憨牛家，她把情况给憨牛的父母说了，憨牛的父母非常高兴。

"孙家提出要见一下憨牛。"媒婆说。

说要见一下憨牛，他父母的心凉了一大截，他们知道自己的儿子有病，不经看。

"女方家能不能不见憨牛？"憨牛的父母哀求说。

憨牛的母亲边说边给媒婆塞红包。

“那不行,谁家的姑娘找婆家不见男方本人呢?这是风俗规矩,要不别人会看笑话哩。”

“我们村里的喜子就没有被女方家相过。”

“喜子?喜子没结婚就跟姑娘上床了,你们家憨牛有那本事?”媒婆讥讽地说。

“那是,那是,可是女方一见憨牛肯定不会同意,憨牛不经看。”憨牛的母亲说。

憨牛的父亲见机行事说:“大妹子,你先坐着,我去赶个集,顺便买点菜,咱们中午吃过饭再说。”

“我还要回去呢。”媒婆装着起身要走的样子。

憨牛的母亲用手拦住媒婆,不让她走。

媒婆装腔作势地说:“既然嫂子是真心留妹子吃饭,我就不回去了,那又让老嫂子破费了。”

“这才像一家人嘛。”憨牛的母亲笑脸相赔说。

憨牛的父亲赶快去集市上买菜买肉。

憨牛的母亲又精心炒了一大桌子菜来款待媒婆。

饭桌上说的最多的是憨牛见女方家长的事,憨牛的父母现在很闹心。

“要不咱们再想一下办法?”媒婆边吃边说。

憨牛的父母一听说媒婆有了办法,感动得热泪盈眶,手在胸前搓了又搓。

“你们看,要不咱们让憨牛的弟弟二顺顶憨牛去。”

媒婆话一出口,憨牛的父母吓得脸色都变了。

“这、这恐怕不行吧?”憨牛的父亲声音都颤抖了。

“那有什么不行的,等把媳妇娶过来再说,一切听大妹子的。”憨牛的母亲说。

媒婆看到憨牛父亲的表情,也推托责任说:“那就算了吧。”

"听大妹子的,听大妹子的。"没有反应过来的憨牛父亲附和说。

"这件事不能让别人知道,只能咱们几个知道。"媒婆嘱咐说。

三人商量谋划着整个事情的过程。

一切都按计划顺利地进行着。

媒婆捎话给孙家,说近几天准备让孙家相男方,并说由于路途远,如果看上男方,准备让男女双方见面。

对于二顺的长相,孙家没说的。

说起彩礼,在媒婆的争取下,更让孙家喜笑颜开。一头肥壮的毛驴,五斗谷子,外加六十元钱的烟酒糖茶钱,还有两身上档次的衣服,这在二十世纪五六十年代,已经是非常丰厚的。

都说婚姻是缘分,这哪来的缘分啊。

孙家三姑娘的婚事是命中注定的,在找不着合适理由的情况下,只有这样解释。

选好日子之后,孙家的三姑娘出嫁完婚,等到孙家知道事情的来龙去脉,生米已煮成了熟饭。

孙老汉知道之后,气得头直碰墙,要去找媒婆与憨牛的父母论理,可是媒婆已经跑得无影无踪。憨牛的父母知道理亏,打不还手,骂不还口。

在亲邻的劝说下,孙家也只好默认了这门婚事,孙家的三姑娘只能认命了,她没有反抗的力量,也没有反抗的想法。

一年之后,宜琦出生了。

宜琦的出生,给这个家庭带来了欢乐,缓解了家庭固有的矛盾。

在宜琦五岁时,憨牛的癫痫病又犯了,可是当时医疗条件比较差,没有及时治疗,由原来的一年一次到后来的一年五六次,这可急坏了憨牛的父母。

有病乱投医,憨牛的父母把所有希望都寄托在村里的巫婆身上。憨牛的母亲把巫婆请到家中,巫婆用"法术"胡乱地给憨牛"诊断"了一番,说憨牛被一恶鬼缠身,只要她把恶鬼撵走,憨牛的病也就好了。

一场人鬼大战在憨牛的身上开始了。

讲迷信是农村穷办法,没有钱,只好把希望寄托在巫术身上。

癫痫病是一种病,而不是巫婆所说的鬼怪缠身。

迷信治疗长达一年多时间，耽误了憨牛治病的最佳时间。在治疗期间,如巫婆所说,为了把鬼怪撵走,憨牛三天不能吃饭。身体本来就单薄的他,怎能抵挡了这样的折磨。

最终,巫婆也没有治好憨牛的病,他撒手归天了。

憨牛的病故,愚昧的憨牛母亲认为是儿媳妇克死的,一气之下,连孙子也不要了,一块赶出了家门。

宜琦与母亲在村头的一座破窑洞里住了下来,这一住就是二十多年。

与母亲相依为命,生活本来就困难,快三十岁的宜琦怎敢找对象？后来,他干脆跟上杜铭的工程队打工,一来解决生计,二来逃避找个困了他一辈子的地方。

宜琦在外面找上了对象的事情传到了村里,村里人沸腾了,都说宜琦的母亲积了福分,好人有好报啊。

过年的时候,宜琦带着佩娟回家,全村老小都很高兴。在众亲友的帮助下,宜琦又准备了简单的酒席,招待众乡邻。

今年过年,宜琦家的窑洞里终于传出了笑声。

宜琦每年外出打工,家里剩下老母亲一人,母亲孤独了一生,以前人比较年轻,能扛得住,现在人老了,身体状况大不如以前硬朗了。

现在好了,宜琦领来了一个贤惠的媳妇,真是大喜临门,还有什么不高兴呢!春节过后,佩娟看到婆婆的身体状况不太好,她与宜琦商量,自己留在家中伺候婆婆,出山劳动,让宜琦一人外出打工。

有了儿媳妇佩娟的陪伴,宜琦母亲高兴得像孩子一样,活了一辈子,头一次被人看得如此重……

七

宜琦算是幸运的，他与佩娟邂逅、相爱，最终结了婚，而工地上的其他民工兄弟就没有他这么幸运了，下班之后，他们蜗居在简易工房内，打发着单调枯燥的时光。

但是，有时农民工兄弟们也寻找着自己的快乐。他们总喜欢拿男男女女那点事互相调侃，虽然不登大雅之堂，甚至有点粗俗，但这是他们最快乐的事儿。

“尕虹，今晚上没事干，咋不去洗头房了？”小张开门见山地问。

听到这些，尕虹的脸刷地变红了，气呼呼地说：“滚你妈的，哪壶不开提哪壶！”

尕虹说这句话时有点心虚。一月之前，尕虹忍耐不住性饥渴的折磨，去了一次洗头房。当时商议一次四十元，他做完事情之后，拿出一百元让小姐找，小姐硬说一次一百元，俩人吵了起来，小姐把洗头房的老板叫来，把尕虹痛打了一顿，回来半个月尕虹都不能出工干活。

大伙同情尕虹，对于三陪服务小姐痛骂不绝：“这个婊子真缺德，有本事揍大款去，却对我们小兄弟下毒手。”

“以后再想出去找小姐，最好把零钱准备好，说多少就给多少，省得被那些不要脸的给骗去了。”

“最好不要去那鬼地方，要是染上性病那是给自己判了死刑。”一位老伯教训大家说。

“说是说，那是生理需要啊，不去忍受不了呀。”尕虹说。

“都说女人那东西神秘，到了洗浴中心，一点都不神秘，里面全是裸体的，看上哪个，付钱领哪个，到了包厢想怎么收拾就怎么收拾，那才叫个舒坦。”说起女人，尕虹又来了精神。

“挣的钱都让你个龟孙子去了洗澡堂子，怪不得你三十几岁找不上女人。”老伯说。

“不是我找不上，而是我不想找，我要想找，十个八个都能娶到家。”尕虹狡辩说。

“哎！现在年轻人，啥离奇的想法都有，这道德怎能不滑坡呢！”老伯叹息道。

“你还不知道，找小姐不光是咱们农民工，有钱人与有权人都干这种坏事情，并且干的比咱们更厉害。不过，他们的档次与咱们的不一样，那些人都在高级宾馆里。”

说到高兴处小张大声说道：“大家静一下，我给大家讲个黄段子听不听？是最新版的。”

“你哪来的？”有人问。

“一位朋友讲的。”小张神情严肃地说。

“是不是你自己亲身体验的，快点讲，大伙等着听呢！”有人显然等不及了。

“不是，不是，你们听一下内容就知道了。女人是车，少女是出厂新车，小姐是公共汽车，二奶是包车，情人是出租车，老婆是专用车，被强奸的女人是事故车，被拐骗的女人是走私车……听说过没有，很精彩吧？”

“瞧你们的骚样，就知道打女人的主意。”宜琦说。

“其实，女人跟咱们男人是一样的，晚上想男人哩，我这里还有一条短信，你们听听：新时代就是好，请女同胞们正确使用男人，有才华的当顾问，长得帅的当情人，挣钱多的当相公，顾家的做老公，有出息的玩偶遇，会浪漫的一夜情，靠得住的做知己，智商高的当孩子他爸……愿所有的女士身材魔女化，收入白领化，家务甩手化，快乐日常化，情调小资化，购物疯狂化，情人规模化，老公奴隶化，你看女人骚不骚？”小张说。

尕虹说：“我这里也有一段关于女人调侃的内容，女人的基本配置：身边站个英俊的，外出带个富裕的，家里留个能干的，远方有个思念的，梦里藏个初恋的，偶尔来个浪漫的，老了混个医院的。”

尕虹看大家意犹未尽，接着又讲了一个。

一位政府官员去山村检查指导工作，这个村子很贫穷，政府官员要去张三家，张家夫妻俩人只有一条能穿的裤子。张三说："要不老婆你穿上裤子与领导交谈，我躺在床上。"老婆说："我看见领导不敢说话，还是你穿上裤子，应付领导，我躺在床上。"

领导进了家门，用关切的态度询问着张家的情况，他问张三躺在床上的人是谁，张三回答说是他弟弟，这位领导随手翻开被子看了看，面部表情严肃地说："人饿得连小鸡巴都没有了，我们有责任帮扶解决。"

大伙听了之后又是一阵大笑。

尕虹爱进洗头房，也爱与一些虎朋狗友吃喝调侃。

尕虹在城里打工几年，回家之后调侃女人的素材非常丰富。一次他约几个要好的哥们在一块喝酒，他的那些胡吹冒撂的话，让那些小兄弟们听的心里燥烘烘的。

"城里的男人，人人穿得衣着整齐，个个都是道貌岸然的伪君子，其实有一部分有钱的男人白天是君子，晚上变成了禽兽，他们进出的场所都是法律和道德所不允许的，也是禁止的，干的都是那些有悖于社会伦理道德的勾当。"

"虹哥，你进城几年的时间，说话咋变得这样文绉绉的，你说的我怎么不懂？"其中一个小兄弟带着恳求的目光，让他往清楚里说。

"城里人说话都是这样。"尕虹故意卖关子，"洗头房，听说过没？"他故意把话音拉得很长。

几个小兄弟摇摇头，其中一位插嘴说："就是进去洗洗头呗。"

"哎哟，这家伙有钱，头都让别人去洗。"一位兄弟唏嘘说。

"对，就是进去洗头，可是洗头就有了其他的说法了。有的人因为工作繁忙，进去洗洗头，按摩消遣一下，但是有的人进去是为了享受，洗下面的东西呢。"

"啊？"大家惊叹道。

“这有什么大惊小怪的，城里的人在这方面可热闹了，只要你有钱，一个晚上，想玩几个女人都行。”

这帮小伙子越听越兴奋，那东西都勃起了。

“说句实话，城里的女人还没有咱们农村的女人性感，她们隆起的胸脯是假的，要么带的是高科技乳罩欺骗男人的视线，要么是经过高科技处理，乳房里填装的什么化学原料，‘兴胸’作势，勾引男人。”

“你听，虹哥说得跟真的一样，难道你见过？”另一小伙子问。

“当然见过，没见过能说得这么生动。”尕虹神气地说。“我见过的多了，陪我睡觉的不下一二十个。”

“别吹牛了，你哪来的那么多钱？”一位哥们不屑地说。

“说的是真的，你不相信？”尕虹装作很认真的样子。

其实，尕虹进过洗头房是真的，也在里面玩过女人，只不过没有他说的那么玄乎和夸张。

“咱们农村的大老爷们，生活穿着虽然没有城里人那么体面，但外表和内心是统一的，不会干那些鸡鸣狗盗的事。干了一天的农活，累了要么躺在炕上扯呼，要么搂着自己的女人亲热一阵子，不会有吃着碗里的看着锅里的非分之想。”有个中年汉子说。

“我觉得虹哥说的是真的。”另一个年轻人说。

“咱们农村的女人虽然没有城里的女人打扮得花枝招展，但是丰满的奶子绝对是真的，特别是走起路来忽闪忽闪地抖动，让人想入非非，晚上摸一把，那才叫干货，一个字爽。”尕虹激动地说。

这些没有文化的人，在调侃女人的时候，性渴望得到了满足。在生理需要方面，他们同样是弱势群体。有的夫妻常年分居，难得有正常的夫妻生活；有的早已过了适婚年龄，还未婚配，更谈不上性。唯有各种黄段子，才能冲淡他们对性的渴望与幻想，这种语言刺激善意的人叫意淫，不了解情况的人认为他们粗俗不堪。

工友说女人的时候，也是他们想家的时候。

八

杜铭在省城揽的工程越来越多，人也越来越忙，回家的次数更少了。由于杜老汉摔伤了腿脚，二十亩地全由阮碧霞一人务，她常常累得不思茶饭了。

杜老汉看在眼里，疼在心里，可是他帮不上忙，心里暗暗叫苦。

“杜铭家的，农活干不完，咱们就雇人干吧。”

听到公公的话，阮碧霞的态度并不积极，“活慢慢干吧，用不着雇人，有桂花嫂子帮忙就行了。”

阮碧霞不想雇人劳动，她知道丈夫在外挣钱很不容易，再者，她唯恐别人笑话说杜家有钱烧包，雇人干活。

杜铭回来劝说妻子把地租出去算了，阮碧霞不肯，农村人丢了地和丢了脸一样可耻，她做不出来。

阮碧霞嫁到杜家十几年了，繁重的体力劳动几乎摧垮了她的身体。三十多岁，正是一个女人风华正茂的年龄，但她显得很苍老。生性要强的她，干农活不惜力，虽然庄稼收成比别人家好，但她也比村里同龄妇女老。

村里张鑫宝家出了事情之后，杜铭为了解决张家的困难，雇佣桂花帮阮碧霞干农活或家务，要是其他原因，阮碧霞一千个反对。

一年秋收，阮碧霞在地里干活，猛然感到胃疼痛难忍，她以为是中午饭吃得不合适，就躺在地上休息了一会儿，疼痛过后，继续劳动。

从这次胃痛开始，阮碧霞的胃疼周期性地发作，七八天疼痛一次，但她没有在意，也没有给家人说自己的病情。

农忙时节，农民的生活没有规律，阮碧霞每天早上出山劳动，午饭是自己带的干粮就着开水随便凑合着吃一下，晚上六七点收工回家吃饭，超负荷的劳动让她毫无食欲，有时一回家就休息了。

长时间的吃饭无规律，容易引起胃病。农民一般都把胃病不当回事，因为农忙季节过后，生活有了规律，胃病也就好了。

秋收后的一天，婆婆起床听到儿媳妇的房中有动静，她走过去推门一看，满屋子的污浊气味扑鼻而来，碧霞蜷曲着身子爬在炕沿上呕吐着。

婆婆看到这种情景惊呆了，赶忙扶起她问："碧霞，你这是怎么了？"

"没什么，只是刚才感到胃有些难受，就吐了起来。"

"那你为什么不喊我？"婆婆责怪她说。

"不要紧，只是胃病犯了，休息一下就好了，我害怕惊醒你们。"

"那我打电话把杜铭叫回来，让他陪你去县医院检查一下。"

"不要给他打电话了，他现在很忙，吃过早饭我去医院检查就行了。"

婆婆见儿媳执意不让打电话，也就没给杜铭打，只是帮助儿媳妇收拾了一下凌乱的房间。

吃过早饭，阮碧霞感觉好多了，她本不想去医院检查，但在婆婆的再三劝说下，她去了县医院。

到了医院，她只是把病情给大夫简单地说明了一下，没有要求进行详细的检查，买了些药就回来了。

阮碧霞休息了几天，吃了些药，疼痛缓解了很多。

随后，杜铭从省城回来，父母告诉他碧霞胃病的情况，杜铭要陪她去省城医院检查，阮碧霞不肯去，当时她的精神状态很好，杜铭也没有强求。

杜铭在家住了几天，阮碧霞把胃疼的事给忘了。

半月之后，阮碧霞的胃病又犯了，这次疼痛难忍，脸都扭曲了，吓得她婆婆赶紧给杜铭打电话，杜铭把阮碧霞接到省人民医院检查。

检查结果让他不敢相信，心爱的妻子患的是胃癌，且已经到了晚期。

突如其来的灾祸，让杜铭无所适从，痛不欲生，他不知道自己该如何面对。

前一段时间回家，他本该带上妻子来省城医院检查，粗心的自己没有把妻子的病放在心上，他现在后悔得捶胸顿足。

杜铭不敢把病情告诉给妻子，他只能背过妻子偷偷地流泪，当阮碧霞问起病情时，他只好搪塞地说："你的胃病需要在医院调理一段时间。"

在杜铭的劝说下,阮碧霞才同意住院治疗。

三个月的住院治疗,杜铭昼夜陪伴。

此时,阮碧霞意识到了自己病情的严重性,杜铭虽然很忙,但他从没有离开,妻子几次劝说让他回公司上班,杜铭还是陪着她。

杜铭在为妻子做着丈夫该做的事情。

三个月之后,化疗结束,杜铭把阮碧霞接到了省城的住处,可是阮碧霞放心不下家里的事情,她嚷嚷着要回家。

“现在,我的身体恢复好多了,我想回家看看。”

“你就住在这里,不要想着回去,这里比家中清闲,你可以安心养病。”杜铭哽咽着说。

“家里的摊场乱着呢,不知道爸妈与娃娃们一天饭是怎么吃的,妈年纪大了,没人给他们做饭。”

“这些不需要你操心,我都安顿好了,桂花嫂子现在就住在咱家,她会照顾好家中的一切,你只管静心养病。”

阮碧霞见自己说不服杜铭,只好任由他去,但她意识到自己的病肯定很严重,不然杜铭不会这么做。

杜铭知道阮碧霞剩余的时间不多了,他准备着一切。

随后的一段时间,杜铭订好飞机票,陪着妻子去北京、上海、海南等地游玩了十余天。

阮碧霞病重期间,杜铭悉心照料,每天给她擦背、按摩、换洗衣服,尽可能弥补亏欠妻子的陪伴。

第六章 迷 惘

一

在昊鹏建筑工程公司,在管理工作方面宜琦是杜铭的一个好帮手,在技术方面杜铭的帮手就数纠亮了。

纠亮的学问不高,只有高中毕业,但人很聪明,他不但工程活做得好,而且懂技术,他只要听专业人员一讲,就能辨来其中的道理。

纠亮在昊鹏建筑工程公司近十年的光景,在项目工程施工中,他和宜琦俩简直是杜铭的左膀右臂。

随着昊鹏建筑工程公司业务的增多, 纠亮把自己的老婆华敏带到了公司,一是可以相互照应,二是为了多一些经济收入。

华敏聪明伶俐,干事勤快,杜铭把她安排在项目部办公室,负责资料整理工作。

办公室是工程项目部的重要部门,接触的人多了,应酬也多,华敏接人待物的能力及表现得到公司领导的认可与赏识。

出众的工作能力,开朗活泼的性格,凹凸有形的身材,让华敏很快脱颖而出,吸引了公司一大群年轻人,包括项目部的负责人。

女性有一特点,就是越被关注越爱表现,越爱表现越被关注,纠亮曾提醒过华敏要适可而止,华敏表面上答应,私底下根本不管。

一天晚上,纠亮从工地上下班早了一点,他从街上买了些菜,准备回家好好做顿饭,向老婆表现一下。

今天,他做的糖醋里脊、干煸豆角、爆炒鸡丁、蒜泥黄瓜等,这是华敏最爱吃的几样菜。

做好饭后，他在餐桌前等着华敏，他要给老婆一个惊喜，让她感受什么是才艺双全的丈夫。

可是等到八点多钟，华敏没有回来，他做的糖醋里脊已经凉了，纠亮心中很失落。

又过了一个小时，华敏还是没有回来，纠亮给项目部打电话，公司值班人员说，她没在，打华敏的手机，她不接。

纠亮的心中有点慌张了。

他想出去找，可是这么大的城市去哪儿找呢？

纠亮急得坐立不安，他害怕自己出去，老婆回家也会着急，只好在家里转圈儿，一遍又一遍。

晚上十一点多，华敏仍是没有回来，纠亮紧张起来，他在家里待不住了，决定出去找一下。

纠亮走进卧室，从衣服架上取下上衣，穿上衣服准备外出找人，他无意中向窗外看了看，却看见一个女人从一辆小轿车里出来。

他仔细一看，是华敏，纠亮心中感到奇怪。

随后从车里走出一个男人，准备扶她，被华敏推开了，这个男人竟是项目部工程师刘抗。

华敏用手示意他走开，刘抗随后回到了车里，她摇摆着走进了楼道。

随后，当华敏准备用钥匙开门时，门突然打开了，她抬头一看，是纠亮，惊慌地问："你今晚不是加班吗？"

"专业监理有事。"纠亮没好气地回答说。

华敏关门坐下，让纠亮给她倒杯开水，纠亮没有理会她，坐在沙发上生气地问："今晚你干什么去了。"

"与领导陪客户吃饭去了。"

"一顿饭能吃到现在，你看现在几点了？"

华敏低下头没有说话。

"刚才，楼下那个人是谁？"

“公司司机呀。”华敏随口说。

如果华敏说是刘抗，纠亮是不会生气的，因为他就是华敏的领导，谁知华敏居然撒谎，他的气又来了。

“你在撒谎。”纠亮忍不住地吼道。

听到纠亮的吼声，华敏装醉了，摇晃着走进了卧室睡觉去了。

纠亮心中非常痛苦，昔日相亲相爱的妻子，竟然背着自己与别的男人喝酒。

他希望自己刚才看到的不是真的，然而仔细回顾刚才的情景，是真的，的确是项目部工程师刘抗把她送回来的。

华敏为什么说是公司司机呢？是不是她与刘抗的关系有猫腻？

纠亮越想越痛苦，他认为自己的感情受到了欺骗。

天刚亮，华敏醒来了，她睁开惺忪的睡眼，发现纠亮不在身边。她起身走出卧室，看见纠亮躺在沙发上，眼睛迷着，嘴唇微动，他没有睡着。

华敏看一下饭桌，几个炒菜和两碗米饭在上面放着，她知道这是纠亮为自己准备的，特别是那盘糖醋里脊。

华敏推了推纠亮，纠亮微微动了一下，没有起来。

“你怎么了？”华敏问。

“没有怎么？”纠亮有气无力地说。

华敏起来，正准备收掇饭桌，纠亮突然问：“昨晚你干什么去了？”

“我不是给你说过了吗？与领导陪一家客户吃饭，噢，昨晚我是不是喝多了？”

“那昨晚是谁送你回来的？”

华敏心中一怔，纠亮追着问这件事不放，心虚的华敏继续编谎说：“公司司机小李。”纠亮知道华敏还在撒谎，“你不但酒喝多了，还狼狈不堪。”

“这有什么，酒喝醉了都出洋相。”华敏无所谓地回答。

“昨天送你的人是刘抗，而不是司机。”纠亮吼道。

华敏听到纠亮的吼声，人猛地怔了一下。难道昨天晚上的事情，纠亮知道了。

那不可能，华敏想，昨天她与刘抗在怡静大酒店的豪华包间里，纠亮在家呢，华敏没有与纠亮争吵下去，保持沉默。

刘抗离婚以后，一直过着单身汉的生活，难免情绪低落。在项目部办公室，华敏有时看他心情郁郁寡欢，劝他豁达一点，凡事想开才能活得快乐；有时甚至用自己的快乐感染刘抗，这一切用心让刘抗很感激，这个华敏通情达理，还善解人意，他打心眼里喜欢她。

后来，为了感谢华敏的开导，刘抗会邀请华敏去茶屋喝茶，刚开始华敏一口答应。但是喝过几次后，华敏不想去了，她害怕招来别人的议论。昨晚去怡静大酒店吃饭，是他们二人去市城建局送材料，回来迟了，一个钢材销售公司的老总请刘抗吃饭，她也去了。

华敏不敢对纠亮说实话，因为饭局结束得很早，她却回家很迟。

饭局结束之后，喝了酒的刘抗控制不住自己的情绪，给华敏诉说心中的痛苦，这一诉说长达三个多小时，说得华敏对他产生了同情心，也不好意思离开。

快到晚上十二点，刘抗的酒也清醒了，在华敏的催促下，刘抗才离开酒店。华敏说自己打车回家，但刘抗执意要送她。刘抗开车送同事，是一种关心，并且已是深夜，她也没有过多推辞。但是在她家的楼下，正当她向刘抗打招呼离开时，刘抗却突然从车内出来，抱住她亲吻了一下，她一把推开他，落荒而逃。

上楼之后，她为此事提心吊胆，害怕被纠亮知道，就佯装酒醉，希望蒙混过关。

其实，纠亮已经看见了昨晚的一切，他想，只要是华敏对他讲实情，他会放宽心胸，原谅她的。

可是，纠亮问了两次，华敏都在撒谎，他的疑心更重了。

“我向你说实话，昨晚是一位客户请客，饭局结束后，是刘总送我回来的。”

“你不是说是公司司机送你的吗？”

“昨晚我喝多了，当时记不清楚了。”

“那你还有什么隐瞒的？快说！”

“没有什么隐瞒的。”

华敏说的不管是真是假，纠亮的怒气稍微消了一点，但他开始怀疑他的婚姻了。

华敏把纠亮哄了一下，女人靠男人哄着过日子，有时男人也靠女人哄着过日子。

纠亮的技术活做得很好，附近的工地老板都认识他，他脑子灵活，也不知他哪来的悟性，没有谁指教，他能看懂工程图纸。

昊鹏建筑工程公司出了位有名的技术人员，杜铭很高兴，并嘱咐纠亮，只要有项目部请他进行技术指导，要求纠亮答应帮忙。

有懂技术的本事，请教他的老板多了起来，请他吃饭的人也多了起来。

一次，一位老板请纠亮吃完饭，邀请他去 KTV 唱歌。在唱歌的中途，纠亮出来接个电话，此时，他看到前面一个男人搂着一个女人的腰走出 KTV 大厅，让他有点的惊奇的是，那女人的背影有点熟悉。

由于 KTV 的灯光太暗，纠亮没有看清楚是谁，但他心中烦躁起来，他赶紧拿起手机无意识地拨打华敏的电话，可是手机关机。难道那个女人是自己的妻子华敏，男的是刘抗？

纠亮没有打通华敏的电话，他赶快从 KTV 里追了出来，刚才出来的一对男女已经不知去向。

纠亮已无心思喝酒、唱歌，他与老板打了招呼，离开了 KTV，心情沮丧地回到家中。华敏不在家，手机打不通，纠亮又急又气。他不断地问自己，这到底是怎么回事呢？他一定把事情搞清楚。

凌晨一点多钟，华敏从外面回来，这次她没有喝酒，心情还比较高兴。

“你还没有睡呀？”华敏问。

“等你呢。”纠亮故意说，“今晚又去哪儿了？”

“在项目部加班整理材料呢。”华敏说着便脱衣服坐在了床上。

纠亮心中咯噔了一下，“你的手机为什么打不通？”

“手机可能没电了。”

手机没电很正常，纠亮没有多问，可是心中的结还是解不开。

过了一会儿，纠亮抱住华敏想亲热一下，却被华敏推开了，“我今天不舒服。”

纠亮心里凉了一截。

等到华敏睡着，纠亮打开华敏的手机，发现手机电池电量充裕，华敏又向他撒谎。

纠亮越来越心寒了，一向乖巧的妻子怎么开始撒谎了，这样的世道还能相信谁？纠亮猜测华敏已经在外不守妇道了。

慢慢地纠亮也变了，在工地上闷闷不乐，只知道干活，要好的朋友与他开句玩笑，他也不会搭理，回到家中也是如此，因为华敏每次回来得比他还迟。

其实，华敏心里最清楚，她现在所做的一切已经对不起纠亮了，但她一直认为纠亮不知道。真是聪明反被聪明误。

渐渐地，纠亮回家也比较晚，有时甚至比华敏还要迟，家里经常是冰锅冷灶的，华敏意识到了夫妻俩人感情出现了问题。

女人要是有了问题，整个家庭也就出现了问题。

这就是农村妇女的短见，环境的变化，她们很容易见异思迁。

纠亮比以前爱喝酒了，而且是经常喝得醉醺醺的，不过他回到家里倒头就睡。

见纠亮经常喝酒，华敏非常反感。他喝醉酒回来，虽然不会瞎折腾耍酒疯，但弄得满屋子臭气熏天，让人窒息。

一次纠亮喝得酩酊大醉，华敏很生气地劝说他，反而激起纠亮的怨气，他站起来朝华敏胸前猛打了几拳，华敏一个趔趄摔倒在地。

“今天，我有话要与你说清楚。”纠亮怒视着华敏说。

“行，你尽管说！”

“你知道我最近为什么喝酒吗？”

“我怎么知道，喝酒是你的自由，我能管住吗？”

“喝酒都是被你给气的。”

“被我气的，哼，自己想喝酒就别找借口！”

“我问你话，你要如实回答我。”纠亮气急败坏地说，“前一段时间，在悦动 KTV，与你在一起的男人是谁？”

“我没去过悦动 KTV。”

“那天晚上，我给你打电话，为什么关机？”

“我已经给你说过了，我在公司加班整理材料，手机没电了。”

“不要再撒谎了，你的手机电池电满着呢，那天晚上我看了你的手机。”

这一句话击中了华敏的要害。

“你胡说，我没有干见不得人的事。”华敏的声音有点颤抖了，显然她有点心虚。

“还在撒谎，你所干的一切我都知道了。一年前，你与刘抗在楼下亲嘴我看见了，你还说什么公司司机来送你。前一段时间，你们在悦动 KTV，搂搂抱抱，我也看见了，还说什么在项目部整理材料呢，现在还不承认？”纠亮说着又前去打了她两耳光。

华敏见事情已经败露，像蔫了的茄子一样瘫在地上。

这一夜，俩人都没有睡觉，静静地坐着，华敏知道是自己的过错，不敢争吵，纠亮因苦恼过度，现在也有了理智的思考。

纠亮决定不打工了，回家种地去。

“明天收拾铺盖回家不干了，把你的事情向双方父母解释清楚。”

华敏一听要向父母摊牌，声音颤抖地说："我不回去。"

"你说你没有干见不得人的事情，为什么不敢回家去面对你的父母？把你在外面的所作所为解释清楚。"

纠亮的问话又让华敏无言以对。

华敏不愿回去，俩人冷战了一段时间。

冷战的生活对二人来说是一种折磨，华敏有了离婚的念头。

纠亮想回去，把事情解决好了，以后不再出去打工，准备在家好好劳动，外面的诱惑太多了。

这些都是纠亮一厢情愿的想法。

在夫妻俩僵持的这一段时间，纠亮与华敏经常打架、吵架，后来俩人干脆分居了，随后华敏又提出了离婚，纠亮不同意。

以前，纠亮想只要是华敏有所改变，他们回家安心种地就可以了。现在看来，华敏不但不想悔改，反而想与自己离婚。

女人一旦被环境所俘虏，那是很可怕的事情。

华敏现在肆无忌胆地与刘抗联系起来，有时当着纠亮的面与刘抗打电话。

看着自己的女人跟别的男人鬼混，纠亮的肺都气炸了，

纠亮私下与刘抗沟通，刘抗的态度很坚决，他说华敏主动投怀送抱，让纠亮自己管住老婆。

杜铭听到此事很生气，他亲自与刘抗沟通，希望刘抗不再与华敏来往。当时刘抗满口答应，但事后依然死性不改，继续与华敏交往。

随后，杜铭给总公司打招呼，昊鹏建筑工程公司不再聘用刘抗担任技术部经理，要求总公司调离刘抗。

这就是杜铭的性格，爱憎分明。杜铭想，只要刘抗调走了，华敏也就不与他来往了。

其实，杜铭想错了，刘抗被调走之后，华敏也辞职不干了，她失踪了。

纠亮已经无心打工,只好一个人回家。

“华敏怎么没有回来?”吃晚饭的时候,母亲看着纠亮忧郁的表情问。

纠亮只顾吃饭,没有回答母亲的问话。

“再挣钱也得回家看看,钱是挣不完的。”

纠亮还是没有接话。

纠亮回来几天,不出家门,只是郁闷地在家里待着。

在父母的追问下,纠亮把事情的前因后果说了一遍。纠亮的父母听后如五雷灌耳,他的母亲气愤地说:“这件事必须告诉她的父母。”

“先不要说了,把华敏叫回来再说。”纠亮说。

“要是华敏不回来,怎么办?”母亲反问道。

“反正她已经变心了,她不回来我把她绑回来。”纠亮愤怒地说。

“现在不要考虑那么多,这件事必须先告诉她的父母。”母亲说。

天一亮,纠亮的母亲去了华敏家,华敏的父母一看亲家母过来,赶紧沏茶让座。

华敏的母亲先开口问:“亲家母,听说纠亮回来了。”

“嗯……”

“这次华敏怎么没有回来?”

“我正想跟你说这件事。”纠亮的母亲无奈地说,“亮子说,华敏变心了,跟了别的男人了。”

华敏的母亲听到此话,差点儿晕了过去,“亲家母,你说话要有根据,不能出口伤人。”

“我没有出口伤人,这些都是亮子亲口说的,他回来的时候,华敏还向他提出了离婚。”

华敏的母亲一屁股蹲在门台子上,两手揉搓着眼睛失声痛哭起来。

“晚上我给那个死姑娘打电话,问个究竟。”

纠亮的母亲本来准备了一肚子的讥讽话,看到华敏的父母悲伤的样子,她的心肠一软,想说的难听话又咽了下去。

晚上，华敏的母亲给她打电话，刚问起情况母女俩吵了起来。

华敏的母亲听到女儿如此不知羞耻，气得半天说不出话来。

“这都是造孽啊。”

第二天，华敏的父亲气得脑出血突发，不省人事。

华敏的母亲给女儿打电话，让她回来看一看汤水不进的父亲，华敏认为母亲在骗自己。

几天后，华敏的父亲含恨去世，当悲痛的弟弟电话告诉她时，华敏才如梦初醒。当时，她的父亲已经入土为安了。

华敏在悲伤之时，她约刘抗去了一家大酒店，俩人喝得烂醉，随后开房为刘抗做了全程服务，以泄私愤报复纠亮。

事隔一月之后，华敏从外面回来，纠亮认为她这次回来，痛改前非。

纠亮想错了。

华敏见到纠亮的第一面，破口大骂，她认为父亲的去世与他告黑状有很大关系。她这次回来，不是与他过日子的，而是与他离婚的。

让纠亮痛心的是华敏的一句话：“我想要的你能给我吗？”

因为华敏的需求，刘抗都能给她，面对无可挽救的婚姻，纠亮只能放弃，俩人在吵闹中离婚了。

华敏离开了生她养她的土地，从此以后没有了音信。

二

工作业绩的突出，加上紫厢与王昆的特殊关系，她由销售主管提拔为装潢建材公司的销售部经理，已成为公司的上层领导。

紫厢成了公司的领导，与王昆接触频繁，次数多了，俩人的感情在不断地升温。

一天，紫厢在办公室里，整理着相关销售资料，突然电话响起，她一看是王昆的电话，顺便问：“有事吗？”

“想你了。”王昆用调情的口气说。

“说些正经的。”紫厢说。

“我说得已经够正经的了。”王昆笑着说。

“我早意识到了。”

“你早就知道,不可能,我刚才才想起给你打电话的呀。”

“是你的意念,有什么指示?”紫厢娇嗲嗲地说。

“想与你聊聊。”

“我说你想我了,还嘴犟。”紫厢嗔怪道。

“今天晚上有时间吗?要不咱们晚上出去坐坐。”王昆问。

“行。”紫厢爽快地答应。

“下班后,我开车去接你。”

“那就不劳你的大驾了,你来接我影响不好,下班后我打的去你那儿,你给咱们找个清静的地方。”

“凌霄会所。”王昆用亲吻的口气说。

下午六点钟,紫厢准时来到市城建局大门口,王昆已经在大门口等她,俩人一块开车去了环境优雅清静的凌霄会所。

凌霄会所是王昆与紫厢经常去的地方,他们在这里吃饭都是订在五楼的豪华包间。

王昆把车开到会所后面贵宾停车场,害怕别人看见车牌号,影响不好。俩人下车,从后门电梯直接上了五楼。

俩人走进包厢,王昆还没有站稳,被紫厢抱住了脖子,一阵亲吻。

“一周时间没与你在一起了,还挺想你的。”紫厢骚情地说。

“我更想你了。”王昆回答。

“都说距离会加速感情,有了距离就有了神秘和思念。”紫厢说。

此时,王昆和紫厢把话题转向了感情。

两情相悦是人生最大的快乐,王昆和紫厢俩人在一起倾情闲聊,那该是怎样的一种幸福。

凌霄会所是全市有名的休闲会所,它会集了很多地方的最好名吃,但价格比较昂贵，只有年轻的情侣或者经济宽裕的人士，或者有权有势的人来消费。会所的老板是南方人，做生意很精明，他抓住年轻人与有钱人的心理，将会所装修得很有情趣。

凌霄会所虽然有一定的神密感，但是这个会所不配服务小姐，男女双方都是自带情人，为了给消费者保密，老板考虑绞尽脑汁，专门配备了五辆高级小轿车，负责特殊人群的接送。这解决了消费者的后顾之忧，尤其是对某些人很有利，他们来这里消费只需要打个预订电话就行了。

凌霄会所不允许乱搞男女关系，到这里的都是金钱消费与感情消费，没有肉体消费。这个老板的格调特别高，也让很多有品位的人慕名而来。

但是单纯的感情消费也是不行，打不开市场，为了赚钱，老板就在会所的后面又建了一所高级宾馆——壹壹宾馆，这为红杏出墙的女人与不守规矩的男人提供了一个很好的避风港。

凌霄会所与壹壹宾馆实行套餐制，会所消费到宾馆免费住宿。

紫厢知道王昆爱吃烧烤，她点了铁板牛肉、情侣鲤鱼、青龙过江等菜，还要了一瓶红酒，俩人边吃边聊。

俩人不是夫妻，胜似夫妻，享受着夫妻生活的甜蜜。

王昆与紫厢吃到晚上十一点多，其实，俩人吃的不是饭，而是感情。紫厢喝的红酒有点多，绯红的脸庞显示出女性的娇美。此时，她已是激情萌发，隆起的胸脯伴着粗壮的呼吸一颤一颤的，紫厢用眼睛盯着王昆，王昆知道她的欲望，俩人会心一笑。

俩人从凌霄会所出来以后，相视一笑，不由自主地走向宾馆，心灵上的默契，不谋而合。

到了壹壹宾馆，王昆开了一间套房，俩人一块洗了澡，双方相互搓背按摩，一身的轻松，又享受了一次愉快的夫妻欢爱。

好事之后，俩人的情绪平静了下来，为消磨时间，王昆把朋友圈里的一些调侃笑话讲给紫厢听。

某大学的同学,毕业二十年聚会,一位喝醉酒的同学问:“毕业二十年了,同学们可以说是事业家庭双丰收,顺便问一句,咱们同学当中谁有情人?”

话一出口,大部分男同学起哄,都说自己有,这是显摆自己的能力和魅力,当时的女同学也没有感到惊讶。

但是,猛然间,其中的一位女同学说:“我也有。”

听到此话,全场同学惊呆了,面面相觑。

“大家别紧张,是我丈夫有情人。”随后这位女同学又补充了一句。

几位女同学讥笑说:“你老公有情人,你激动啥?”

“你们猜,我老公的情人是谁?”

“漂亮女人呗。”一位同学接过话头说。

“市旅游局局长。”

她话一出口,所有的女同学都把目光又聚向了她。

“你的男人真了不起,情人是旅游局局长,你是他的原配夫人,你比旅游局局长还厉害。”同学们又是一阵哄笑。

同学们聚会结束后,这位女同学晚上回到家中对丈夫说:“这次同学聚会,你的情人可给我长了面子。”

“我的情人,我没有情人啊!”老公故作惊讶地问。

“别装了,市旅游局局长——郭晓红。”这位女同学说。

啊,原来我在外面所做的事情,自己的老婆全都知道呀。

紫厢听了之后,笑得前俯后仰,此时她感觉到与王昆生活在一起真有趣。

王昆接着又给紫厢讲了一个笑话,紫厢饶有兴趣地听着。

一位男人与一位女人在宾馆开房,女人赤身裸体地躺在床上,男人用淫荡的目光看着这位女人的胴体,人体的艺术美完全展露在男人的面前……王昆为了烘托气氛,先来了个开场白,他说话的语气与表情挺逗人的。

“我有个问题,想考考你。”男人先开口说。

"考吧，听说你是硕士研究生，考的问题可能很有水平吧。"女人说。

男人指着女人的两个丰满的乳房问："这是什么？"

女人一听，嫣然一笑，心想：你的智商太低了吧，听听我的回答。"两个音响。"

男人指着肚脐眼问："这又是什么？"

女人回答："是开关。"

男人往肚脐眼上一按，又问："音响怎么不响？"

女人说："下面的插头还没有插进去呢？"

女人一提示，男人立即像饿狼一样扑了上去，女人便淫叫起来，嘴里哼唧着说："你听音响响了没有。"

紫厢边听边笑，还在王昆的身上乱摸乱抠的。

紫厢笑完之后，对王昆："我也给你讲个黄段子听听。"

"你说，我认真聆听。"王昆说着把紫厢往怀中搂了搂。

"一位干部在基层工作，一周才能回家一次，同事听说之后，跟他调侃说，郑局，你一周给嫂子浇一次水，想把嫂子渴死啊。"

王昆还没听完就插嘴说："这还是我给你讲的，但我不像这位郑局，我要给我亲爱的一个晚上浇十次水。"

王昆说完之后，他又像饿狼一样扑了上去……

紫厢与王昆又享受了一次。

俩人相互取悦之后，紫厢说有事要与王昆商量。

"什么事，你说吧。"王昆说。

"过一段时间，我准备回一趟老家。"

"回家有事吗？"

"有事。"

"什么事，我能帮上忙吗？"王昆问。

"我准备回去订婚。"

“订婚？”王昆惊诧地问，“你从来没说过这件事啊。”

“老家的父母已经催过几次了，我没敢给你说。”

王昆突然陷入沉默，这件事情太突然了，让他不知所措，心中有种莫名的失落。

“我回老家订婚，准备让你与我一块回去。”

紫厢这个要求让王昆惊愕，“这紫厢又演的哪一场戏，难道她想报那场鸿门宴的仇，故意让我难堪吗？”王昆心里猜测着。

“到时候再说吧。”王昆搪塞着回答。

紫厢反过身来骑在王昆的身上，抱住他的双肩说：“今天，你要答应我，不答应，我从你身上不下来。”她的撒娇劲又上来了。

王昆看到紫厢的表情，心中一乐，也许并没有他想象的那么复杂。

“到时候我去，看能否再找一位女同事陪伴。”

“不行，我就让你一人去。”紫厢果断地说。

这紫厢葫芦里到底卖的什么药？他没有再问下去。

紫厢让王昆陪自己回家订婚，这件事一直让王昆百思不得其解。眼看自己心爱的女人要与别的男人订婚了，朝夕相处的恋人马上要变成别人的老婆，一想到她要被另外一个男人压在身下恣意蹂躏，他的心像针戳的一样疼。

王昆现在情绪很糟糕，他嘴里谩骂：这是谁规定的一夫一妻制，要是一夫多妻，那该多好啊，紫厢就成了我的第二个合法老婆了。

人在失去理智的时候，是最不讲理的动物。

王昆反过来想，紫厢回家订婚，自己苦恼什么，她不过是自己的情人，天下漂亮的女人多的是，难道与自己有染的姑娘都不能订婚出嫁吗？王昆在心里默默地开导着自己。

其实，王昆一直担心和苦恼有两点：一，如果哪天紫厢怀上自己的孩子，逼他跟金娜离婚，闹得满城风雨，说不定自己的政治前途也被葬送了。

二，他与紫厢的事情被老婆发现，她一生气告诉她的父亲，老岳丈的厉害王昆是见识过的，他把自己打个半死，也许还是轻的。

现在好了，紫厢要回家订婚了，这说明她没有逼自己离婚的想法，现在应该高兴才对。“妈的，为什么还这么气愤呢！”王昆一边生气地将手里的烟头使劲地往桌子上压去，一边狠狠地骂道。

王昆最近上班也没有心思了，他心里明白紫厢不过是一个风尘女子，如果她遇到另一个有钱有权的人，也许早跟人家风花雪月享受人生去了。但是，毕竟他们相处的时间长了，而且她对自己还有点感情，即便是这感情和钱有关。

其实，紫厢让王昆参与她的订婚仪式，只是一时冲动，并无其他想法。为什么想带他去，对紫厢来说是有原因的。在平时，紫厢要是带个男人回家，村里的人一定以为她带着对象回家了。因为在农村，女孩子一般不带陌生男人回家，要带的、能带的一定是准女婿了。这次名花有主的紫厢带个男人回家，一来大家高兴，注意力全在新女婿身上，王昆这边最多说是自己的领导前来祝贺了，大家也不会多想。二来，毕竟是喜事，谁都不怀疑领导祝贺员工的诚意。

可是王昆还是担心。他害怕紫厢把他当作拒婚的靶子，最后他莫名成了众人的笑柄。好歹他也是一个有身份的领导，这样被别人羞辱，他还真的受不了。

再说了，他和紫厢暧昧已久，是个人都能看出来。万一被有心人识破，那就尴尬了。王昆越想越害怕，他决定找借口不去了。如果紫厢又吵又闹，他必须做好充分的准备，应对即将发生的一切。

占了别人的便宜，就要受制于人。

王昆越想越头疼，他只能开导自己，一切顺其自然吧。

在紫厢订婚的前一天，王昆开着车拉着紫厢回到了老家，事情朝着好的方向发展，他的到来没有引起紫厢老家人的怀疑。紫厢给亲戚介绍，王昆是她公司的领导，专门送她回来订婚的，王昆受到了紫厢家人的盛情款待。

紫厢回老家订婚,杜铭听说王昆送紫厢回去,他也从省城赶了回来。

杜铭回来的目的,一是参加紫厢的订婚仪式,二是计划在老家把王昆好好款待一下，毕竟在省道八〇一红色旅游线路扩建工程招标中王昆帮了大忙。

紫厢这么快订婚,这是杜铭没有想到的,因为工程招标后,杜铭请王昆与紫厢在壹壹宾馆吃饭,他看出了俩人的关系非同寻常。吃饭的时候,王昆给紫厢夹龙虾,吃完饭,王昆给紫厢提包,简直和老公没有差别。

事后,杜铭因事与紫厢联系过几次,杜铭曾提醒过紫厢:王昆身居高位,岳父家又很有背景,他是不可能与他的妻子离婚的,紫厢不可能“转正”。这种没名没分的恋爱,受伤的永远是女人。

紫厢得到老乡杜铭的善意劝说,她意识到自己有些冒险了,但感情和肉体一旦沾上关系,不是说断就能断的。因此,她表面上答应杜铭,不会再和王昆有来往了,实际上她仍与王昆风流快活。

紫厢的做法让杜铭很担心,曲蕊霏已经受到了法律的惩罚,紫厢如果再误入歧途,守规村出来混的女人真的都没有几个好的了。当时,曲蕊霏的案子开庭审理时,杜铭受她父母的委托去法院旁听,检察院陈述曲蕊霏的犯罪事实,让杜铭简直不相信自己的耳朵。一个老实听话的姑娘,由于受社会复杂环境的影响，出来打工敢做出那么多让男人都胆战心惊的事情,谁都不敢相信啊。

紫厢不会像曲蕊霏,她打工的环境与曲蕊霏不一样,紫厢也不会像曲蕊霏那么胆大。

但至于紫厢与王昆的关系发展到怎样的程度,杜铭却一概不知。

不过从紫厢回来订婚来看,她对王昆的感情还是有所收敛的,这让杜铭大松一口气。以前,他真的非常担心紫厢因为感情失去理智,被世人唾弃,现在看来紫厢也是逢场作戏,玩玩而已。

紫厢的对象叫郭丰，虽然经济实力没办法与王昆相比，但人一表人才，稳重大气。

紫厢对眼前郭丰没有多大兴趣，但也不反感，订婚前俩人没有见过面，只是通过电话，对双方的情况了解了一点。

紫厢的母亲对郭丰的家庭比较了解，郭丰在外打工挣了一些钱，盖起了一院阔气的平板房，在他们村里很显眼。

在亲戚的撮合下，紫厢的母亲把郭丰的电话号码给了紫厢，俩人开始了电话联系。

开始时，紫厢不同意，因为她不想再回到大山深处过那贫寒的生活。对一个打工妹来说在城里找对象，虽说是一种奢望，但机会还是有的。

当年刚出来打工，一听说与自己一块出去打工的女孩找了一个在城里有房子、有工作的男朋友，紫厢羡慕不已，她一边抱怨老天看不见貌美如花的自己，一边咒骂那些有眼无珠的城里男人。

在城里混着混着，忽然虚荣起来，紫厢真的希望自己能带着心爱的男朋友回家，让村里人赞不绝口，这样她的父母脸上也有光。但是，好运没有特别光临，没有一个城里男人主动追求她，尽管她使出浑身解数来吸引他们，可一切徒劳。

最后，老天把王昆送给了她，她不知道这是好运还是厄运。

自从她与王昆好上之后，她只有两种选择：一是赶快退出，可是一旦退出，她的工作就没有办法了；二是要挟持王昆离婚，可王昆特殊的家庭背景，让紫厢望而却步，她没有胆量与王昆奋力抗争。

这两种选择都不现实，于是她做了王昆的情妇，没有任何话语权的情妇，不敢抱怨，不敢反抗，不敢拒绝，不敢接受现状。有时，她恨王昆，这个道貌岸然的伪君子，看着人模人样，实际禽兽不如，玩弄女人的情感，如玩棋子。

骂归骂，气归气，完了以后俩人照样卿卿我我、不分你我。吃饭、聊天、亲热，夫妻不过如此，她能享受的都享受了，那还有什么渴求的呢？

没有羞耻心，是女人误入歧途的一大标志。

后来，母亲从家中打来电话，说要给她介绍对象，她欣然答应了。

这一切都是命吧，紫厢接受了命运的安排。

三

订婚结束之后，王昆拉着紫厢回到了公司。

现在的王昆，心中既轻松又失落，轻松的原因是紫厢已经订婚，他不用担心她逼他离婚，避免了后院起火；失落是因为曾与自己上床恩爱的女人马上就要与别的男人结婚了，尤其是一想到俩人赤身裸体缠绵悱恻的情景，好像有一团棉花堵塞在胸口，让他窒息。

紫厢订婚回来，请了一周的假，在这一周的时间里，她想了许多，包括她与王昆的关系。现在是应该重新考虑了，她订婚邀请王昆，没有什么难为他的想法，只是想让他知道，自己已经订婚了，以后应该处理好俩人之间的关系，因为双方应该承担起责任了。

上班后紫厢开始故意疏远王昆，能躲着就躲着。

王昆却不一样，他认为紫厢只是订婚，并没有拒绝他。

王昆给紫厢打过几次电话，她没有接听，这让他很意外。他心急火燎地从单位赶到公司，找到紫厢。

“我以为你出了什么事呢？”王昆有点生气地说。

“我能出什么事！”紫厢倒心平气和地回答。

“那你为什么不接电话？”

“我也说不清楚，我一看是你的电话，就是不想接。”紫厢依然平静地说。一旁的王昆却急了，这是什么意思，订个婚就变成圣女了？

“今天晚上我请你吃饭，咱们好好谈一谈。”他霸道地说。

听到王昆要请自己吃饭，紫厢也没有什么反应，嘴里只是“嗯”了一声。

下午下班之后，俩人来到了凌霄会所，到了五楼豪华包间，俩人相对而坐，沉默了好大一会儿。

“你认为前几天与你订婚的小伙子怎么样？”王昆开门见山地问。

“说不清楚。”紫厢回答。

“以前你们了解吗？”

“只是通过几次电话，其他情况都是媒人说的。”

“哎，农村的老俗套还是没有改变，父母之命，媒妁之言。”王昆不屑地说。紫厢有点生气，王昆骨子里还是看不起农村人，什么“农村的老俗套”，这完全小瞧农村人嘛，但她不愠不火，装作惋惜地说：“那有什么办法呢？”

“假若你对他没感情，以后的日子该怎样过？”王昆问。

“在农村，没有感情的夫妻多了，不是都过来了吗？过去的男女婚姻都是这样过的。”紫厢不紧不慢地说。

“现在都啥社会了，你们还这样，真是可怕呀！”王昆说话的时候一脸惋惜。

“过多的没想，只是想了一下父母的心愿，这可能就是农村姑娘的命吧。”紫厢被王昆说动了，情绪忽然有点低落。

“如果你不同意可以退婚。”

“刚订婚就退婚，你以为这是小孩子过家家？在我们老家，退婚是很丢人的事情。”紫厢惊讶说。

王昆看到紫厢的态度这么坚决，他反而难过起来。

王昆舍不得眼前这位漂亮聪慧的姑娘啊。

紫厢已经有了对象，以后她该怎么做，她的心里已经有打算了。

吃过饭之后，王昆提出要开房过夜，却被紫厢断然拒绝。

订了婚就要有责任担当，紫厢想：不管以前自己的感情如何肮脏，现在她已经是一个男人的未婚妻子了，这已经是无法改变的现实了。既然已是半个有家室的人，应该守守妇道了，否则和畜生有啥区别？

王昆的要求被拒绝后，他才觉得自己不过是紫厢的人生过客，金钱、礼物都换不来她的心。这让他有点气愤。

后来,王昆再约紫厢吃饭,也被紫厢谢绝了。

紫厢的变化让王昆很痛苦,他把自己的痛苦深深地埋在心底,借酒消愁。

一次,王昆喝醉酒后,打电话约紫厢出来,紫厢以各种借口推辞都无济于事,在王昆的死缠硬磨下,紫厢只好出来应付。

见了紫厢,王昆的第一句话,让紫厢没办法回答。

"我喜欢你,紫厢,我现在要你与那个小伙子退婚。"

紫厢听着王昆的醉话,瞟了他一眼,没有说话。

"你只要与那小伙子退婚,我就与金娜离婚,马上与你结婚。"

紫厢看着王昆认真的样子,眼睛忽然闪过一丝亮光,但很快消失了,淡淡地说:"今晚上你喝醉了,别乱说了,赶快回去休息吧。"

"我没有喝醉,我说的是认真的。"王昆用双手抱住紫厢的肩膀,使劲地摇了摇。

紫厢用力地把王昆推开。

"那不可能,我已经与别人订婚了,你也是有妻室的人,咱们两个根本不可能走到一块,你要珍惜你的前途。"

紫厢的怒吼把王昆给怔住了,他软踏踏地瘫坐在沙发上,心里五味杂陈。紫厢给公司打了电话,司机把王昆接走送了回去。

近一段时间,王昆的心情很不好,给紫厢打电话她不接,去公司找她,她避而不见,他气愤至极,但他无处发火。

无处发火的王昆只好迁怒于妻子金娜,俩人开始吵架,弄得家里乌烟瘴气。

金娜感觉王昆变心了。

紫厢现在有点后悔把处女之身献给了王昆,以前她觉得王昆有魅力、有魄力,没想到他竟然如此没气度、没骨气、没远见,置自己的政治仕途于一旁,一味沉迷女色,不求上进。

今天,王昆在公司办公室,不顾周围有无同事,居然抱住她的双肩,要求她退婚,这让紫厢尴尬得不知如何是好。

王昆目前的情况,让紫厢进退两难,她不能老躲着王昆,怕他再有过激行为,但是对于王昆的无理要求,她没有丝毫的退让。

紫厢不想再对不起金娜,假若王昆与金娜离婚,自己岂不成了破坏别人家庭的罪魁祸首。

紫厢决定去找金娜。

紫厢还没去找金娜,金娜却自己找上门来。

王昆的变化,金娜听说是因为紫厢。

两个女人坐在一起,没有像其他女人一样先是大吵大闹,然后大打出手。

“我今天来找你,你可能知道什么原因?”金娜说。

“我知道。”

金娜听着紫厢的回答,怒目而视:“你知道,那么为什么还来搅乱我们的家庭?”

紫厢无言以答。

金娜越说越生气,忍不住辱骂紫厢。

不管金娜怎么指责,紫厢都不还嘴,这是她的错,但不是她一个人的错。

好几次紫厢欲辩又止,她不能解释,过多的解释只会招来更多的责骂。

“今天我过来,向你摊牌,明天你立马从公司走人,走得越远越好,不要再与王昆有任何来往。还有,你不要想着让我和王昆离婚,我不会让你得逞的。”

金娜的这席话,紫厢已经预料到了。感情是自私的,每个女人都想拥有丈夫独一无二的爱,她也一样。如今话都说到这个份儿上了,还有什么留下的理由呢?

紫厢呆呆地坐在那儿,任凭金娜数落,最后金娜起身扬长而去,她还是傻傻地待着。

犯错的是她和王昆两个人,她必须要与他谈谈。

一天下午,紫厢主动给王昆打电话,约他去吃饭。

王昆一听要吃饭,说:“你选地方,我请客。”

“老地方见。”

这次吃饭没有以前的那种融洽气氛,紫厢与王昆坐在一起,各怀心事。

“今天我打电话让你过来,一是过来吃饭,二是谈咱们俩人以后相处的问题。”紫厢一脸憔悴,说话的声音有气无力。

“我的想法已向你表明,只要你同意与我结婚,我马上离婚。”王昆严肃地说。

“你不能这样做,你要好好经营自己的婚姻。我的想法是,过两天我去别的地方找工作,不打算在公司干了,分开对咱们俩人都好!”

“你辞职不干了?”王昆惊讶地问。

“咱们俩人根本走不到一块,请你打消离婚的念头。”紫厢认真地说。

“为什么,咱们以前不是相处得很好吗?你为什么现在变得如此冷淡?”王昆痛苦地问。

“现在与以前不一样了,咱们都有自己的家庭,我现在虽然没有结婚,但是我的父母已经张罗着我结婚的事情。你不要胡思乱想,好好对待你的妻子和家人,好好珍惜你的事业……”紫厢说着说着哽咽了。

“我对你是真心的。”王昆打着手势向紫厢解释,“只要你答应与我结婚,你提任何条件我都能接受。”

“我只有一个条件,请你答应我。”紫厢用恳求的眼神看着王昆,“请你爱你的妻子和孩子,安心工作。”

王昆听到这个条件全身软了,他连争辩的勇气都没有了。他低估了这位姑娘,起初他还看不起她,认为她不自重,头脑简单。现在从她口里蹦出了这句话,他真的有点无言以对。

是的,此刻,紫厢很后悔失身于王昆,让他贪恋她的身体;她痛恨自己，把最美好的年华浪费在一个无法承担责任的男人身上。现在，她决定改过自新了，前路茫茫，唯有充满希望，才有幸福的可能。

有了希望的人，就有了力量，拒绝的力量。

无论王昆怎样的解释，紫厢都坚持分手的决定。

王昆怀着复杂的心情离开了包厢，紫厢看着他远去的背影，心里不再失落。

经过半年的折腾，王昆也累了，他拖着疲惫的身体回了家，期望金娜给他温暖和力量，不料金娜老给他吃闭门羹。

自从金娜知道王昆与紫厢的事情之后，她本想给王昆一次改正的机会，毕竟大多数男人都会犯错，何况有钱有权的男人。她满怀期待地等王昆改过自新，谁知他一次次伤害她，用各种手段刺激她，想和她离婚。

最让金娜难以原谅的是，事情败露后，王昆脾气极其暴躁，一言不合就摔东西，破口大骂她是扫把星。谁是谁的扫把星？她一直想不通。

心如寒冰的金娜不再和王昆说话，无形的冷战开始上演。

一次又一次被紫厢拒绝，一遍又一遍被老婆冷落，心灰意冷的王昆只能住宾馆。颓废的他，为了报复女人，开始找洗浴中心的各种女孩，行尸走肉一样地生活着。

紫厢知道了他的情况后，苦口婆心地劝他，不料被他冷嘲热讽。

见王昆执意要误入歧途，紫厢又厚着脸皮找金娜，在这件事情上她俩出奇的步调一致。金娜无奈，把一切实情告诉了公公和婆婆，父母的劝说也未能打动王昆，他在一家洗浴中心认识了一个叫杨铮的姑娘，俩人打得火热。

杨铮的前男友听说之后，一气之下，在洗浴中心把王昆打成重伤。王昆在重症监护室住了几天，因抢救无效离开了人世。

一个前途无量的局长，一个风华正茂的生意人，就这样死了。

到底谁是杀害他的凶手？

王昆原本很幸福,家人已经为他的人生设计好了宏伟蓝图,凭他的聪明才智,肯定有出息。然而正是优越的条件,使他的欲望无限膨胀。一个国家干部,不一心一意上班,却开什么公司。是的,公司为他赚取了不少钱,这些利润不仅提高了他的生活水平,也滋生了他的贪念,最终毁了他。

王昆意外的去世,给原本幸福的家庭带来了灾难。

紫厢对王昆的死充满愧疚,想起了俩人在一起的日日夜夜,曾经让她那么幸福,那么快乐。至于王昆执意走上歧途,她也有责任。是她无情的拒绝,让王昆不能自拔,自甘堕落。每次想到这里,紫厢的胸口针扎一般疼。

王昆的死让他的家人务必羞愧,毕竟他是死在洗浴中心,还和嫖娼有关。他的父母甚至连流泪的权利都被社会剥夺了。

可是又有什么办法呢?

纵欲害死人啊!

事情在接二连三地出现,紫厢最近感到身体不舒服,她去医院检查,发现自己怀孕了。

紫厢并没有表现出很大的惊奇。

在王昆去世前的三个月,王昆喝了酒给紫厢打电话,紫厢迫于无奈,去了宾馆。借着酒劲儿,王昆强行与她发生了性关系。

没有想到这次强暴,让她怀孕了。

如果王昆还活着,她肯定把孩子打掉,可是现在王昆不在了,她冷静了下来,这是王昆留下的后代,她不能轻易做出决定。

紫厢的思想很矛盾, 她想把这件事告诉王昆的父母, 可是她怎么张嘴,怎么说出这件事,王昆的父母能相信吗?

不过她还是去找了王昆的父母。

果然不出所料,当紫厢把事情告诉王昆父母时,王昆的母亲对她破口大骂,认为她是来诈人的。

紫厢被王昆的母亲赶出了家门。

紫厢心灰意冷地回到了住处。

必须把孩子打掉，再少留下麻烦，紫厢想。再说生下这个孩子对自己的名声也有很坏的影响，自己还是一个姑娘，如果平白无故地为别人生孩子，那自己被世人的唾沫淹死了。

正当紫厢准备去医院打掉孩子时，王昆的母亲找上门来，态度却陡然转变了。她向紫厢询问了一些情况，然后劝她把孩子生下来。

自从紫厢离开王家以后，冷静下来的王昆母亲细细一想，紫厢这姑娘来了没有提任何条件，只是说了怀孕的事情。而且后来也没有来王家闹事，这说明一点，她真的怀了王昆的孩子。金娜和王昆生了一个女孩，如果紫厢有幸生个男孩，王家也后继有人了，这样王昆也没有白死啊。

王母告诉紫厢，她只管把孩子生下来，抚养完全由王家来负责。紫厢含泪默默地点了头。

王母一看紫厢同意了，拉住紫厢的双手哽咽得说不出话了。

紫厢搬进了王母为她准备的楼房里，安心养胎。

在紫厢怀孕七个多月的时候，王母派人拉着紫厢到医院里做了孕期检查，检查的结果，让王母激动地流下了眼泪，紫厢怀的竟是一个男孩。

王昆的母亲对紫厢关爱有加。

有人认为这太荒唐了，一位二十多岁的姑娘，心甘情愿地为情人生孩子，而且情人还死了。

但是很多事就是这样，没有理由地发生，又没有理由地收场。

十个月后，紫厢顺利分娩，生了一个儿子，这让王昆的父母很高兴。虽然二位老人对这孩子母亲的身份有点失望，但是孩子毕竟是王家的香火。后来，随着时间的推移，孩子渐渐长大了，简直和王昆一模一样，王昆父母的疑虑终于消除了。

紫厢在王家疗养了三个月，她把孩子留给王家，离开了这个家庭。

紫厢离开时，王母给她五万元现金作为对她的补偿，当时紫厢不要，这让王昆的父母心中不安，王昆的母亲非给紫厢不行，她只好收下。

四

紫厢近两年的时间没与家中联系，把她的父母急坏了，外面的社会风气很坏，他们担心紫厢出了事。

紫厢的父母托杜铭打听紫厢的消息，杜铭只能搪塞两位老人，因为王昆的死与紫厢有关系，他不能告诉两位老人紫厢现在的情况。

紫厢与王昆之间的暧昧关系，杜铭早有耳闻。但是，他们到底到了那种程度，他还真不知道。

一天深夜，杜铭突然接到王昆的电话，王昆把他与紫厢的事情都说了，杜铭听得后背直冒冷汗。王昆请求杜铭劝说紫厢，要她改变心意，与他重归于好。这次杜铭终于知道紫厢已成为王昆的情妇。

杜铭等不到天亮，立即给紫厢打电话，把王昆的意思向她说明。紫厢见杜铭知道一切，没什么可顾虑了。她把自己的想法告诉杜铭，希望杜铭能劝王昆重新回归家庭，重新在仕途上有所成就。杜铭知道王昆办公司靠的是其岳父家的背景支撑，却不知王昆的岳父身居高职。如果事情败露，紫厢的下场和曲蕊霏的没有区别。他再一次全身直冒冷汗，为什么守规村的女人出来混就这么难？曲蕊霏身陷囹圄，华敏杳无信息，如今紫厢又惹出这些事，真是世事艰难，人心难测啊。

和紫厢通完电话，杜铭又给王昆打电话，劝其放过紫厢，珍惜自己的家庭，在仕途上大展宏图。

王昆知道杜铭被紫厢说服了，他不等杜铭把话说完，就挂了电话。

王昆去世后，紫厢意外地发现自己怀孕了。当时，她第一个告诉的人是杜铭，希望他给自己指点迷津。为了保护女孩子的声誉，杜铭建议紫厢堕胎，当时紫厢同意了。谁知紫厢又跑去找王昆的父母，王家又要她生下这个孩子。

杜铭不能理解紫厢的行为，见木已成舟，只好安慰紫厢好好休养，有啥事情，他会尽力去帮。

紫厢猛然没有了消息，她的对象郭丰曾到省城找过几次，都没有找到，这让两家人很着急。

找不到紫厢，两家人也没有办法，只能等着紫厢的消息，这一等就是近两年的时间。

漫长的等待让两家老人十分焦心，紫厢的突然出现，让双方父母喜出望外。

紫厢以种种借口解释这一年多没有与家人联系的原因，双方父母相信了她的说法。

经过前一段时间的闹腾，紫厢现在总算安静下来。过去的永远过去了，王昆的死虽然与她有点关系，但她不是主要责任人，因为每个人都有自己的选择。她曾经草率地选择与王昆过偷偷摸摸的日子，那种日子她受够了，决定痛改前非。可王昆自此一蹶不振，自甘堕落，最终玩火自焚。如今，她为他生下孩子，也算是弥补了一切，心里踏实多了。

紫厢决定考虑一下自己的婚事了，父母见她如此急切，选定吉日，于腊月十六结婚。

郭丰的父母为儿子操办了婚事。

春节过后，紫厢与郭丰一块外出打工。

按照传统习俗，儿子结婚以后，儿媳每天早上起床扫地，烧火做饭。公婆只需要坐在炕头，等着儿媳做好饭端来即可。现如今时代变了，人们的观念也变了，儿媳妇不用以伺候一家老小为使命。

郭丰和紫厢到了省城租了一套两居室的房子，随便布置了一下，便有了家的感觉。

紫厢又找了一家灯饰销售公司，郭丰暂时没有找到工作，在家里为紫厢做饭。

郭丰以前在一家私营企业打工，凭自己的聪明和勤奋，挣了不少钱，但他是个本分人，从不胡来，这点让老乡们很佩服他。

郭丰与紫厢结婚后,这让他久封的欲火熊熊燃烧起来了,对于男女那事儿他十分上心,但紫厢不是第一次,新婚的她并没有多兴奋,只是尽力满足郭丰的需求。

紫厢与王昆在一起的时候，住的虽然是高级宾馆，但那时她躺在床上,心里充满了罪恶感,总觉得自己偷别人的丈夫。现在感觉不一样了,她与郭丰躺在床上,心中没有了顾虑,没有了担心,她尽力履行着一个做妻子的义务。

紫厢心中感到愧疚,她的第一次不是给了她的合法丈夫,而是给了别人。这对郭丰不公平,他娶了一个已经生过孩子的女人。

抱着这种亏欠,紫厢对郭丰十分体贴,像小孩子一样宠着他。郭丰心里美滋滋的,见妻子每天辛苦工作,回家还是嘘寒问暖,对他关心备至。这让他每天怀着感激做饭、洗衣、打扫屋子。

紫厢也被郭丰一举一动感动了,这个男人变着法儿为她做好吃的,她再也不用吃单位的盒饭了。现在紫厢觉得自己不像打工族,而是融入了这座城市之中。每天晚上,在城市某个温馨的租房内,一对相拥而眠的夫妻,正在勾画着他们美好的生活。

“咱们要一个孩子吧。”郭丰抚摸着紫厢的胸脯说。

紫厢听郭丰要孩子,犹豫了一下说:“孩子以后慢慢再说吧,现在咱们的条件还不允许。”

“过几天我就去找工作,咱们两个挣钱能够养活一个孩子,如果不行的话,咱们可以把孩子送回家,由爸妈来拉扯。”

“那不行,我生的孩子,我要让孩子生活在我身边,受到最好的教育。”紫厢说。

“现在咱们的主要想法是在城里安个家,最好能买套房子。”紫厢说出了自己的想法。

紫厢的想法很好,这可能是大多数进城务工人员的梦想,也是他们的精神支柱。因此,他们在城里无论怎样吃苦受累,都毫无怨言,目的是走出农村，走进城市。

在省城买套楼房谈何容易啊。

只要有梦想，就会有奇迹。紫厢一直为自己的梦想努力着。

郭丰听着紫厢的话，说得也有道理，但买房子对农民工来说不是轻而易举的事情，得付出常人十倍的努力。

一晃三四年过去了，郭丰与紫厢在为他们的理想奋斗着。

五

郭丰与裴鹏是邻村的，俩人在打工中成了好朋友。

一天，裴鹏来找郭丰，见到郭丰，他泪流满面说："丽秀跟着别人跑了。"

丽秀是裴鹏的妻子。

郭丰心中一震，气愤地问："跟谁跑了？"

"鞋厂老板。"

"老板真是个狗怂，有两个臭钱有什么了不起！"郭丰气呼呼地说，"你没去找？"

"去找了，鞋厂保安不让进厂。"裴鹏说。

"你别着急，咱们寻找机会报复那狗怂。"郭丰说。

年轻人心强气盛，俩人在谋划着。

说起这鞋厂的老板，他也算是个能人，在自己家里购买了几台机器，代做皮鞋。他做的皮鞋没有商标，不能直接销售，而是转手交给大厂，利用大厂的商标对外销售，赚了一大笔钱。

人有钱了就会把持不住自己，这老板也是不能自持的主儿。

裴鹏与丽秀都在鞋厂打工，丽秀心灵手巧，老板对她很看得起。

一天，老板把丽秀叫到自己的办公室，以工作的名义同丽秀聊了一会儿，只是在她走的时候，老板顺手拉住了她的手，给她塞了五十元。丽秀当时没有反应过来，把钱接收了，她以为是老板对自己的特别奖励。听说现在的老板为了调动员工的工作积极性,常用这种方法,私下给员工一点小恩小惠。

丽秀没有拒绝,老板以为她接受了自己的感情投资。

这样的事情连续发生了几次。

有一天,老板找了一件要紧的事情让裴鹏出差几天,他思谋着对丽秀下手。

一天晚上趁加班,老板把丽秀叫到了办公室,说是有事情商量。丽秀刚到办公室,老板一把抱住了她,对她一顿狂吻,丽秀奋力挣扎,却没有逃脱魔掌。

这天晚上,丽秀被老板强奸了。完事之后,老板给丽秀两百元的补偿。

裴鹏办完事回来,丽秀没敢给裴鹏说这件事,她怕知道后家里就会出现狂风暴雨。

老板抓住了丽秀懦弱贪钱的弱点,对她进行性侵犯。老板每次占她的便宜,她都没有反抗,事情结束之后,老板给钱以作补偿。

丽秀与老板勾搭的事情很快在厂里传开了,而唯有裴鹏蒙在鼓里不知道。

丽秀这一步真的走错了,她被老板的钱给迷住了。

近一段时间,丽秀常以有事情为借口不按时回家,裴鹏也没有多想。他想厂里按件发工资,丽秀近几个月工资比较高,可能是活干得比较多。

直到有一天,裴鹏的一位同事实在看不惯了,趁老板与丽秀鬼混的时候,撒谎说老板有事找他,让他去一下。

憨厚的裴鹏没有多想,就去了老板的办公室。

裴鹏到了老板的办公室,办公室的门反锁着,里面灯亮着,他敲了几下门,里面没有反应,但隐隐约约能听到里面有声音。

裴鹏以为老板有私事,没有敢打扰,等老板把事办完之后,他再进去。

他在门口等着。

大约半小时的时间,老板的门开了,从里面走出来的竟然是自己的老婆丽秀。裴鹏被眼前的一切惊呆了,他赶快躲了起来。

丽秀走了之后,裴鹏一屁股蹲在了地上,他知道老婆出轨了。

裴鹏在地上坐了很久,脑中一片空白。他是怎样走回去的自己也不清楚。

当裴鹏到家的时候,丽秀已经回到了家中,他只是傻愣愣地看着她。

丽秀一看裴鹏的表情,就知大事不好,她深吸两口气,故作镇静在问:“今晚你怎么了?”

裴鹏没有回答,愤怒的眼中噙着泪水,突然咬牙痛声地问:“刚才你干什么去了?”

“我在厂里加班。”丽秀吞吞吐吐地说。

“加你娘的狗屁班,到现在还想哄人,你给老板加班去了!”裴鹏说着朝丽秀脸上搧了几耳光。

几个耳光打得丽秀眼冒金星,但她没有哭,她想到卫生间清洗一下,刚一转身,裴鹏猛然朝她屁股踹了两脚,她一个趔趄翻倒在地。

“你还没有回答我的问话?”裴鹏吼道。

“随你猜。”抽泣中的丽秀突然说。

裴鹏看丽秀毫无羞耻的表情,又上去一阵猛打。

丽秀没有还手,也没有躲闪,只是默默地哭泣,不做任何辩解。

情绪失控中的裴鹏还想再打,丽秀猛地站起来,收拾一下蓬乱的头发说:“我做了对不起你的事情,现在我走。”

裴鹏顺手把她拽了回来,又是一阵乱打,直到丽秀爬不起来,他才罢手。

打永远解不了裴鹏的心头之恨。

丽秀稍微清醒,坐了起来。

“你说,你与那坏怂混了多长时间?”

“有了一段时间了。”

“我打死你个不要脸的。”裴鹏准备再打。

丽秀跪在地上求情说:“你不要再打了,我做了对不起你的事情,我不是人。”

“对不起就完了,我要剥你的皮,再去杀那个畜生。”裴鹏说话的时候,浑身都在颤抖,他也不知道用什么方法才能解恨,猛然间他一头向茶几撞去,鲜血染红了他的头发,血顺着脸颊往下流。

丽秀把裴鹏扶到床上,用湿毛巾擦干净他脸上的血,等他睡着,她收拾起简单的行礼出去了。

天亮以后,裴鹏睁开眼睛,看到丽秀不见了,他的心一下子凉了。

丽秀走了,不知去向。

打工打得家破人伤,这样的工不打也好,这样的钱不挣也行,几辈子的农家生活也没饿死人,打工咋让人变成了这样?

一个多月过去了,丽秀没有回来,不知道该怎么办的裴鹏,去找郭丰帮忙,他想报复鞋厂老板。

鞋厂老板听说裴鹏要找人报复他,心中害怕了,赶紧躲避了起来,因为这件事情,之前裴鹏还砸坏了他的摩托车。

又一个月过去了,老板给厂里办公室打电话,问了厂里的一些情况,听说裴鹏辞职不干了,他的担心减少了许多,戒备心也放松了。

认为风波已经过去的鞋厂老板回到了鞋厂,他刚到鞋厂门口时,等候已久的裴鹏和郭丰猛然间冲了出来,一把抓住老板的衣服,把他按倒在地,郭丰提着钢管猛打起来,打的鞋厂老板头破血流,不省人事。

厂里的保安打了110报了警。

裴鹏与郭丰被抓进了派出所。

鞋厂老板因伤势过重被送进了医院治疗,后来,俩人因故意伤害被拒留,这让郭丰、裴鹏百思不得其解。

裴鹏想,自己的女人被老板强暴了,打一顿欺负自己女人的坏怂,自己反而被拘留起来,这还有没有讲理的地方了。裴鹏要求派出所释放郭丰,自己的事情由自己承担,不连累自己的朋友。

派出所在调查取证时，目击者说老板被打伤主要是拿钢管的郭丰干的，在案件没有结案之前，郭丰不能回家。

法律意识的淡薄，酿成了这样的大祸。

六

紫厢为郭丰、裴鹏的事情奔波着，她先拿出五千元钱支付鞋厂老板的医疗费，然后想办法托人说话减轻对郭丰、裴鹏的处罚。

郭丰和裴鹏犯了这么大的错，找谁才能解决问题呢？此时，紫厢想到了王昆的父亲，他已经是副市长了。

紫厢在王家生完小孩之后，王昆的母亲把她接到了家中住了三个月，她毕竟给王家生了一个儿子。

紫厢好长时间没有来王家了，因为几年前她离开王家时，曾保证她以后不会打扰王家的生活，也不会来看望孩子。所以，这一次她到王家来，害怕引起王昆父母的误解，心中非常忐忑。

但是，不找王昆的父亲，解决不了郭丰与裴鹏的问题，紫厢只能硬着头皮去了王家。

紫厢的突然造访，让王昆的母亲很不高兴，她把紫厢堵在门口，没好气地问："你过来干什么？"

紫厢不能直接说求人办事，吞吞吐吐地说："阿姨，您好！"

"你离开王家之前，咱们不是说好的吗？你不来打扰我们的生活。"

"我不会打扰你们的生活。"紫厢目光坚定地说。

正在这个时候，一位男孩从书房里跑出来问："奶奶，您在与谁说话?"

奶奶没有回答，小男孩跑到跟前问："奶奶，为什么不让阿姨进来？"

"睿睿，进去。"王昆的母亲一把抓住小男孩，把他送进了书房。

王昆的母亲出来说："你回去吧，王家不欢迎你，有啥事情明天到我单位来再说。"说完随手把门拉上了。

紫厢根本没有听王母说话，现在她满脑子都是那个男孩可爱的笑脸与懂礼貌的问候。

睿睿就是紫厢亲生的儿子，大名叫王珂睿，王昆的母亲不让紫厢进门,就是因为这个。她认为紫厢是过来看儿子的,或者紫厢要提什么要求的。

紫厢没想到托人办事时还见到自己的儿子。

自从紫厢见到儿子之后心中难以平静,她吃不进饭,有时晚上还难以入睡,儿子已经长大了,她却什么都不能做。

昨晚，紫厢梦见自己抱着儿子，王昆的母亲突然带了很多人破门而入,那些人很多是公安人员,他们一来就抢孩子,可是不管她怎样撕心裂地哭喊,都无人前来帮忙,孩子还是被王昆的母亲带走了。

她哭昏了过去,也哭醒了自己。

紫厢醒来之后,看了一下时间才凌晨两点多钟,自己躺在床上,全身汗涔涔的,想想自己做的噩梦,她失声痛哭起来。

现在紫厢更想睿睿了,但她没有办法接触他。

紫厢想,睿睿已经四岁多了,肯定上幼儿园了,她第一个想到的是市政府幼儿园,要想见到儿子,只能去幼儿园了。

天亮以后，紫厢一大早就去幼儿园门口等候，希望能见到自己的儿子。

果然不出紫厢所料，她在市政府幼儿园门口看到了自己的儿子王珂睿。

紫厢在离校门口不远处一家商店门口站着。早上八点钟,一辆奥迪车开了过来,停在了幼儿园门口,先从车里下来的是王昆的母亲,接着睿睿从车里下来。紫厢看到睿睿的一刹那,不知是激动还是伤心,竟失声抽泣起来。

“奶奶再见,中午一定要早点来接我。”一声天籁般的童声涌入了紫厢的耳中。

“好的,到校一定要听老师的话哦。”

“嗯……”王珂睿边说边跑进了学校。

王昆的母亲坐上车去了单位上班。

王珂睿进了学校，紫厢站在学校附近的商店门口，久久不肯离去，脑海中时时浮现出睿睿的小身影。让紫厢高兴的是，她以后有机会可以见到自己的儿子了。

紫厢思忖着如何接近王家，让王昆的父亲想办法解决郭丰与裴鹏打人的问题。

王家的门进不去，王家也不想让她进去，紫厢只能在市政府家属区门口等王昆的父亲。

下午六点多钟，王市长下班回家，在市政府家属区门口，他刚一下车，紫厢就贸然出现在他面前。

“王叔，您好。”

紫厢的出现，让王昆的父亲一怔。

“你咋在这里？”

“我有事情想请您帮忙。”

“嗯，有事明天到单位再说吧。”王昆的父亲说，说完直接走了，丝毫没有让紫厢去家里坐坐的意思。

“好，那我明天去您单位找您。”紫厢深深地鞠了个躬，转身走出了市政府家属区。

王昆的父亲上楼之后，把刚才碰上紫厢的事告诉了王昆的母亲。

“老婆，我刚才在楼下碰见紫厢了。”

“啊！她又到这里来干什么？”

“她来过？”

“前几天，她到家里来了，我没让她进来，把她轰走了。”

“她说她有事请我帮忙。”

“什么事？”王昆的母亲紧张地问。

"她没说,我让她明天去单位再说。"

"老王,明天她要是有什么非分要求提出,你让人把她从办公室赶出去。"王昆的母亲生气地说。

王母所说的非分要求,就是指王珂睿的事情,王母最担心的是紫厢拿王珂睿当条件来讹钱。

第二天,紫厢来到市政府找到了王市长,看到紫厢紧张的样子,王市长没有多想。

"王叔,您好。"紫厢客气地问。

"你说有事要我帮忙,你说什么事?"

"我丈夫与人打架被城西派出所拘留了,我想让您帮忙把他放出来。"

王市长这才知道紫厢已经结婚了。

"为什么打架?"

"我不好说。"

"那好,我先了解一下情况,如果触犯了法律,他要负法律责任的。"

"嗯,我恳请您把他放出来,我丈夫郭丰一时冲动帮助朋友出气才打人的。"

王市长没说什么。

"他朋友的妻子被老板霸占了,他们把老板给痛打了一顿。"紫厢补充了一句。

听到工厂老板欺负员工的妻子,王市长严肃地说:"那好,下午我打发人去一趟城西派出所。"

听到王市长说派人去城西派出所,紫厢感动地掉下了眼泪,鞠躬道谢后,她走出了王市长的办公室。

王市长打发秘书去城西派出所,了解情况之后,郭丰、裴鹏被放了出来。

晚上王市长回家,王母问紫厢找他有什么事情,他把情况向老伴作了汇报。

王昆母亲一颗悬着的心掉了下来,她原以为紫厢是为了睿睿而来的。

七

郭丰出来之后,他一直在想一个问题,根据事情的发展情况,他与裴鹏不可能这么快出来,紫厢找的谁呢,怎么一句话就把他们放出来呢?

一次吃饭的时候,郭丰与紫厢俩人扯到了这个事情上。

“老婆,你本事真大,你找的谁呀?他一句话,就把我们放了出来。”郭丰问。

“一个朋友。”紫厢回答。

“他是干什么的?能摇动这么大的风,一句话就把问题解决了,我们出来时,派出所的领导对我们非常客气,咱们得找机会感谢一下你的这位朋友,要不然显得咱们多没人情。”

“我已经感谢过了。”紫厢说。

“感谢过也没有关系,哪天你把他约出来,咱们在一块坐坐,以后有事好求人帮忙。”

“你还想打架?”紫厢惊讶地问。

“你看,我们被派出所拘留,他能一句话把我们放了出来,以后说不定有什么事还需要人家帮忙,咱们不能过河拆桥。”

郭丰执意要见帮忙人,紫厢犯难了,一个市长咋能约出来呢?她与市长的关系该如何解释。

“这位朋友很忙,现在没时间,以后再说吧。”紫厢只好推辞地说。

紫厢不说实话,郭丰也不强求。不过,从此以后,郭丰心中产生了疑虑,他认为紫厢有事瞒着自己。

说起要感谢帮忙人,紫厢的心中早已有了打算,王昆的父亲帮了这么大的忙,如果不感谢人家,心中过意不去。如果感谢,郭丰也不能去,她只能自己去。可是,如果去王家,王昆的母亲不让她进家门,她又该怎么办呢?

尽管王昆的母亲不让她进家门，紫厢也想去，因为她想与自己的儿子说两句话。

星期天中午，她买了些礼品去了王家。

当紫厢按门铃时，保姆开门，紫厢解释说："我是王市长的亲戚，来看望一下阿姨。"王昆的母亲正在书房里与孙子玩耍，听说有亲戚过来，走出了卧室，一看是紫厢，她一脸不悦。

"阿姨，您好！"

王昆的母亲没有正视她，只是说："进来吧。"

随后保姆沏了茶端了上来。

"上次的事情，王叔帮了大忙，今天我过来感谢一下王叔。"

"嗯，以后要注意些，不能让小郭感情用事，要是惹出大祸，谁也没有办法了。"

"嗯。"现在俩人坐在一块，不是很尴尬，因为紫厢生孩子时，为了避免别人说闲话，王昆的母亲一直伺候着，俩人相处了近半年的时间，也不是很生分。

在那半年的时间里，俩人的关系十分特殊，既没有婆媳之间的亲密，又没有母女之间的融洽。王昆的母亲觉得她们之间的关系很难界定，承认紫厢是儿媳妇吧，可儿子早已不在人世，而且她与儿子不是合法夫妻；不承认吧，可她又怀着儿子的骨肉。所以俩人就这么不尴不尬地相处了半年。后来，紫厢走了，她心里感激老天开眼，失去了儿子却莫名得了一个孙子。

紫厢没有功劳也有苦劳，她从心里是感激紫厢的。如今见紫厢不为睿睿而来，说明她还是遵守约定的。这次，她没有再给紫厢脸色，而是客客气气地和她说话。

正当俩人闲聊时，睿睿从书房里跑了出来，见到紫厢，笑容可掬地说："阿姨好！"

"你好。"紫厢用手示意回答。

“奶奶,这位阿姨我好像见过。”王珂睿的一句话,让王母心中咯噔一下,急中生智的奶奶问:“睿睿,你在哪儿见过这位阿姨?”

“不知道,我只是好像见过。”王珂睿噘起小嘴说。

紫厢已经意识到了什么,这毕竟是自己身上掉下来的一块肉啊。

紫厢见到了儿子,心中踏实了,她不能在王家待的时间太长,担心王昆的母亲起疑心,她立刻起身告辞,王昆的母亲没有挽留,王珂睿却起身打招呼:“阿姨再见,欢迎您再来。”

紫厢快速走出了王家。

此后,紫厢心中多了一份牵挂与思念,儿子的笑容一直萦绕在她的脑海中,久久不能抹去。后来,紫厢一有时间就去市政府幼儿园门口转悠,郭丰发现她好几次,问起原因,她也不说。

紫厢的异常表现,让郭丰感到诧异,他心中疑虑重重。

自从城西派出所出来,按照一贯做法,郭丰会去感谢帮忙的人,可一提起这个人,紫厢一直吞吞吐吐、推三阻四。

郭丰一直想:是不是紫厢遇到了好人,帮忙不要报酬?他担心紫厢以见不得人的交易作条件,去换取他的人身自由,那就不划算了。

郭丰在结婚之前,已经听说了一些紫厢的闲言碎语,以流言中紫厢的行为,他完全可以拒绝这门婚事,可是不知道为什么,他还是硬把这门亲事定了下来。也许,他一时被紫厢的美貌和气质迷住了。

紫厢如今神通广大,竟然救出了他,他不得不相信那些传言。

郭丰开始注视紫厢的日常行为。

近几天,紫厢说自己不舒服请了三天假,郭丰并没有发现她有什么异样的病情,她为什么要请假呢?

郭丰注视着紫厢的动静。

紫厢请假的第二天中午,去超市买了一些零食小吃,提着东西向市政府幼儿园门口走去,在离校门口不远处,她停了下来。

郭丰在远处观察着紫厢的动向。

幼儿园放学了，紫厢往学校门口走去，当一辆轿车停在校门口时，紫厢也走了过去。

眼看紫厢就要走到车前时，有个小男孩从幼儿园跑了出来，有位中年女人急忙向前抱住了孩子，孩子满脸的微笑亲了中年女人一下。

“阿姨，您好。”孩子突然打招呼，中年女人猛地转过身来，一看是紫厢。

“王姨，您好。”紫厢满脸堆笑地问。

“你怎么在这里？”中年女人问。

“我是路过这里，刚下班。”紫厢撒谎说。

孩子要中年女人把他放下，主动向紫厢打招呼：“阿姨，您认识我吗？您到我们家来过。”

“怎能不认识呢，来，阿姨给你些吃的。”紫厢说着把手里的零食小吃递给了孩子。

孩子抬头看了一下中年女人，不知道能不能接。

“睿睿，不能随便要别人的东西。”中年女人严肃地说。

“你看学校门口堵车，我们走了。”中年女人说。

“阿姨，再见。”孩子向紫厢一边招手，一边上了车。

只留下呆呆的紫厢站在路边一动也不动，任凭过往的行人侧目相看，她是痴痴地笑着，直到汽车变成一个小黑点，她才往回家的方向走。

同样，心情沉重的郭丰也踏上了回家的路。

王昆的母亲其实也是心事重重，因为在车上，王珂睿突然说：“奶奶，刚才那位阿姨特别亲切，要是能成为我妈妈多好啊。”

童言无忌，但这句话让王昆的母亲心烦意乱。

中午回来，郭丰问紫厢去哪儿了，紫厢回答说，哪儿也没有去，到超市买了一些东西就回来了。

郭丰感到事情有点蹊跷，他知道紫厢没说实话，他把看到的一切说了出来。

“今天,你在撒谎。”郭丰直截了当地说。

紫厢没有说什么,她预感到郭丰知道了什么。

“十二点你在市政府幼儿园门口干什么去了,与你打招呼的小男孩是谁?”

紫厢知道郭丰在偷偷地跟踪自己,她有点生气地说:“去看一位朋友的孩子。”

“你这位朋友挺阔气的,开豪车接孩子上学?”郭丰不耐烦地问。

“信不信由你。”

“我相信是你朋友的孩子,你为什么不跟我说一声,从那孩子的奶奶态度来看,她并不欢迎你。”

“欢迎不欢迎,你怎么知道?”刚才郭丰的话说到了紫厢的气头上。

结婚四年多的时间,紫厢与郭丰第一次产生矛盾。

纸终究是包不住火的。

紫厢打工为别人生孩子的事情,郭丰很快知道了,他痛苦得要死,没想到自己的女人竟是为别人生过孩子的“二手货”。

郭丰的母亲听说之后大惊失色,郭家咋出现这么丢人的事情!是可忍孰不可忍,郭丰气愤地离开了紫厢。

自从紫厢在幼儿园门口见了王珂睿之后,王昆的母亲心中就拧了一个疙瘩,紫厢到底有什么想法,难道她想抢孩子?自从王昆去世后,她把睿睿当作无价之宝一样呵护,如果睿睿离开王家,她活着还有什么意思?

王昆的母亲又仔细想了想,紫厢生完小孩之后,没有提出任何要求,给她钱也不要,放下孩子毅然决然地走了。一走就是四年,中间没有任何联系。这次她丈夫的事情老爷子帮了忙,按理说她应该感激才是,不料她最近常到市政府幼儿园门口看睿睿,这让王昆母亲的心又悬起来了。紫厢每次都说是路过,鬼才信呢!

最让人担心的是王珂睿,自从他见了紫厢之后,血缘自带的那种亲热把他和紫厢拧在了一起。他经常在奶奶身边问起紫厢的事情，真是母子连心啊。

随着睿睿的逐渐长大，他有时与奶奶、爷爷在一起的时候问起自己的爸爸妈妈，两位老人家只能转移话题，答非所问。

渴望父母之爱，是孩子的天性。

有一件事，让王昆的母亲最伤心，今年六一儿童节，幼儿园要求家长与孩子进行亲子互动，爷爷奶奶因工作繁忙，打发保姆去参加，不料王珂睿却哭闹了一场。他非要自己的爸爸妈妈去参加，两位老人想尽一切办法哄他，他才不哭闹了。

因为这件事，两位老人都有了心病，孩子迟早有一天会要自己的父母，以后该如何为小珂睿创造一个和谐幸福的家庭环境呢？

老人家在束手无策时，他们曾想到了紫厢，让孩子认了他这个妈妈。但是也有担心的地方，王珂睿认了她，物质上肯定没问题，买一套楼房让她们母子住在一起。可紫厢已经结婚了，她的丈夫能让她这么做吗？再说由于家庭背景不同，紫厢能教育好睿睿吗？各种问题涌来，王昆的父母不敢想下去。

郭丰走了半年之后，俩人最终办理了离婚手续。

离婚以后，紫厢整日以泪洗面，孑然一身的她，不知道如何走人生剩下的路。

经过近一年的思考，紫厢又去找王昆的母亲，这次去，王昆的母亲没有把紫厢拒之门外，而是让她进了家门，一是孙子王可睿需要他的妈妈，二是金娜已经改嫁了。

她能在王家待下去吗？

离婚的女人真难啊！

八

同样是离婚的女人，王淑婷比较幸运一点。

回家住了几天，见了父母，也见了儿子，王淑婷又回到省城，张教授的儿媳赵霖专门从单位回来，说是给她接风洗尘，王淑婷很感激。

赵霖看到了王淑婷面容憔悴，没好意思多问什么。

王淑婷的生活又如以前，除了给张教授家做保姆外，还帮助张教授打字整理资料。

经过这几年生活磨炼，王淑婷比以前成熟了很多，现在她不想沉浸在痛苦之中，她必须振作起来，面对新的生活。

儿子四八在自己父母身边，比生活在胥家好多了，现在她要好好打工挣钱供儿子读书。

王淑婷在给张教授帮忙整理资料时，偶尔提到自己的婚姻状况，张教授听后对王淑婷的生活经历很痛惜。一名高中生，毕业之后就嫁人了，生儿育女，伺候公婆，真是可怕呀。尤其听到胥家蛮不讲理的行为，张教授恨不得亲自与胥家理论一番。

王淑婷的婚姻悲剧主要是由农村传统观念造成的，心胸狭隘的胥母、优柔寡断的胥晨、毫无反抗的王淑婷，都将彼此逼上了绝路，让他们各自的命运也被阴霾笼罩。

王淑婷的人生遭遇，为张教授提供了一个思路，他想研究传统文化影响下中国女性的婚姻状况，以及根深蒂固的传统文化对女性解放的影响。

一天吃饭的时候，张教授把自己的想法说了出来，他想做一个课题，研究中国女性生存发展状况。

王淑婷虽然不太清楚张教授说的什么意思，一听要查阅资料，她心中很高兴，主动请缨帮张教授整理相关内容，张教授满口答应。

张教授通过师大文学院办公室为王淑婷办理了一张借书证，她成了师大大学生中的"一员"，可以随便出进学校的图书馆。

张教授分阶段拟定几个课题，让王淑婷去查阅相关资料。

课题紧张有序地进行着。

通过材料的整理，王淑婷学到了很多的知识。关于中国女性的发展状况，让人触目惊心，传统中国的女性自古就没有权力与自由，尤其是在中国古代，女性要遵守“三从四德”的古训，三从是未嫁从父、已嫁从夫、夫死从子；四德是妇德、妇言、妇容、妇工，这些都严格地束缚着女性的思想解放和日常生活。

王淑婷查寻资料，先从中国古代的婚姻制度开始。

中国古代的婚姻制度，实行的是一夫一妻多妾制，妾在家庭中，虽然承担着生儿育女的义务，却享受不了“妻”的待遇，因为妾一般来自卑贱低下的家庭。因此，妻为“娶”，妾为“纳”，娶妻时送到女方家的财物被称为“聘礼”，而纳妾时给予的财物，则被称为“买妾之资”。

王淑婷在整理资料的过程中，还对研究课题产生了兴趣，关于“妻”与“妾”的相关资料，她整理了以下内容：

《谷梁传》中云：“毋为妾为妻”。就是说，妾没有资格扶正为妻，有妾无妻的男人，仍是未婚男，而嫡妻死了，丈夫哪怕姬妾满室，也是无妻的鳏夫。

《周礼》记载：“王之妃百二十人：后一人、夫人三人、嫔九人、世妇二十七人、女御八十人。”天子可以拥有以皇后为首的一百二十位女人。皇后为嫡妻，她拥有单独与天子相处的资格，其他姬妾不能与天子独处，而且是否陪伴天子要经过皇后的批准。这种制度在明清皇室更进一步，皇帝选中侍寝的妃嫔后，要将名单送给皇后审阅，假如皇后应允，便加盖皇后印，假如皇后坚决不盖此印，皇帝也没有办法。

皇帝乃是天子，他的姬妾数目最多，天子以下，妾的数目便在礼法上锐减，大夫只能纳两妾，士族只能纳一妾。普通富民则要到嫡妻年过五十无子的时候才能纳一妾。而且，所有的妾都不可以陪丈夫一整夜，丈夫入睡后，她便必须离开。

到唐宋，更是成了铁律。《唐律疏议》明确规定：“妾乃贱流”“妾通买卖”“以妾及客女为妻，徒一年半”。也就是说，假如将妾升为妻，就是触犯了刑律，一旦事发，两口子一齐服刑一年半，而且完了照样得离异。在这样的法律之下，做妾的女人便已经不是完整的女人了，丈夫或嫡妻凌虐妾，也就成了家常便饭。

不过，规矩归规矩，肯照办的没有几个。纳妾原本就是拥有财富特权的男子的享乐方式之一，他们又岂能让规矩约束手脚？于是，在“妾”之外，更有“姬”“婢”“伎”等名目，每一个名目之后，都有一群生活在痛苦中的女子，由于她们没有法律地位，她们的遭遇连妾都不如。

……

王淑婷把上面整理好的资料给张教授看时，张教授赞不绝口，没想到王淑婷有如此好的悟性，这么聪慧的姑娘竟埋没在农村，真是可惜啊。要不是婚姻的不幸，她可能永远生活在大山深处，没有机会在这里感受女性的命运。

在与王淑婷交谈的过程中，张教授感到她的反应敏捷、思维缜密，在查询他罗列的相关问题时，王淑婷也有一定的思考。

慢慢地，张教授与紫厢因课题研究有了共同的语言。

第七章 涅 槃

一

杜铭因工程承包“问题”被检察院传唤了，他走的时候，说是一两天就回来，可是这一去二十多天，还不见人的踪影。

检察院传唤杜铭，是因为省建设厅的一位领导在审批一项目时，手续没有齐全，而工程在建设过程中，又出现了一些问题。这个工程项目与杜铭没有关系，只不过是他与这位领导在以前有过业务上的来往。

年关到了，二十多天见不到杜铭，民工心里万分焦急了，在工地上辛苦了一年的时间，工钱还没有结算，老板却被“抓”了。工钱找谁去要呢？工地上乱成了一团。

杜铭二十多天没在项目部露面，民工们各种猜疑，一些人造谣说杜铭已被刑事拘留，可能还要被判刑。

“老板这次监狱蹲定了，他走的时候说是去一两天就回来，现在去了二十几天了还没有回来，咱们的工钱肯定打了水漂。”一位民工气愤地说。

“不能把工钱打水漂，老婆孩子还等着这钱过年呢，反正老板不在，得想办法把工钱要回来。”

“不见老板的面，跟谁要去？”一位老员工叹息说。

“这不是有钢筋、水泥吗？咱们拉出去卖了。”过激的言语随处都能听见。

现在只有一个人默默地干着活，不吱声，他就是宜琦。

工友们的话宜琦静静地听着，不做任何辩解，可是当民工们准备变卖老板的建筑材料时，宜琦待不住了，他赶忙拦住说：“现在杜老板的情况大家还说不清楚,我们不能拉他的东西,如果老板没犯错误,一旦回来了,看到大家变卖项目部的建筑材料，他要找借口说咱们捣乱，不给大家发工资,那可麻烦大了。”

宜琦的一句话把大家伙给说清醒了。

“卖他的钢材,这是应该的,因为他欠我们工钱。”

“欠钱是真的,但也不能拉老板的东西,大家要等老板回来,就是老板坐牢了,我们应该通过正规渠道,找个稳妥的办法来解决工钱问题。”

许多公司民工对宜琦的话嗤之以鼻。

“做人要厚道,东西被卖被毁了,老板的公司破产了,我们的工钱更要不回来。现在,我们不如趁老板不在时,替他把材料看管好,说不定老板记住大家的大恩大德,艰难时的雪中送炭,会感激我们的。”宜琦给大家讲起了道理。

民工在宜琦的劝说下,才没有干出过激的事情来。

正如宜琦所说,事情调查清楚之后,杜铭很快回来了。

杜铭回来之后,工地上的情况比他想象的好多了,由于年关已到,他还欠着民工的工钱,民工们肯定担心领不到工钱做一些冲动的事儿,讨薪的混乱场面他是见识过的。出乎意料的是大部分民工都回家过年了,只剩下两个工地看管员。

杜铭走进简易工棚，被眼前的一幕震惊了：冰冷的房子里躺着两个人,他们蜷缩着身体,见杜铭进来,不自觉地站起来,欣喜若狂,仿佛见到了救护神。

“宜琦,老赵,你们怎么没有生火？”

两个人没有吭声,宜琦的嘴抿了抿,好像要说什么,却又把话咽了下去。

杜铭马上意识到,他走的时候,炭只剩下一点点,忘了安排买炭了。

“委屈你们了,兄弟。”杜铭说着眼泪流了出来。三九寒天,冰风刺骨,两位兄弟是怎么抗过来的,杜铭越想越难过。

“其他的民工到哪儿去了？”杜铭问。

“回家去了，他们盼着你回来，领上工钱回家过年呢，可没有等到你回来，他们就回去了。”宜琦说。

“他们的老婆孩子都等着工钱置办年货，他们没有领上工钱，年不知道该怎么过？”老赵说。

杜铭明白了两位兄弟的心思，因检察院调查事情，他没有来得及结算工程款，现在他要赶紧结算，一定要把民工的工钱在年前全额发放到他们手中。

杜铭看着工地上摆放整齐的工程材料，他使劲地把两个人抱了一下，大声说：“我给咱们买酒买菜去，今晚咱们兄弟喝个痛快。”

晚上，杜铭与两个兄弟喝得酩酊大醉。

第二天，杜铭早早起床，去甲方结账，他要把民工的工资给他们结算清楚，让他们高高兴兴地过个幸福年。

几经周折，工程款很快到账，杜铭开车一千多公里，挨家挨户把工钱送到民工兄弟的手中。

一些民工看到老板直接将工钱送到家中，对前面说的牢骚话感到惭愧，不过他们高兴地接过钱，都夸老板讲信用。

说起宜琦、老赵，让杜铭感慨万千，可以说他们两个人是杜铭同甘共苦的兄弟。

杜铭随省第七建筑工程公司刚到省城，遇到了很多的麻烦，省第七建筑工程公司虽然提供了很多方便，但他仍面临着很多问题，他们得租地方放置建筑施工设备，城区的地方租不起，只能租在郊区，很不方便。

租住的房子在郊区，安全没有保障，再者，城乡结合部，流动人员多而且复杂，经常有丢东西的现象发生。公司的灰斗车半年内丢了三四辆，整得看门的老赵晚上几乎不敢睡觉，幸亏公司的民工大部分是老乡，多为公司操心，如宜琦、纠亮、虎子等。他们平时没活干时，会修补公司的围墙，把重要的施工设备放在不容易搬运的地方或者民工住宿的地方，以防止丢失。他们的这些付出，从不跟杜铭讲条件，不计任何报酬。

在省城揽工程，一般先由建设方垫资，然后根据工程建设进度分批付款，这下可愁坏了杜铭，经过几年的打拼，杜铭虽然积蓄了一部分钱，但对于投资上千万元的工程来说，他所积蓄的那些钱不过是杯水车薪，解决不了问题。

宜琦、纠亮等看到杜铭的难处，他们不但不向杜铭索要工钱，而且还处处为公司考虑，减少日常开支，就是到了年底，如果工程款没有结算下来，他们也不会有抱怨，这让杜铭很感激这帮民工兄弟。

相互理解是农民工兄弟最大的优点，炎热夏日，酷暑难耐，民工们也从不向老板提出解暑的要求，自己忍受着炎热与蚊虫的叮咬，第二天按时出工。严寒冬天，老板给他们买来取暖的煤炭，他们会把煤炭当成自己家的东西，节约使用，不浪费一点。还有什么比这更让人感动的呢？

艰苦的生活环境，孤独的生存空间，使农民工兄弟相依为命，坦诚的相处，彼此的宽容与谅解，让他们亲如兄弟，农民工这一活跃在城镇与乡村之间最积极、最能干的新生力量，他们在创造财富的同时，也在塑造着自己。

二

肤润化妆品公司，在经营管理过程中出现了问题，公司因账目不清引起了股东们的不满，股东要求进行改制，加强管理，总经理单鸿也因财务问题被股东们提议免职。

单鸿虽然尽了最大的努力，把问题尽量最小化，但他的总经理位置没有保住，成了一般的股东理事。

失去总经理一职，收入自然会减少。一直养尊处优的他，忽然一落千丈，甚至遭到公司员工的奚落，心情压抑的他辞职不干了。

从此，曲蕊霏与单鸿失去了联系。

单鸿的突然失联，曲蕊霏并不痛苦，上次和苟逵不欢而散，已经让她饱尝了“小三”被甩的滋味，如今再经历此事，早已风轻云淡了。

曲蕊霏已是三陪服务行业的老手了，随着经济收入的增加，她现在“见机行事”，只服务那些有钱的或位高权重的大人物。

不过，大人物不是随便能找上的，为了尽快物色出重点服务对象，她又去了洗浴中心。

曲蕊霏在洗浴中心很引人注目，一看那气质，很多人以为她是洗浴中心的女老板，可是一旦与她接触之后，她的放荡暴露无遗。

她现在不是人，而是一个魔鬼，专门用肉体吸钱的女魔鬼。

最近，她勾搭上了一位年轻的老板。

两个人一接触便碰出了激情的火花，曲蕊霏那淫荡的服务，让这位走南闯北的年轻老板心服口服。

寻欢结束之后，老板给曲蕊霏五百元，并且互相交换了电话号码。

事隔几天，曲蕊霏接到一个电话，是上次在洗浴中心服务的老板打过来的，让她到壹壹宾馆去。

曲蕊霏到达宾馆，两个人一见如故，聊了一会儿，双方就发泄了。这一次让曲蕊霏得意的是老板又给了她丰厚的服务费。

曲蕊霏的第一次献给了一个五十多岁的老头，当时她不知道什么是幸福的性生活，后来她接待的男人多了，便把男人渴求的那一套烂熟于心，并且屡试屡爽。

今天，她接待这位年轻老板叫海泰，曲蕊霏将她自己悟的那一套用上了，又得到了赞扬。

两个人在床上缠绵了一下午，说的都是道听途说的一些风流事。晚上，海泰邀请曲蕊霏住下，她爽应。

曲蕊霏与海泰在壹壹宾馆吃了晚饭。

又是一个激情四射的夜晚，海泰提议曲蕊霏陪他一年的时间，在这段时间里，她只能为他一人服务，报酬丰厚。

曲蕊霏答应了。

两个人相处了一段时间,曲蕊霏在做着三陪应该做的事情,海泰按月给曲蕊霏服务费,曲蕊霏也遵守协议,只服务他一人。

一天晚上,曲蕊霏被海泰叫到壹壹宾馆,当时海泰去了洗手间,曲蕊霏无意中看到海泰放在床头边的皮包,她打开一看,里面有几张银行卡。

之前曲蕊霏与海泰闲聊,知道了他是一个煤矿的老板,来省城联系销售业务。随后曲蕊霏产生了邪恶的念头,她要把这些银行卡的钱占为已有。

事情做完之后,曲蕊霏找借口出了宾馆。

曲蕊霏回到住处,她思忖着银行卡的事情,如何把海泰的钱套出来,她苦思冥想了好一阵子,一种罪恶的想法占住了她的心头。此时,她想到了在洗浴中心认识的所谓哥们儿。

曲蕊霏去了洗浴中心,找到一个黑老大,满足了他的性欲要求,随后她把事情告诉给黑老大,黑老大当即表示愿意帮忙。

曲蕊霏答应他,事成之后,五五分成。

一个罪恶的计划在进行着。

一周之后的一个晚上,曲蕊霏与海泰交欢之后,已是凌晨三点多钟,她借口有事要回家,让海泰送她回去。

海泰满口答应。

两个人起床,简单收拾了一下,海泰拿起皮包,与曲蕊霏一同出了宾馆。

当他们在宾馆门口等车时,一辆黑色轿车开了过来,司机随手打开车窗玻璃主动打招呼:“霏姐,这么晚了你去哪儿呀?”

“是你呀,小宋,我们去大桥花苑小区。”

“那我送你们过去,我顺路。”

曲蕊霏看了一眼海泰,顺手拉开了车门,海泰没有丝毫提防上了车。

车开到半路,突然又上来了两个人,海泰没有反应过来,两个人用刀子挟持住他,要他交出银行卡,海泰如梦初醒,但为时已晚。

在曲蕊霏等人的威慑打骂下，海泰交出了银行卡并说出了卡的密码，由于取款机上取款有限额，先后用了四天的时间共取出三十多万元。

曲蕊霏的要求得到了满足，海泰乞求放了他，曲蕊霏也有这种想法，但是黑老大不想放他，担心海泰回去报警。丧尽天良的四人把海泰捆住活活勒死，然后把他扔到了城郊一个废弃的洗沙厂的水池中，随后四人逃之夭夭。

后来他们又把银行卡上的十余万元取走，分赃之后各奔东西了。

人心险恶啊。

事情过去一个多月，郊区的一位农民因盖房去废弃的洗沙厂拉沙子，发现了一具尸体，赶紧向当地派出所报了案。

从死者的身份证验证了海泰的身份，他的家属从老家赶来，联系上在省城的老乡为公安局提供线索，经过公安人员的调查走访，海泰出事前与一位三陪小姐关系密切。

案件被一步步地侦破。

半年之后，曲蕊霏在邻省的一家洗浴中心出现，在两省警方协作下将其捉拿归案。

经审讯，曲蕊霏对所犯的罪行供认不讳，同时交代了与自己一起作案的同伙，公安民警随即全力抓捕，其他几人很快落网，等待他们的是法律的严惩。

曲蕊霏被抓进监狱之后，她的父母从老家来到省城找杜铭，两位老人泪流满面地请求杜铭帮忙，请他救救干下傻事的女儿。

杜铭看到两位老人无助的表情，心中很难过，他答应了两位老人的请求。

杜铭了解了事情的真相后，感到问题的棘手和严重，他决定请律师，尽可能地为曲蕊霏减刑……

出来混，如果不脚踏实地靠汗水挣钱，那么即使通过各种歪门邪道获得了丰厚报酬，也不会受到社会的尊重。农民工是需要社会关注的群体，他们若是走错路，身上背的标签会更多，所受的惩罚会更重。

王淑婷听说曲蕊霏的事情之后，既震惊又难过。两个人从小一起长大，情同姐妹。后来，王淑婷来到省城发现曲蕊霏已经成失足少女，一再劝她回头，不要再做哪些败坏道德的事情，可是她听不进去，最终走上不归路。

王淑婷在为曲蕊霏痛心的同时，又思考曲蕊霏的始作俑者——那便是能解决所有问题却不能从本质上解决问题的钱。

近几天，王淑婷的情绪低落，她把心中的苦闷与困惑告诉了张教授，张教授听后劝说她不要悲伤，曲蕊霏事件只是社会发展中的个案，所有事情的发展都有它的两面性，有利有弊。

张教授说，曲蕊霏的犯罪跟社会发展有关，如果没有经济的发展，她就没机会出来打工，也就没有机会去那些不干不净的地方。但是，经济的发展对社会进步所起的推动作用不能低估。尤其改革开放后，经济的发展让我们的国家繁荣和富强了，并且在国际上有了很高的地位。

改革开放以来，农民为国家经济建设作出了巨大贡献，农民进城务工，不但促进了社会经济的发展，促进了民族融合，也促进了民族素质的提高。随着打工潮的盛行，社会婚姻得到最大程度的融合，原来的婚姻只限于本村本乡范围内，而现在扩大到全省甚至全国范围。在打工的过程中，天南地北的小伙子与大姑娘走到了一起，不同种族、不同信仰之间的人组合成新的家庭，从人类进化角度来看，这确实是一大进步。这种婚姻组合有利于后代的繁衍。

……

张教授说，中国历史上的民族大融合时期，也是社会经济发展、国民素质提高较快的时期，他举出中国历史上的四次民族大融合。

第一次民族融合是在两汉时期。汉武帝为了巩固边疆、发展边疆经济，在武力征服的同时，从关中移民至塞外，一次移民达七十多万人。从中原北移的汉人与降汉的匈奴部落在北方一带和平共处，共同生活，开始了北方历史上第一次民族大融合。汉族与匈奴人民相互交流文化，相互学习生产技术，在长期的共同生活中，他们思想一致了，生活通融了，经过几代人的努力，两个民族逐渐融合为一体，汉朝逐渐强大起来。

第二次民族融合是在北魏时期。北魏孝文帝改革，采用汉族地主的管理体制，迁都洛阳，移风易俗等，推动了经济的复苏和繁荣，孝文帝改革促进了鲜卑族进一步接受汉族先进文化与制度，加速了政权的封建化进程，促进了民族融合，使鲜卑族等少数民族成为汉族的一部分，为中华民族注入了新的血液。

第三次民族融合是在隋唐时期。尤其是唐朝，民族融合空前盛行，唐太宗时期的和亲政策，就是典型例子，文成公主出嫁除了携带丰盛的嫁妆外，还带有大量的书籍、乐器、绢帛与粮食种子，组成成员除文成公主陪嫁的侍婢外，还有一批文士、乐师和农技人员，几乎就像一个“文工访问团”与“农技队”。此时，两国关系到了水乳交融的境地。

第四次民族融合是在辽金夏元明清时期。辽金元时期，由于战争，社会秩序混乱，人们在躲避战争的过程中，相互混居，促进了民族的融合。明成祖为了巩固边疆稳定，也进行了大规模的移民。到了清朝，满洲贵族统治中国，使几千年以来的民族融合更加稳定地向前发展。

张教授接着分析说，20 世纪 80 年代以来出现的打工潮算是中国历史上的第五次民族大融合。中国的改革开放，农民外出打工是为了挣钱养家糊口，不经意间导致了人口大流动。人口流动不仅促进了经济的发展，也改变了中国传统婚姻习俗。改革开放以前，中国传统的婚姻有“方圆十里”之说，也就是婚姻选择的范围很大程度在本村镇附近进行，婚姻走不出习俗的囹圄。改革开放后人口大流动，传统的婚姻不受地缘限制。

张教授的分析，王淑婷虽然听不太懂，但她知道张教授是对自己的开导，让她正确看待社会发展中的问题，调整好自己的心态，不要有过多的怨恨社会心理。

三

关于现代农村女性社会地位的研究，农民离婚现象也是该课题的重要内容，离婚是一种复杂的社会现象，受政治、经济、文化、习俗等因素的影响和制约。但从农民离婚的目的来看，原因很多，深入探究它的本质却有一点不可忽视，那就是夫妻双方感情已经破裂。而导致感情破裂的原因，归纳起来，有以下几种情况：

一是家庭中经济问题出现矛盾。家庭是建立在一定经济基础之上的社会细胞，一旦缺少了必要的物质条件，其稳定性就会动摇。经济问题离婚可分为两类，一类是由于生活困难，生活开支入不敷出，沉重的生活压力使夫妻双方心情焦虑，常有怨气，稍不顺心，便发生口角，长此以往，便会使感情破裂。另一类是经济困难，为了生计，夫妻一方不得不外出打工，一年半载难相聚，并且夫妻一方因环境的变化，生活方式和价值观念的变化，双方即使见了面，也因观点、兴趣不一致而无共同语言，夫妻感情因此而疏远，引起离婚。

二是农民对婚姻质量要求逐渐提高。婚姻道德观念的变化，社会和经济发展的冲击，现代农民对婚姻品质的期望值越来越高，一旦婚后的现实与婚前的期望产生矛盾且不可调和，离婚就是必然的选择。在独立自我和婚姻家庭这架天平上，平衡的指针则更多地指向了自我。物质生活水平提高后，农民对婚姻质量的要求提高，凑合意识减弱，社会环境的宽松和社会交往的扩大使婚姻当事人的选择更自由，在婚姻生活中，一方的婚姻追求有了变化，很容易导致婚姻的破裂。

三是家庭暴力导致离婚。离婚事件中家庭暴力仍然突出，这在农村尤为突出。存在这种现象根本原因是农村妇女在家庭中的地位比较低下，也可能是男方的旧思想造成的，认为妻子是自己的附属品，自己想怎样就怎样，而没有把妻子当成平等主体来对待。家庭暴力仍然是农村妇女维权的热点和难点，暴力、背叛、谎言等已经成为导致现在婚姻家庭危机的导火线，一方的猜忌、不理解、不信任和不宽容，让另一方在婚姻面前焦头烂额、苦不堪言，也最终使他们走向婚姻的尽头——离婚。

四是第三者插足导致离婚的比例依然很高。婚外恋是农村妇女起诉离婚的主要理由。婚外情、婚外恋必然会造成对另一方的情感伤害，导致其精神痛苦，因此它们是夫妻感情的最大杀手。绝大部分婚外情直接导致了离婚。婚外恋是许多人难免遇到的问题，人人都有追求新鲜感的欲望，红烧肉虽然好吃，但天天吃还是会让人觉得腻。作为一个社会人，在对待婚姻问题上，应该压抑这种欲望，尽管有人说"家花不如野花香"，但野花到手，兴许还不如家花好，不少人在离婚后都发现，新配偶不如原配偶。记住婚姻关系中自己的责任，抗拒外界的诱惑，是最重要的。

五是农民夫妻责任意识淡化。随着市场经济大发展造成大量人口流动，使婚姻的稳定受到了侵扰。市场经济在促进生产力发展的同时，也引起农民生活方式的改变，具体到人们的婚姻生活领域，就出现了一种普遍的社会现象——夫妻两地分居，随着家庭生产、消费、生育抚养、情感、娱乐、赡养功能逐渐弱化，夫妇共同的责任和义务随之削弱，从而导致维系婚姻家庭关系的传统纽带愈益松弛乃至消失。

六是农民夫妻伦理观念变弱。俗话说"男人有钱就变坏，女人变坏就有钱"，在男人眼里，有钱就有小蜜，小蜜更像是商品，原有的社会规范在他们的欲望面前显得十分乏力，这对于女方是不公平的。作为当今女性很明显也不能纵容和忍受男人这种行为，为了争取自己的平等权利，她们大胆提出离婚。

……

王淑婷整理着课题的相关材料，她的心中五味杂陈。离婚的痛苦王淑婷深有感触，她痛恨不道德的离婚现象。夫妻双方离婚，彼此可以从感情的痛苦中解脱出来，大人已从无情感的婚姻中得以解脱，无辜的孩子却在残缺的家庭中失去关爱。

大人们离婚之后最终受苦的是孩子，男女双方可以再去寻找自己的幸福，可是孩子的爸妈只有一个，结婚了要么不离婚，想离婚的就不要生孩子，尽量不给下一代造成不良的影响。

婚姻需要夫妻双方的经营和维护，婚后，多数人的思维由感性转为理性，“柴米油盐”取代了“海誓山盟”，热恋时被忽视的矛盾逐渐显现，相互理解尤为重要。因此，婚前要做好准备，接受有“毛病”的爱人。遇到矛盾要沟通，要“求同存异”，更要“和而不同”，夫妻之间所谓幸福就是能坦然地接受对方的缺点。

婚姻是一叶舟，若要达到幸福的彼岸，需要夫妻真诚配合，患难与共。幸福的婚姻使人如沐春风，不幸的婚姻让人饱受创伤，在幸福与不幸之间，大家自会有自己的选择。但是，在做决定离婚之前，应该三思而定。

在以前，离婚这一字眼在过去几乎是人人不敢提的话题，因为人们始终认为，离婚给家庭带来的是灾难。更有一种激烈的观点认为，好人不离婚，离婚非好人。离婚在观念陈旧的人眼里是十恶不赦的事情，传统的从一而终思想根深蒂固，身边一旦有人离婚，人们就说三道四，过去受传统道德、经济条件或其他因素的制约，人们对于离婚存在着一定的顾虑和不正确的认识。

不过，随着社会的发展，人们对离婚也有一种新的看法，日益开放的生活观念与宽松的婚姻观使离婚这一社会现象不再受排弃。有些婚姻研究专家建议，如果婚姻生活不幸福，双方没有感情，这样勉强凑合过既不利于家庭生活和谐，也不利于孩子成长，离婚是结束，也是开始。

王淑婷虽然对上述观点不太同意，可这毕竟是课题研究过程中的一种理论观点，离婚材料的整理让她有点郁闷。

四

一年之后，阮碧霞因病情恶化，医治无效去世了。

妻子的病故，让杜家倍感悲痛，丧事办完之后，在他的劝说下，父母及三个孩子搬到了省城。

妻子阮碧霞去世后，杜铭消沉了一段时间，人死不能复生，走的人永远地走了，活着的人还要坚强地活着。

在杜铭情绪消沉的这段时间，王淑婷与杜铭接触过几次。

两个人的来往是很偶然，前两年，杜铭在师大施工，给学校建了一座体育馆，两个人在师大校院不期而遇，之后相互留了号码，偶尔通过电话问候一下。

王淑婷听说杜铭的妻子病故后，心中很难过，人啊，真是变幻莫测，每个人的命运都是曲折不堪的。

此后王淑婷与杜铭接触的次数多了一些，这不是说王淑婷有什么非分想法，俩人既是同学，又是老乡，都出门在外，相互关心问候一下，也算是惺惺相惜了。

谈起阮碧霞，杜铭很自责，他告诉王淑婷因为自己的疏忽，导致妻子错过了最佳治疗时间，迫使她撒手人寰。结婚十几年来，他在外挣钱奔波，妻子在家伺候父母和孩子，她为家庭付出太多了，谁知积劳成疾，离开人世，这对妻子太不公平。

杜铭一直沉浸在痛苦之中不能自拔，王淑婷看在眼里，心中很难过，有时她主动邀请杜铭吃饭或者聊天，让他倾诉一下心中的痛苦与郁闷。

杜铭倾诉之后，心情会好转一些。王淑婷想，杜铭现在的情况，应该找一位对象，痛苦时可以倾诉一下，平时给予照顾，找谁呢，王淑婷想到了表妹伊莉。

王淑婷的表妹伊莉，本是杜铭公司员工虎子的妻子。

虎子在一次施工时，不小心从三楼上跌了下来，当时摔得不省人事，幸亏抢救及时，才幸免于难，但落下了残疾。

虎子出事后，伊莉赶往医院，看到昏迷中的虎子，她非常悲恸。她害怕家中的老人知道后难以接受,不让杜铭将虎子的事告诉公婆。

伊莉当时把事情考虑得有点简单了,她认为,公司答应出钱,加上自己的精心料理,虎子很快会好起来,到那时再告诉给家中的老人。

可是天不遂人愿,经过一年多的治疗虎子仍没有站起来。

看着躺在床上表情痴呆的虎子,伊莉只能伤心流泪,以前健康活泼的丈夫,现在只能傻傻地躺在床上,她不知道该怎么办。

经医院、公司、伊莉三方协商,虎子出院回家治疗养伤。

伊莉默许了这种做法,她知道,针对虎子的事情,公司和医院都尽了最大的努力。

虎子回到家中,两位老人悲痛欲绝。

杜铭安排公司人员去了虎子家,代表公司安排了赔款的相关事宜。

对于公司的处理方案，伊莉与公婆没说什么，公司支付了足够的医疗、生活费用。

虎子由于摔伤过重,生活不能自理,两年之后,他走完了自己的人生之路。

这次建筑事故给虎子家人带来了难以想象的灾难。

看到公婆痛苦的样子,伊莉心中很难过,白天她在两位老人面前表现得很坚强,晚上她常常默默流泪到深夜。

杜铭前往虎子家处理了虎子的后事，看到了伊莉和两位老人肝肠寸断的伤心样子,他心中很难过。

虎子是家中的顶梁柱,现在他一走,上有古稀的父母,下有未成年的孩子,生活的重担都落在了伊莉的身上,她那纤弱的身躯能担当起家庭的重担吗?

面对家庭的困难,伊莉早已做好了思想准备,生活中即使有天大的困难,她都要扛着。这个家,已经把她推到了风口浪尖的位置,她要是精神垮了,这个家就彻底垮了。

长时间的心理煎熬，让伊莉十分疲惫，家庭的重担压得她喘不过气来,但她必须打起精神,因为两位年过古稀的老人需要她照顾,一双可爱的儿女需要她抚养。

后来在王淑婷与杜铭的接触中,王淑婷说起自己表妹伊莉的事情,有意提醒他。

王淑婷在征得杜铭同意后,给伊莉打电话说明了情况。

当时伊莉没有答应,虎子家现在处于这种情况,公婆年龄大了,行动不方便,自己怎能改嫁?她要真的这样做,村子里的人肯定会把她的脊梁骨戳破的。

伊莉不敢,她暂时还没有这种想法。

提起伊莉,杜铭有些心动,因为他对伊莉很了解,人贤惠、朴实。

在虎子去世后,杜铭去过两次虎子家,送给虎子的父母几千元的生活费。

杜铭看到伊莉尽力地操持着这个家,他的心中产生了怜悯之情。

杜铭有这种担当的想法,既是对伊莉的怜惜,又是对她的尊重,在生活十分困难的情况下,她能顽强地挑起家庭的重担,可见她是一个多么要强的女人。

过了一段时间之后,在王淑婷的催促下,杜铭给伊莉打了电话,这一次俩人有些尴尬。当杜铭提起俩人的事情时,伊莉拒绝了。

伊莉把自己的顾虑说给了杜铭,家庭的困难、世俗的偏见,让她已经认命了,一切顺其自然吧。

杜铭理解伊莉的心情,也同意她的想法,俩人的事情被搁置起来。

虎子的父亲年龄大了,虎子出事已经五年,老人家好像还没有从老年丧子的痛苦中解脱出来。

最近,老人家的心脏病又犯了。

伊莉把公公送到医院检查了一下,医生说病人需要马上做手术,并且最好转到省城医院治疗。

做心脏手术,需要很大的费用。

巨额的手术费用,这对于伊莉来说,是致命的打击,自己靠种地来维持家庭生活,又有两个孩子上学,哪有那么钱给老人做手术呢!

公公把伊莉叫到面前说:“虎子家的,病不治了,咱们回家吧。”

看到老人绝望的表情,伊莉以泪洗面。

婆婆也劝说伊莉放弃治疗。

不管公婆如何唠叨让伊莉放弃治疗,她都不答应,虽说虎子不在了,但她是他的妻子,必须要担当起这份责任,只要老人家有一口气,她就不会放弃治疗。

伊莉想起近几年来家中的变故默默地流泪,灾难对于这个家庭来说有点太残忍,老年丧子的公婆本来就万分痛苦,生活刚有了好转,公公又生病住院,真是祸不单行啊。一直坚强的伊莉这次彻底不知道怎么办了。

要想给公公治病,现在她只能求助一个人——杜铭。

无奈中伊莉拨通了杜铭的电话,当她说明事情的缘由,杜铭当即答应,马上派车去接老人家到省城医院进行手术,并且他亲自去联系手术专家。

虎子的父亲被接到了省城医院,杜铭在医院跑前跑后,协调着手术的相关事宜。

这让伊莉及她的公婆很感动。

一周之后,老人家做了手术,并且很成功。近十万元的治疗费由杜铭支付。

经过一个月的治疗,老人家的病情有了好转,经医生建议,出院回家疗养。

在出院的前一天,杜铭在省城比较好的饭店,宴请伊莉及公婆,以表祝贺。

坐在豪华宾馆的包厢,老人家问:“这一顿饭需要花多少钱?”

杜铭笑而不答,只是让老人吃好。

杜铭订在豪华宾馆,是想让老人家享受一下城市的奢侈生活。

在吃饭的过程中,伊莉除了感激,无话可说。

这一次,伊莉与杜铭一块吃饭,虽然公公也在跟前,她没有以前的拘谨,反而对杜铭有了一种亲切感。

饭后,杜铭让司机把老人家送回了医院。

第二天,为感谢杜铭的帮忙,伊莉买了些礼品去了他的公司。

"这次老人家的病多亏你帮了大忙。"伊莉说。

"虎子是给我干活出的事,老人家的事情就是我的事情。"

"看病花的钱我给你打个欠条,这钱我会尽快还你的。"伊莉认真地说。

"那你什么时候还我?"杜铭开玩笑地说。

"我也说不上,我会尽快还。"伊莉难为情地回答。

"那我现在就要呢。"

伊莉抬起头看着杜铭说:"现在没有?"她没有想到自己当时怎么说出这样的随便话。

"那就把你还给我吧。"

杜铭的一句话,说得伊莉满脸绯红,她不好意思地低下了头。

五

"五一"节前夕,省建设厅、省总工会与省建筑协会准备进行一次建筑行业技能大比武,以促进全省建筑行业的健康快速发展。

根据文件精神,凡是具有建筑二等以上资质的建筑企业都可以报名参加。

杜铭接到文件后非常高兴,他想宣传本公司的机会来了。他要抓住这次机会,发扬公司的优良传统,展现公司的良好形象,提高公司的社会知名度,把公司做大做强。

这次全省建筑行业技能大比赛,为杜铭的昊鹏建筑工程公司的持续发展提供了机遇，因为他的公司在业务发展方面，已经走在全省建筑行业的前列。

杜铭在省城成立昊鹏建筑工程公司之后，他很注意公司员工业务能力的培养，公司经常派员工外出学习培训，培养业务骨干。随着建筑行业的发展，他的建筑公司工程管理越来越规范化，让他的建筑公司脱颖而出，走在了其他建筑企业的前面。

但是，要想在全省建筑行业大比赛中取得好成绩，不是一件容易的事情。

杜铭在为这次比赛做着充分的准备，他给自己的参赛团队制定了严密的训练计划，杜铭亲自上阵，当首席队员，其余几名从各项目部选拔。

参赛人员确定之后，根据比赛内容，精心准备材料，组织队员进行认真学习，参加各种培训，邀请专家进公司培训指导；在集中培训期间，参赛队员不允许请假，专家培训不能私自缺席。

经过两个月的精心准备，昊鹏建筑工程公司代表队整装待发，准备参赛。

这次比赛由省建设厅、省总工会主办，省建筑协会承办，评委都是全省建筑行业的专家及工程师，级别之高，前所未有。

比赛分为两部分，第一轮比赛是理论比赛，第二轮比赛是实践比赛。

第一轮比赛规则，由主考官提出问题，参赛队员进行回答，评委根据答题情况给以计分。

经过几轮的鏖战，昊鹏建筑工程公司代表队力挫群雄，最终进入比赛的决赛。

冠亚军的角逐是在省第一建筑工程公司与昊鹏建筑工程公司中进行，决赛过程如下。

昊鹏建筑工程公司抽到的八个必答题，由队员回答：

一、工程建设用地批准书审批时限为多少个工作日？

答：20工作日。

二、工程立项所需的材料有哪些?

答:立项申请书、营业执照、环境评估报告(环境保护申报登记表)、选址意见书、董事会决议、土地协议、土地确认书、投资项目核准登记表等。

三、工程设计招标需要哪些材料?

答:立项批准文件、投资计划、设计招标备案登记表、设计招标备案书、建设工程投标单位登记表、委托设计协议。

四、申请建设用地规划许可证需要哪些材料?

答:建设用地规划许可证申请表、选址意见书、地形图、批准的规划成果或总平面布置图等。

五、如何申报消防审批?

答:建筑消防设计防火审核申报表、立项计划、设计消防专册、总平面图、建筑施工图、消防系统图、灭火配置设计图纸及说明、相关采暖、通风、防烟、防爆、变电设计图纸,以上材料装订成册。

六、对混凝土灌注桩、有接头的预制桩,应如何检测受检桩的桩身完整性?

答:首先进行成孔质量检测,其次对有接头的预制桩,应验算接头强度,最后对检测的工程桩是否达到设计要求的最大上拔荷载值。

七、如何检测竖桩向抗极限承载力?

答:一是根据上拔量随荷载变化的特征确定,对陡变型U曲线,取陡升起始点对应的荷载值。二是根据上拔量随时间变化的特征确定,取曲线斜率明显变陡或曲线尾部明显弯曲的前一级荷载值。三是当在某级荷载下抗钢筋断裂时,取其前一级荷载值。

八、试验加卸载方式和水平位移测量应注意哪些问题?

答:一是单向多循环加载法的分级荷载应小于预估水平极限承载力或最大试验荷载的十分之一。二是慢速维持荷载法的加卸载分级、试验方法及稳定标准应按具体建筑项目的有关规定执行。

比赛中的抢答题,共六个题,昊鹏建筑工程公司共抢答四个题,答案基本正确。情况如下：

一、如何进行检测数据的整理？

杜铭抢答：一是采用单向多循环加载法时应绘制水平力时间作用点位移关系曲线和水平力位移梯度来进行数据整理。二是采用慢速维持荷载法应绘制水平力、力作用点位移关系曲线、水平力位移梯度关系曲线、力作用点位移、时间对数关系曲线和水平力作用点位移双对数关系曲线来检测数据整理。三是绘制水平力、水平力作用点、水平位移地基水平抗力系数的关系曲线来进行数据整理。

二、单桩的水平临界荷载如何确定？

公司总工程师方堃抢答：一是取单向多循环加载法时的曲线或慢速维持荷载法时的从曲线出现拐点的前一级水平荷载值。二是取曲线或 lg 曲线上第一拐点对应的水平荷载值，曲线第一拐点对应的水平荷载值。

三、单桩的水平极限承载力如何确定？

杜铭抢答：一是取单向多循环加载法时的曲线产生明显陡降的前一级或慢速维持荷载法时的曲线发生明显陡降的起始点对应的水平荷载值。二是取慢速维持荷载法时的曲线尾部出现明显弯曲的前一级水平荷载值。三是取桩身折断或受拉钢筋屈服时的前一级水平荷载值。

四、钻取芯样宜采用液压操纵的钻机，钻机设备参数应符合哪些规定？

技术总工程师王鸿平抢答：一是额定最高转速不低于 790r/min。二是转速调节范围不少于 4 档。三是额定配用压力不低于 1.5MPa

其余两题由省第一建筑工程公司抢答。

以上理论上的比赛，昊鹏建筑工程公司答得很圆满，赢得了评委很高的赞誉，在理论比赛中，昊鹏建筑工程公司以绝对的优势胜出。

第二轮比赛是实践比赛，程序如下：

一、比赛时间：一小时。

二、比赛内容：砌墙与抹灰。

三、参赛要求：每队选两名参赛队员，参赛队员不能使用抄平工具，比赛不提供放线绳及标杆。

四、评判标准：1.在规定的时间内，计算砌墙砖数。2.检测墙体的水平及垂直程度。3.测量砌墙高度面积，（必须底长四米，二四墙体，最少不低于三米）。4.检测墙体上的附属设施的规范要求。

第二轮实践比赛下来，无论是砌墙砖数，高度面积，还是墙的水平及垂直程度，昊鹏建筑工程公司都略胜对方一筹。

经过评委的最终评判，首届建筑技能大赛的冠军是昊鹏建筑工程公司。

让专家们吃惊的是，昊鹏建筑工程公司，竟是一位农民工带出来的队伍，这支队伍让人不敢小觑呀。

六

全省建筑行业大比武，昊鹏建筑工程公司荣获冠军，杜铭也因此出了名，事隔时间不久，全省人大代表换届选举工作开始，杜铭被选为第九届省人大代表。

杜铭当选为省人大代表之后，感到身上的担子很重。他要关注农民工的工作、生活状况，凡事要为农民工着想，因为自己是农民工出身，农民工的辛酸他都知道。他要为改善农民工的生活条件、工资待遇等建言献策。

改革开放以来，党和政府对农民工问题始终高度重视，农民工工作、生活待遇取得了重要进展。随着城乡统筹发展的加快，经济发展方式转变进入了新阶段，农民工群体内部出现明显的结构性变化——农民工已经成为城市建设中的的主体，随着外出农民工群体内部出现的结构性变化，农民工的工作、生活出现了一些新问题和新诉求，这将对整个城市化进程和经济社会发展产生深远的影响。

为了适应农民工工作、生活中出现的新问题和新诉求，需要相应的体制安排来保障农民工逐步融入城市社会，让农民工在就业、社会保障、获得公共服务等方面能够享受到与城市居民同等的权利，切实解决他们在城市化过程中遇到的问题和困难。

杜铭经过近三个月的走访调查,总结出当前农民工面临的主要问题。

一是农民工的教育程度和职业技能水平滞后于城市劳动力市场的需求,是阻碍农民工在城市长期稳定就业的关键性问题。

二是受户籍制度的制约，以随迁子女教育和社会保障为主的基本公共需求难以满足,是影响其在城市长期稳定就业和生活的现实性、紧迫性问题。

三是职业选择迷茫、职业规划欠缺、学习培训的需求难以有效实现，是阻碍农民工实现职业梦想不可忽视的因素。

四是情感、精神的强烈需求不能很好地满足,是困扰农民工的首要心理问题,也是在现实生活中最少得到关注的深层问题。

五是劳动合同签订率低、欠薪时有发生、工伤事故和职业病发生率高等劳动权益受损问题,是农民工急需解决的突出问题

随着改革开放的深入，农民工的观念也在发生着变化，集中体现为“五个转变”。

一是外出就业动机从“改善生活”向“体验生活、追求梦想”转变。

二是对劳动权益的诉求，从单纯要求实现基本劳动权益向追求体面劳动和发展机会转变。

三是对职业角色的认同由农民向工人转变，对职业发展的定位由亦工亦农向非农就业转变。

四是对务工城市的心态,从过客心理向期盼务工地长期稳定生活转变。

五是维权意识日益增强,维权方式由被动表达向积极主动表达转变。

调查结束之后,杜铭写出调查报告,他要把这个调查报告带到两会上进行讨论,希望政府采取措施,解决这些问题。

七

问题提出之后,杜铭又经过半年的调查研究,拟写出了解决农民工问

题的对策与措施。

一是大力提高农民工的社会政治地位，加强对农民工的人文关怀。要加大对农民工的舆论宣传，宣传党和国家关于农民工工作的各项方针政策及农民工所做的重大贡献，引导用工单位认真履行社会责任，进一步营造关心、尊重和爱护农民工的良好社会氛围。开通农民工利益诉求渠道，以保障农民工参与管理社会事务的民主政治权利；制定相关措施切实保障农民工的选举权，逐步提高农民工在各级党代会、人大和工会代表大会及企业职工代表大会中的比例，增加其参政议政、权益表达、参与决策管理的渠道和机会；注重在优秀农民工中发展党员，逐年增加农民工在劳动模范、高级技工技师以及有其他突出贡献者中的比例。

要积极组织适合农民工特点的丰富多彩文体活动，丰富其业余生活。要深入细致地做好农民工思想教育和培训工作，帮助其提高思想道德素质和技术技能素质。加强企业文化、职工文化建设，开展喜闻乐见、丰富多彩的业余文化活动，满足他们的精神文化需求。注意加强青年农民工的心理疏导和行为引导服务，加大对他们心理健康的关注与投入，开展社会关怀活动，帮助他们搞好自我管理、自我调适，缓解心理压力，提高耐挫能力，树立健康向上的生活情趣。关心农民工的婚姻问题，为他们组织开展交友联谊活动，为解决婚姻问题创造条件。

二是以农民工问题为重点，将解决农民工问题纳入国家和地方经济社会发展规划之中，纳入常住地公共预算之中。作为城市发展的主导力量，城市必须将解决农民工问题纳入经济发展规划之中，政府就农民工最需要的职业教育培训、子女教育、住房改善、社会保障、户籍改革等问题，制定专项计划。

建立按照常住人口配置土地、公共设施、预算等公共资源的制度，将农民工纳入常住地公共预算，并逐渐加大对农民工公共预算的存量和增量投入。建立农民工服务和管理工作的经费保障机制，各级财政应将涉及农民工的就业技能培训、社会保障、子女教育、计划生育、权益维护、治安管理和信息系统建设等有关经费，纳入本级财政预算，提交同级人民代表大会审议，并确保用于农民工的预算在存量和增量上逐年科学、合理地增长。将农民工纳入政府公共服务体系，使之享受与城镇职工同等化待遇，逐步实现公共服务统一政策、统一制度、统一管理和统一服务。

三是加强对相关法律制度的完善、落实和监管，加大维护农民工劳动经济权益的力度。进一步完善立法和政策，为解决农民工问题创造法制环境和制度保障。针对农民工文化、职业技能的不足，研究建立农村中等职业教育免费教育制度、农村新成长劳动力免费劳动预备培训制度，创新农民工培训机制，鼓励和支持企业开展针对性上岗技术培训，满足农民工在职业发展上的诉求，最终改善他们的收入状况。政府可建立农民工专项培训资金，加大支持力度，根据企业对技术工人的实际需求，进行有针对性的职业技能培训，可通过培训券、报销部分学费等多种方式给予补助。此外，为有创业意愿的农民工提供创业培训，积极探索新的培训方式，精心安排培训计划，帮助他们掌握创业知识和技能，成功创办自己的企业。

进一步加强农民工的权益保护，所有用人单位必须依法与农民工签订劳动合同，劳动保障部门要对不签订劳动合同的用人单位，加大行政处罚的力度，重点加强对危险行业、工种和职业危害严重的作业场所的安全生产进行监督检查，依法保障受工伤事故和职业危害的农民工能够得到医治和赔偿。

四是加强农民工城镇落户制度，加快推进城镇化建设。积极探索有利于促进农民工在城市定居下来的户口登记制度。在中小城市、小城镇实现稳定就业创业而又放弃农村责任地的农民工，应取消准入门槛，大城市和特大城市应放宽农民工进城落户的相关政策，采取积分制落户办法，将教育、技术资格、工龄、社保缴纳年限等作为积分内容，逐步转变为市民。

五是进一步探索农民工维权工作的新机制、新方法，形成社会化的工作格局。

建立健全党政主导、工会运作、相关部门协作的社会化维权工作体制，赋予工会更多的资源和手段维护农民工的合法权益，进一步探索解决农民工工作的新机制、新方法。按照促进科学发展的要求，建立农民工工作目标责任考核制，并将其纳入地方政府绩效考核指标体系。

完善农民工信息统计监测调查制度和农民工信息网络建设，提高农民工就业管理和服务的网络化程度，实现信息共享。建立和完善地区之间农民工工作机构的协作机制，使之在劳务对接、权益维护、信息沟通等方面发挥作用。同时，借鉴国外解决类似农民工和移民问题的经验，为创新农民工工作方法提供参考。

杜铭把理论性的建设提案带到一年一度的两会上，两会代表们看了之后，认为他提的一些措施和建议为政府制定解决农民工的实际困难问题提供了有效的理论依据。

八

王淑婷把杜铭与伊莉的婚姻促成之后，她心中轻松了许多，王淑婷对杜铭有一种特殊的情感，亦兄亦友，杜铭的家庭幸福了，她的心中踏实了，好人应该有好报，好人应该有好的家庭、好的生活。

自从阮碧霞去世后，王淑婷与杜铭的接触与彼此关照，让公司员工直觉地认为这是上天的安排。王淑婷离婚了，仍是单身，加上高中时代的彼此爱慕，看样子天下有情人终成眷属了。

然而，事情的发展并不是大家猜测的那样。王淑婷没有这样做，因为她的离婚因杜铭而起，若与杜铭再婚，正中了那些无事生非之人的圈套，她不想这样，一辈子活在闲言碎语中，抬不起头来。

在省城俩人刚联系时，王淑婷真诚的宽慰让杜铭动过心，但他不好意思开口，婚姻的变故让双方已经理智多了，他害怕自己的鲁莽再给王淑婷带来心灵上的创伤。

一次俩人在一块吃饭，王淑婷提起杜铭的婚姻问题，他的心中猛然一颤，是不是王淑婷向他暗示什么？他不好意思地看了王淑婷一眼。杜铭这一眼，让王淑婷心潮澎湃，往事像海水一样涌来。但她很快镇定了下来，直截了当地说，想把自己的表妹伊莉介绍给他。听到王淑婷要介绍伊莉给他，杜铭心里五味杂陈。

王淑婷知道杜铭与伊莉很熟悉，听伊莉说，虎子出事之后，杜铭跑前跑后，竭力帮助她家渡过难关。伊莉还说，杜铭每次回家都要去看望一下虎子的父母，嘘寒问暖，让人感动。正是伊莉的描述，王淑婷才有了撮合他们的想法，让两个疲惫的、需要依靠的心灵结合在一起。

王淑婷把俩人的关系挑明之后，杜铭与伊莉先是不冷不热了好一阵子，后来伊莉的公公生病，杜铭鞍前马后，感动了伊莉全家，也使杜铭和伊莉的感情有了进展。王淑婷借机向伊莉的公婆挑明此事，老人们都思想开明，赞成杜铭和伊莉的婚事。杜家二老也觉得伊莉为人贤惠，又能吃苦，愿意接受这个未来的儿媳妇。既然大家都赞成，杜铭和伊莉很快领了结婚证，举行了简单的仪式。

杜铭与伊莉结婚后，王淑婷心中踏实了，以后俩人再接触就坦然多了，搬弄是非者也无理由了。

王淑婷在师大张教授家做保姆已经五六年了，她的勤快好学、吃苦耐劳，让张教授很欣赏。在王淑婷帮助下，张教授很快完成了课题。

课题研究结束之后，在张教授的建议指导下，王淑婷报考了师大的中文自学考试，经过两年的努力，她取得了大专文凭，实现了她梦寐以求的大学梦。

杜铭刚开始知道王淑婷在师大做保姆时担心她受苦受气，希望她能来昊鹏建筑工程公司上班。

对于杜铭的好意，王淑婷婉言谢绝了。

张教授听说杜铭建议王淑婷去他的公司上班，极力挽留，张教授还把此事告诉给了儿媳赵霖，让她说服王淑婷不要去杜铭公司打工，理由是王淑婷已有了大专文凭，在师大可以做他的助手帮他搞课题研究，比到公司打工前途要好。

王淑婷也同意张教授的意见，在师大校园待了五六年，她已经喜欢上这里了。

后来，师大后勤改制，张教授通过人际关系，把王淑婷聘为师大图书馆管理员。王淑婷自此正式成为师大后勤集团中的一名员工，王淑婷对张教授的帮忙感激不尽。

王淑婷在师大图书馆上班，下班之后仍到张教授家做饭，但此时她已不再要张教授给她的保姆工资。

五六年的接触与了解，王淑婷已经融入了张教授的家庭之中，张教授儿子一家几乎每周都回来蹭饭，他们喜欢王淑婷做的家常便饭。儿子一家每周过来团聚，让张教授十分高兴，自从王淑婷来了之后，他们都有了家的归属感。

渐渐地张教授离不开王淑婷了，他觉得这个女人不但饭做得好，家务干得好，还心地善良，对人十分体贴。王淑婷也对张教授又敬佩又倾慕，她在这个家中有了被尊重的感觉，这是她在胥家没有感受到的。

一天，王淑婷去杜铭公司办事，让他给老家的父母带些生活用品，回来得晚了一点，张教授口上虽然没说什么，但一副生气的样子。王淑婷见他有点生气，心里觉得张教授又可爱又可笑，人老心不老。

是的，知天命之年的大学教授，喜欢上了年轻保姆，不合常理。但王淑婷是单身，没有家庭，又很努力，俩人结合，倒也互补。

由于张教授特殊的社会地位，王淑婷不敢奢望。张教授也不好意思开口表明自己的想法。

经王淑婷介绍，杜铭与张教授接触过几次，言谈之中，杜铭已经觉察到张教授对王淑婷的特殊关怀。当时杜铭心中有点纠结，张教授不仅家庭条件好，心肠也好，还帮王淑婷找了一份固定的工作，如果王淑婷嫁给他，应该衣食无忧了。但是，张教授毕竟是大学教师，王淑婷一个农村妇女和他有共同语言吗？而且思想保守的王淑婷能突破思想禁锢接受学识渊博的张教授吗？

后来和王淑婷的交谈中，杜铭看出了王淑婷对张教授很倾慕，但因为太自卑，总是压抑自己的感情。杜铭心里有点着急，因为太过保守，王淑婷放弃了他们之间的爱情，如今她又犹豫不决，可能会错过张教授，那她的一生都完了。

杜铭决定做王淑婷的思想工作，他约上张教授和王淑婷一起去酒店吃饭，开门见山地将二人的感情之事挑明，弄得王淑婷有点不好意思，张教授也十分意外。不过，话都说出来了，就没什么顾忌的了。张教授表明心意，愿意和王淑婷共度一生。王淑婷羞红了脸，点头答应了。

张教授的儿媳赵霖听说公公要和王淑婷结婚，刚开始时她非常反对，让一个比自己大四五岁的农村保姆做自己的“婆婆”，怎么都觉得怪怪的。可是，经过一段时间后，赵霖想通了，前几年，公公生病，为了照顾老人，丈夫张钧放弃了出国考察学习的机会，公公住院的三个月，他一直在医院陪护，她自己也跑前跑后，忙得焦头烂额。王淑婷来了之后就好多了，去年公公生病住院，王淑婷在医院陪护，她和张钧偶尔过去看看，发现老人心情不错。

一想起这些，赵霖觉得公公要是能找一个老伴就好了。如今这王淑婷人虽是农民家庭出身，但她年轻能干，又是单身，没什么拖累，公公要是和她结合，今后生活倒也方便了。

前思后想，赵霖决定不再阻拦公公与王淑婷的事情。一天中午，她拨通了王淑婷的电话：“喂，今天晚上我请你与我爸吃饭，有重要的事情要与你们两个商量。”

王淑婷听到赵霖的“你们”两个字时，脸上泛起了红晕。此时，她不知道该怎么回答赵霖的问话……

喧嚣中的困惑与历练

高振茂

这是一个特殊的时代，这是一个被称作转型时期的社会。

改革开放初期，中国的农村大地，在一场风雨的洗礼中，发生着一系列显性或隐性的变化，这些变化犹如一股大浪涌起的波涛，冲击着沿途所有的河床，也拍打着两岸所有的堤坝。

这是一种锻造，也是一种考验。痛苦或者愉悦，尽在一念之间。

基于这样一个背景，李志同志将自己的眼光投向改革开放后的农村，他以自己的认识和表述为读者再现了转型时期农村青年的诸多变化，可谓五彩纷呈，令人深思。

对我来说，认识李志仅有两年时间。二〇一五年，他凭着已经出版的长篇小说《逆风的麻雀》加入白银市作家协会。当我得知他是一位中学老师时，作为同行，我们在心理上自然亲近了许多，而且交流也多了起来。《逆风的麻雀》是一本中学生励志教育思想建设读本，是李志立足教育、思考教育、反映教育的第一部小说，我从这本书的简介中看到了他出书之前已在《甘肃教育》《陕西教育》《教师报》《白银日报》和《白银教育》等报刊发表了多篇文章，文字功底自然很好。因此，我对他也多了一份发自内心的钦佩和尊重。

今年年初，李志路过白银，给我送来他新打印的小说初稿《蜕变》，我非常高兴并表示祝贺，我为他的勤奋而感动。他让我多提意见，并要我利用空闲时间就这本书写一篇评论文章，我诚惶诚恐，推却再三，却被他的诚恳感动，最终捧起了这部小说……

这是一部对农村和农民充满思考和关怀的现代乡土小说，全书以一位回乡青年的创业为主线，引出了改革开放后农民工外出打工的各种曲折经历，他们的结局虽然各不相同，他们身上背负的标签却一样沉重。

小说以近乎白描的叙事方式，为读者介绍了一个小山村十余位年轻人外出打工的生存状态，这些年轻人分三类：第一类是以杜铭为代表的创业者，他们通过自身的打拼，从乡村到城市，从无到有，开创了一片天地，赢得了社会的认可和尊重，他们是蜕变者；第二类是以王淑婷、阮碧霞为代表的农村少妇，她们恪守中国传统的妇道伦理，勤劳、吃苦、隐忍、善良，却思想保守，不敢突破自我，他们是自茧者；第三类是以紫厢、曲蕊霏为代表的年轻姑娘，她们远离家乡与亲人，她们被城市浮华氛围所熏染，贪图享受、爱慕虚荣、追名逐利，慢慢迷失了人生的方向，最终因生活放荡误入歧途，他们是堕落者。

通过对上述三类人物命运的交代，让读者也看出了他们的人生轨迹，在这些轨迹中却折射出种种社会问题：农村与城市、贫穷与富有、人性与道德、现实与梦想、信仰与文化等。社会转型，农民工也在转型，他们有的坚守精神与道德本源的纯真，有的崇尚物质与金钱带来的快感，各种不同形式的蜕变，都发人深省。

读完小说，我对李志同志又多了一份了解，他善于观察、善于思考，他的小说具有强烈的责任感。他从反映学生生活到农民生活，从《逆风的麻雀》到《蜕变》，似乎完成了个人小说创作的一个华丽转身。

内行看门道，外行看热闹，我属于后者。我将自己的一些粗浅认识或片段思考写出来与李志同志商榷，也算是给他的一个反馈和回应。其实人们对一部小说的看法从来都是见仁见智大相径庭的，我的感悟也只能算是一家之言。要想有自己的独到感受，那就必须走进书中。

2017年9月草于白银

高振茂，甘肃诗人兼评论家，甘肃省作家协会会员、中华诗词学会会员、中国楹联学会会员、甘肃省教育学研究会理事、白银市作家协会副主席兼秘书长。现任职于甘肃省白银市靖远师范学校教研中心副主任。

后　记

这本书是以改革开放后农民进城务工为题材的长篇小说，社会经济发展离不开农民工，他们为经济的发展、社会的进步作出了突出的贡献。一位社会学专家曾说，城市的发展越来越离不开他们（农民工）了。

然而，受传统观念和社会体制的影响，农民工的生存状态仍不容乐观，他们付出了艰辛的劳动，却得不到相应的回报。这种现象被政府和社会各界已经高度关注，并采取了一定的措施，以此改善进城务工农民的待遇和地位，而且取得了一定的效果，但不是很理想。同时，农民工进城务工带来的一些社会问题，“留守儿童”“空巢老人”“单身夫妻”等，这些虽然是社会发展中的特殊社会现象，但值得关注。

这本书从编辑到出版，多承领导、专家的关照。感谢兰州城市学院马克思主义学院党委书记、教授凌晓华同志在百忙之中为本书作序；感谢中共靖远县委常委、宣传部部长杨天举同志，中共靖远县委常委、白银刘川工业集中区党工委书记王建全同志，白银市委组织部部务委员赵玉华同志，多次询问创作进展情况并指导修订；感谢靖远县第一中学校长、党总支书记薛国治同志鼓励支持；感谢白银市作家协会副主席兼秘书长、靖远师范学校教研中心副主任高振茂同志撰写评论，并提出了很多指导性改进意见。

此书在创作中，存在不少问题，笔者受写作素养的影响，加之本人生活体验不深，写作水平有限，缺少写作理论及技巧，语言表达乏力，写作功底欠佳，难免有疏漏和不妥之处，敬请领导、专家、读者批评指正。

李　志

2017 年 9 月